Unrequited

Love

暗恋

八月长安 作品

湖南文艺出版社 HUNAN LITERATURE AND ART PUBLISHING HOUSE
博集天卷 CS-BOOKY

图书在版编目（CIP）数据

暗恋 / 八月长安著 . -- 长沙 : 湖南文艺出版社，2012.2
ISBN 978-7-5404-5306-0

Ⅰ. ①暗… Ⅱ. ①八… Ⅲ. ①长篇小说－中国－当代
Ⅳ. ① I247.5

中国版本图书馆 CIP 数据核字 (2011) 第 266415 号

上架建议：小说 · 青春文学

暗恋

作　　者：八月长安
出 版 人：刘清华
责任编辑：丁丽丹　刘诗哲
监　　制：蔡明菲　潘　良
策划编辑：邹和杰
版式设计：利　锐
封面设计：Pano
出版发行：湖南文艺出版社
（长沙市雨花区东二环一段 508 号 邮编：410014）
网　　址：www.hnwy.net
印　　刷：北京天宇万达印刷有限公司
经　　销：新华书店
开　　本：787mm × 1092mm　1/16
字　　数：312 千字
印　　张：19.5
版　　次：2012 年 2 月第 1 版
印　　次：2012 年 2 月第 1 次印刷
书　　号：ISBN 978-7-5404-5306-0
定　　价：32.80 元
（若有质量问题，请致电质量监督电话：010-84409925）

人 / 物 / 表

洛　枳　振华高中文科班毕业，就读于P大经济系二年级。儿时同盛淮南有过一面之缘，一同进入振华高中之后对他暗生情愫，隐忍至大学，机缘巧合之下鼓起勇气，用尽心思接近对方。

盛淮南　振华高中理科班优等生，受人欢迎，追求者众多。大学同洛枳相识，慢慢察觉到对方的心意。

江百丽　洛枳大学宿舍舍友，高中时路遇劫道混混，被同班同学戈壁搭救，并见证了他对自己同桌陈墨涵的曲折单恋。大学时与戈壁恋爱，时常争吵，大学二年级戈壁与她分手，和陈墨涵复合。

戈　壁　江百丽前男友，平时举止轻佻。

陈墨涵　江百丽高中同桌，就读于W大法语系，高中时被戈壁单恋，后在大学时接受戈壁，导致了他和江百丽的分手。

张明瑞　盛淮南大学宿舍舍友，与洛枳和盛淮南一同选修法律双学位课程。曾请洛枳帮忙劝慰对盛淮南念念不忘的许日清。

许日清　就读于P大法律系，曾与张明瑞偶然相识，被对方追求，但心仪曾在辩论赛有过一面之缘的盛淮南，后三人决裂。

叶展颜 洛枳高中同班同学，盛淮南高中时的女友，二人在大学一年级圣诞节分手。

洛　阳 洛枳舅舅的儿子，比她年长三岁，Z大数学系毕业，目前在北京工作。

丁水婧 洛枳高中同班同学，于Z大就读国政系，大学一年级即将结束时辍学，返回高中复读，准备报考美术类院校。

陈　静 高中时与洛阳相恋至今，目前于Z大攻读硕士。

Jake&Tiffany 杰克和蒂芙尼，就读于某国际学校的美籍华人兄妹。洛枳课余兼职为他们做家庭教师。

朱　颜 Tiffany与Jake的母亲，三十三岁，独居离异。与洛枳是好友。

目 录

序章　他们问，后来呢

Dear Diary:

我曾经给Tiffany和Jake念过一个安徒生写的童话。

很久很久以前，有一个皇帝。传说他领地内有一只比一切都美妙的夜莺，可他竟从不知晓。一群仆从历尽千辛万苦将夜莺捉来，向往变成现实，夜莺的歌声风靡全国。然而邻国进贡的一只机械仿制品，因为曲调流畅易于模仿，身上又镶嵌满了珠宝玉石，很快取代了夜莺的地位。夜莺在大家对仿制品的膜拜和围观之外，翩然而去。

我念到这里，两个孩子满脸怅然，不停地问："就这样吗？就没了吗？后来呢？后来呢？"

后来呢？后来大家忘记了夜莺。后来仿制品出故障，修理，又出故障。后来皇帝病危，所有人都在谈论着他的死期和未来的新帝，只留他一个人在病榻上，看着月光下的死神一步步走近。这时候他听见了夜莺的歌声，在窗外，一如当初的美好，流泻的旋律不是仿制品的匠气可以捕捉模仿的。死神请求夜莺继续唱下去，为此贡献上了自己的王冠和镰刀，无法再收割皇帝的生命。

我知道两个孩子在期待什么。他们期待国王重新认识到夜莺的可贵，期待夜莺像夜晚的王者一样归来，期待短视浅薄的臣民在夜莺面前垂下头，羞愧于自己当初令明珠蒙尘。

然而故事的后来并不总能让他们如愿。

夜莺熄灭了皇帝要砸碎冒牌货的念头。它说自己会在想来看看皇帝的时候，栖在黄昏的树枝上，歌唱那些美满幸福的，也歌唱那些受苦受难的。它歌唱善，也歌唱恶。它将停留在穷苦的渔夫身旁，飞向远离皇帝和皇宫的每个人身边去。

它说，相比皇冠，我更爱您的心。

“不过我想恳求您答应我一件事：请您不要告诉任何人，说您有一只会把什么事情都讲给您听的小鸟。只有这样，一切才会美好。”

于是夜莺飞走了。

而皇帝站起身，对那些进来准备看已经死去了的老皇帝的侍从说：“早安。”

我知道这个故事对Tiffany他们来说，远没有快意恩仇的故事好听。也许很久之后，他们长大了，当过国王，也当过夜莺，才会明白，旁观者眼中的团圆，未必是戏中人愿意承受的。

有时候，最美好的故事就是无人知晓的黄昏里，树梢上婉转的低语。

那是我给他们讲过的最后一个故事。他们家那时候已经辞退了司机，工作结束之后，我独自乘地铁回学校。在黑暗的地道里，白色的铁皮世界随着轨道摇晃，我看着冷清车厢中仅有的几个乘客，揣摩他们那张面孔背后的故事。

也许僵硬的表情下潜藏着对一个人的思念，也许一边看报纸一遍腹诽不给钱的加班，也许九死一生，终于与过去挥手道别，过上了普通人汲汲营营的生活。

我们都是一样的人。庸庸碌碌，看上去不配拥有出众的故事；被生活撮成一堆，甚至不能拥有几许不同。

然而，我们都知道自己那个独一无二的秘密。概括起来，是几句雷同的话；铺展开来，却有着千差万别的纹路与质地。它像一个胎记，凝结在衣服下面，平常你不会刻意想起，却总在独自一人的私密时刻，脱衣，洗澡，低下头，忽然望见。

秘密让每个人变得不一样。

所以夜莺的歌，不必唱给殿堂。

如果有一天，轮到我来把秘密讲成故事。

我想说的故事叫做，我喜欢过一个人。

这句话也许让很多人欷歔。

而他们真正想听到的却是，后来呢，你们有没有在一起。

如果我说，后来我们在一起，然后吵架，然后分开，然后又在一起，后来分别有外遇，后来因为买房子的事情互相猜忌，后来领了证，后来婆媳大战。

如果我说，后来我表白了，对方却没有理会，然后我们反目成仇，然后我们冰释前嫌，各自幸福了。

当然，我是瞎编的。我的故事里面没有那么多现实到逃无可逃的后来。故事讲得好的人，总是知道在哪里结尾，裁剪冗余，留下最好的。

直至故步自封，退而结茧。

这样我的秘密就美不胜收。它叫做暗恋，叫做青春，叫做遗憾，叫做见好就收，叫做不老的少年。

可我不是那样的人。

很多人都爱过一些自己得不到的人。又或许因为得不到才爱。

而我要的并不是美丽的遗憾。

我原来并不知道我是个这样勇敢的人。

后来呢?

后来，每个黄昏，夜莺落在窗外的树梢上。

——摘自洛枳的日记

第1章　只要得不到

洛枳听到一阵窸窸窣窣的声音，混沌的梦境渐渐淡去，被课堂上的喧嚣取代。她爬起来，迷蒙地看向身边，一个陌生的男生正在啃鸡蛋馅饼，正是塑料袋发出的细碎声响将她唤醒。她穿着黑色连帽外套，一坐起来，硕大的帽子就盖住了眼睛，帽檐上一圈绒毛把她温柔地包围了起来。

本学期最后一堂法导课。

趴在桌上睡觉时被压迫的视神经慢慢恢复过来，她掀起帽子，从阶梯教室的最后一排向前面望过去，涣散的视线渐渐向着一个方向聚焦。张明瑞在遥远的第三排，正扭过身子站着和后排的人说些什么，然而她最先注意到的却是旁边盛淮南的后脑勺。也许是以前看得太用心，她闭上眼睛也许会模糊他的脸，却总有种荒谬的信心，能从一万个人中，认出他的背影。

这时候盛淮南也回过头加入了张明瑞等人的谈话，看上去有点心不在焉的样子。他说了几句，忽然环视全场，像是在找谁。

洛枳拿起水杯站起身，从后门走出去。

明亮的灯光，喧闹的走廊，人群，一同组成了巨大的烘干机。几天之前的夜晚，女生宿舍楼前的对峙，每一句话都湿漉漉地藏在心里，此刻被曝晒得干巴巴，看不出曾经丰沛的原貌。她觉得自己像一把锈掉的菜刀。

那天之后，他们没有再联络过。

她排在接热水的队伍末尾，仰头盯着头顶灭掉的节能灯发呆。

那时，不知为什么慌了神的盛淮南，终于在自己面前露出了与平常不同的一面。

她回到宿舍，发现愤怒落跑的时候竟然将行李箱落在了他手里，捏着手机盯着那条看不懂的短信半晌，憋着气没有开口要箱子。

左思右想，洛枳决定打给张明瑞，想问他自己的行李箱是不是在他们宿舍。电话刚刚接通的时候，她仍然能听到宿舍其他男孩子在旁边大嗓门地起哄——“说，圣诞节到底和谁去的 798？是不是许日清？”

张明瑞有些尴尬的声音半晌才响起来：“喂，洛枳？”

她正在措辞，忽然听到电话那边门被摔上的巨响声。

“怎么了？”

“我也不知道，我这边刚接通电话，盛淮南就提起行李箱摔门出去了，他在那边打游戏打得好好的，也不知道抽什么风……那箱子是你的吧？我在提手那个地方看到了你以前没摘掉的航班信息什么的，问他他也不答理我……”

洛枳半天没说话，直到手机又震动了一下，显示：呼叫等待，盛淮南来电。

她几句话结束了和张明瑞的通话，接通了另一边。

“我的行李箱在你那边……睡衣和电脑都在里面。”电话通了之后的沉默中，她先开口。

不知怎么，她忽然觉得，电话另一边的人是笑着的。

“五分钟后你下楼吧，我现在过去。”

“不用了，”她的声音僵着，“正好我室友回宿舍，经过楼下的时候能帮我捎上来。”

他呆了几秒钟：“那……那我怎么知道哪个是她？”

“我告诉她了，认准了门口站的男生里面长得最帅的那个，就是你。”

有时候洛枳自己也不明白，为什么她的愤怒和不满总是戴着嬉皮笑脸的假面。

“万一认错了呢？”

“你觉得这个时候拖着行李箱站在女生宿舍楼门口的男生可能被认错吗？”

她语气有点不好，不过盛淮南一向是个脾气很好的人，至少在表面上，很懂得克制，也很会照顾场面。

她等着他给彼此台阶下。

“我不管，要么你自己来拿，要么你就别用电脑，别穿睡衣……”他停顿，语气很冲，“光着睡算了。”

洛枳有点蒙，想都没想就按了挂断键。

下一秒钟，她却发现自己的嘴角止不住地上扬，似乎这个气急败坏的，一点都不像盛淮南的举动，让她突然摸到了彼此的心跳。

丑陋而罕见的那张脸或许才是真实的。

正在这时候有人敲门，是楼上心理学系的同学邀请各个宿舍的同学帮忙填写调查问卷，她和对方讲了几句，又坐下花了不到十分钟填完，接受了一枝作为奖励的塑料玫瑰花。

然后江百丽拖着箱子突兀地出现在门口。

“啊呀！你猜我在楼下碰见了谁？”

洛枳原本那股想要冲过去面对面捕捉盛淮南蛮不讲理的脸孔的豪情，就这样被那个行李箱扑灭。

百丽将行李箱竖在屋子中央，坐到自己的座位前，唾沫横飞地说，“我看到他站在那里还觉得奇怪，以为是等你，我还奇怪你们不是闹翻了吗？”

“是他自己走过来说，你是洛枳的室友吧？那副样子特别礼貌，又特亲切，但我最烦这种人。”百丽优哉游哉地晃着腿，咬了一口手中捧着的煎饼，继续说。

“他说你把行李箱落在他手里了，托我带上去。”

“然后我就瞟了他一眼，说，哦，谢谢您。”

您。

洛枳眼前忽然就能浮现出江百丽活灵活现的神情。

江百丽有意无意地告诉他洛枳病还没有好，之前幸亏有一个男生天天给她送饭——那种别有用心的埋怨和炫耀，暗含着打抱不平的姐妹义气——洛枳默默地听着，心慢慢地灰了下去。

“你说这人是不是变态，他听着听着就开始笑，好像心里石头落地似的，跟我说给你带个好，好好保重。你说他是不是脑子有病？”

洛枳微笑。

如果刚才盛淮南有过慌不择言，那么此刻百丽对自己的每一句描述听在他心里，都是万分确定的舍不得和放不下。

她飘忽不定的心思终于又被他抓到了手里，恐怕此刻他连心脏都跳得笃定。

有恃无恐的人最可恶。

她突然觉得冷。看着仍在义愤填膺的江百丽，洛枳不知道怎么办才好，心中涌起一种温柔的无奈，只能走过去，俯身轻轻抱了抱她。

“呀，你干什么……”

“谢谢你，百丽。”

她笑着说。

如她所料，之后的几天，盛淮南再没有给她发过任何短信。

真没意思。洛枳回过神，揉了揉有些发涩的双眼，低头拧开热水龙头。手背被水珠溅到，她打了个激灵。

乏味的课程在她走神中进入尾声，教室又渐渐热闹起来。洛枳在笔记本上匆匆记下期末考试的时间地点和复习范围，在教授宣布下课的瞬间抓起书包和大衣冲出后门。

今天是这一年的最后一天。之前朱颜问过她愿不愿意到自己家里面去住几天，一起度过元旦假期。她原本要一口答应，如果不是百丽在几天前曾神情落寞地问她：“洛枳，可不可以陪我去参加学生会的跨年酒会？”

她错愕：“你什么时候加入学生会了？”

不是一直作为编外人员给戈壁跑腿的吗？她把后半句吞进肚子里。

“我是书友会的成员，他们这次的酒会也邀请了各个社团的负责人，总之去的人很多。”

“干吗要我陪？”

百丽低着头，眼睛仍然四处乱转。

“我听说，陈墨涵要去。”

洛枳感到自己的双肩不受控制地下沉：“你该不是要……”

“我不是去闹，不是去给他们脸色看。人家要是会看我的脸色就不会甩了我。我只是好奇，我真的很好奇，他们真的在一起有多般配，我就是想看看，就是想看看……”

洛枳及时地止住了百丽话语中的哭腔：“行行行，你要是能控制住自己的情绪，我就陪你去。”

百丽忙不迭地点点头：“相信我。”

信你才怪。洛枳揉揉太阳穴，突然反应过来，学生会？那岂不是……她想要反悔，看见百丽瘦得尖尖的下巴，拒绝的话却讲不出口。

从百丽发短信告知洛枳她分手的消息到现在，整整一个星期过去了。江百丽夜夜听歌失眠，红了眼眶，瘦了相思。曾经在戈壁偷瞟美女的时候气愤地叫嚣要减肥大作战，现在真的瘦下来，却失去了意义。

最恐怖的是还要打起精神，虚弱又虚伪地对院里一群打着谴责戈壁的旗号来幸灾乐祸的八婆们说，一切还好，还好。

人前装欢。

再消沉，都要摆出笑脸。谁愿意白白让别人捡笑话。

洛枳将给两个孩子上课的时间提前，以便晚上早些回来陪百丽。站在东门口的冷风中等车时，她收到了洛阳的短信。

“你嫂子来北京了，明天一起吃饭吧。”

洛枳感到一股久违的暖流经过心间。

她在玄关换拖鞋的时候觉得家中安静得过分，总是在客厅转来转去嘟囔着谁也听不大懂的英语的两个菲佣没有现身。洛枳曾经问过朱颜，为什么一定要用菲律宾女佣，她们在北京理应不具备香港菲佣价廉物美的特性。

当时朱颜微笑着说，听不懂中国话的最好，心里踏实。

洛枳愣了一会儿，心领神会。

两个孩子的课一上完，洛枳就被小丫头拉进她的房间里面。Tiffany 大病初愈之后和朱颜一起去了香港，粉红色的小衣橱里面立时挂满了战利品。洛枳坐在床上看她一件一件地把新衣服秀出来。朱颜晚上要带他们出席一个酒会，Tiffany 万分认真，于是她也很热心地帮忙参谋到底是选择小洋装还是小旗袍。

“你什么时候进来的，我都没发现呢。”Tiffany 去洗手间的时候洛枳才刚刚发觉朱颜竟然进来了，一直默默坐在床的另一侧微笑着看自己女儿换装。

“还真是好久没看见你了。”朱颜笑，递给她一杯茶。

“生了一场大病。”

“流感？”

“不知道，一半着凉一半心病吧。”

“怎么了？”

洛枳笑着跟她讲了自己的经历，从第一次勉强算是约会的出游，到盛淮南忽然的翻脸，直到雨天，直到她被逼迫承认的表白，包括回家上坟时候的奇遇。

以及窗台边迟到的那句，“你叫什么名字”。

“大概就是这个样子，”她停顿了一会儿，笑：“你可以理解为我被狠狠地耍了。”

朱颜沉默良久，往茶杯中加了一块冰糖，搅拌着问：“那个男孩子，真的像你想象的那么好吗？”

洛枳看向朱颜，对方的眼里满是狡黠的笑意。她偏过脸，万分认真地想了想，才慢慢地说：“我知道你想说什么。”

“高中的时候我不了解他，但是他的确是个不错的人。一个各方面都值得被妒忌的人，能让所有人都夸赞而不中伤他，这已经很难得。后来凭我仅有几次和他面对面的接触，我觉得，他的确是个招人喜欢的人。”

她叹气，眼睛有些酸：“至少招我的喜欢吧。”

朱颜若有所思地点点头：“原来是这样，他还真是平安地长大了。”

“你的口气好奇怪，好像他原本应该死于非命一样。”

朱颜笑起来：“不，我是说，我也觉得他很难得。你曾经跟我讲过他，你形容的那种略带世故的早慧，往往会害了他，但是看起来，好像也没有。”

“我倒真的希望他不是那么好，这样我可以尽早回头是岸。”

“别找借口了，”朱颜笑，“看不破就是看不破。我敢说如果有一天你发现他很差劲，一定比现在还难受。”

她看向透着稀薄暮色的窗台：“毕竟他是你的全部青春。他如果很不堪，那你的青春就等于喂了狗。”

洛枳咧咧嘴：“简直酸倒牙了。”

朱颜却没理会她，好像沉浸在了自己的思绪中。很长时间之后，她才直直地看过来：“你怎么不去问他，到底是为什么？”

“他不说，”洛枳低头啜饮，“说了，我恐怕也不想听了。”

“矫情。”朱颜语气软软的，却让洛枳红了脸，她干巴巴地接上一句，“随缘而已。”朱颜笑得越加让她背后发毛。

“你之前也算是处心积虑了，又做导演，又做演员，埋了一路伏笔，现在又想假装一无所知，听从命运安排了？”

洛枳的茶匙磕在壁上。

“孩子妈说话就是一针见血啊，”她狼狈地扯开话题，“对了，我今天怎么没看到你家那两个菲佣？”

朱颜欲言又止，下一秒钟绽开一脸笑容，对着刚从洗手间蹦出来的 Tiffany。

百丽的催命短信一条条冲进手机，洛枳五点钟气喘吁吁地推开宿舍门，看到的却是她穿着睡衣盘腿坐在床上举着手机的样子。

“你怎么还穿着睡衣？”

“我不知道穿什么。”

“这是什么规格的酒会？如果要求穿礼服，恐怕我就进不去了。”

“不用穿得特别正式，穿球鞋也可以进门。”

“那你为难什么？不必太费心想这些，你没办法跟陈墨涵斗艳。”

“我知道。”百丽没有反驳。

洛枳回头看了她一眼。今天的江百丽平静得有点反常，她迎上洛枳疑惑的目光，微微一笑，苍白脱尘。

“我不会是看到圣母玛利亚了吧……你别那样笑行吗？”

“对不起，我刚才突然想到，其实今天晚上盛淮南也参加这个酒会。我不知道你想不想见到他……”

洛枳咧嘴一笑：“这有什么好躲避的，我们之间又没有什么。”

然后在嘴角无法抗拒地下垂之前赶紧转过身假意去整理书柜上面的复习资料。

虽然百丽对于他们之间的故事知道的不多，但是她每天每天喊着“洛枳加油”，朝夕相处，眼角眉梢总能读出点故事，洛枳不知道怎么掩饰。

她听到背后江百丽下床的声音，伴着一句幽幽的：“如果我当初也和你一样，把一切都烂在肚子里，静悄悄的就好了。你喜欢别人也都是悄悄的，不被任何人知道，失败了都不丢脸。”

洛枳闻言一头撞在柜子上：“这有什么丢脸的——喂喂，等一下，我哪里失败了？”

想要嘴硬一次，却发现嬉皮笑脸的样子怎么也摆不出来。

她把《玛丽·斯图亚特传》抽出来又放进去不知道第几遍，也始终找不到一个合适的位置，最后终于放弃，往桌上随便一扔，一屁股坐了上去，转过身语气冰冷地说：“对，我是挺失败的，我就是看准了自己有一天会很惨，当初才不像你一样，搞得满世界都知道。”

百丽正站在地中央，脱睡衣脱到一半，胸罩带子还挂在肩上，冷不防被洛枳吓到，惊慌失措地跌坐到下铺的床上。

她第一次听到洛枳用这样的语气讲话。掺着冰碴儿，却透着一股邪火。

两个人都沉默了。

“对不起……”江百丽刚刚开口，就看到洛枳脸上浮现出的夸张笑容。

“快点换衣服吧，”她说，顿了顿，又特意用很有精神的语气说道，“我突然想起来，《傲慢与偏见》里面好像说过，‘将感情埋藏得太深有时是件坏事。如果一个女人掩饰了对自己所爱的男子的感情，她也许就失去了得到他的机会。’所以，名著都说了，其实你是对的。”

江百丽笑起来：“读书人说话就是一套一套的。”

转眼，江百丽的脸却又沉下去：“……那为什么我还是没得到他？”

尴尬却默契地无言对望之后，洛枳笑出声，江百丽则乖乖地爬起来，说：“我穿你的衣服好吗？咱们身材差不多。”

洛枳指指衣柜，说：“自己挑吧。你不是一直说我的衣服都是寡居的人才穿的吗？”

百丽从衣服堆中抬起头，一本正经："我的确在寡居。"

洛枳浅笑，抬眼去看窗外飘起的清雪。

她曾经以为，她会这样沉默，怕的并不是丢脸，在意的也不是得到与否，只是不想被误解。她的那份感情里面有着太多的曲折，不足为外人道也，思维直通到底的旁观者只会将她婉转的心思戳得鲜血淋漓。

直到那天，她提起那时候的阳台，他说，"我问你叫什么名字。"

洛枳才忽然明白，那种忽然爬满心房的痛楚和不甘，就叫做得不到。

说出来，咽下去，万众瞩目的追求，或者不为人知的爱恋，并没有哪种更加高明，也没有哪种更为高贵。

只要得不到，就一样百爪挠心，痛得不差分毫。

第2章　山雨欲来

最后她们都穿着最简单的休闲白衬衫和牛仔裤。

“像不像双胞胎？”百丽一边扎马尾一边对着门上的穿衣镜微笑。

“我不要跟你像双胞胎。”洛枳斩钉截铁地回答，立即将橡皮筋取了下来，让头发散散地披着直垂到腰间。

两个人一边走出宿舍一边披上外衣，甫一推开楼门就被风扬起的雪花迎面截击。雪越下越大，像天空碎裂的缝隙掉下的粉末，大片大片渗透进路灯橙色的光芒里。

学生会的酒会在交流中心的大楼二层。百丽频频看表，拖着洛枳快步抄近路，走上了直通北门的石子路。路边灌木很久没有被修剪过，枝蔓横生，偶尔剐蹭在洛枳的外套上，摇一摇，抖落一地清雪。七拐八拐之后，交流中心的大楼现出踪影，二楼一排窗子灯火通明，有人影晃动。

洛枳看了一眼表情肃穆仿佛赴死一般的百丽，竟有些企盼这次老天能给她一个惨烈到不能收拾的结局，以便彻底清醒过来。

虽然她自己的结局惨烈得不输毫厘。洛枳的人生经历了一个巨大的断层，她发着烧哑着嗓子从悬崖底下爬上来，喘口气，还是要朝前走的。即使面具已经被盛淮南戳烂了，躲起来重新涂一层油彩，还是要继续撑下去。

如果一场病一场伤心能把她直接渡到彼岸多好。要么成佛，要么成魔，而不是尴尬软弱地站在中间。对那个人，喜欢依旧是喜欢的；对自己，不能触及的仍然无法触及。

洛枳恍惚间抬起头，竟然看到推着崭新的山地车跟自己相向而行的郑文瑞。郑文瑞穿着深紫色的羽绒服，把自己包裹得严严实实，整张脸藏在围巾后，只露出一双细长的眼睛，呼吸间的白气从围巾上方漏出来，仿佛里面着了火。

洛枳和她眼神交汇，微微点点头笑了一下，就拉着江百丽让到一边想让她先通过。上次见到郑文瑞，正是洛枳和盛淮南那个梦幻的约会的结尾，这个女人怨毒地把自己的自行车踹得哗啦啦乱响，像个下蛊的女巫——如果是真的，那么她成功了。

然而等了半天，郑文瑞却没有经过她们身边。洛枳低垂的视线注意到停在自己脚尖前的车轮，诧异地抬起头，正好和郑文瑞诡异的笑容相对。

那张有些浮肿的白脸从围巾后一点点显露出来，努了努下巴将绛红色围巾的边沿压住。洛枳只注意到她歪着的嘴巴轻轻开启。

"呵呵。"

是嘲笑。严重而明显的嘲笑。郑文瑞笑完就神采奕奕地扭头走远，山地车在石子路上咕噜咕噜响得轻快。

洛枳还在疑惑不解，倒是身边的百丽很直率地大声说："精神病啊？刚从六院放出来过新年是不是？"

洛枳摇摇头拉着江百丽继续前行，对方却忽然惊呼一声："我知道了，我刚才怎么没想起来，是她！"

还没走远的山地车停了一下，然后很快地拐过她们身后的弯路消失在灌木之后。

是她，32楼钢铁侠。

什么？洛枳迷茫地看向忽然间兴奋得仿佛没有失恋过的百丽。

"这个女生是学计算机的，住32楼，你知道，32楼全是理工科的女生——唉，不说这个，反正就是某天晚上，也就是一两个月之前吧，大半夜的，忽然楼下草坪里出现一个女生，拿着不知道哪儿弄来的榔头，使劲儿地砸着一辆破自行车，边砸边号啕大哭，声势那叫一个浩大哦，她把自行车完全砸变形了，连轮胎和链条都被扯出来扔得满草坪都是，整个儿一金刚大力神。本来大家还能接着看一会儿热闹的，结果有男生不知趣，居然拿着DV跑到近处来拍，把人家吓得呜呜哭着跑了，但还是被认出来了，照片都上BBS了。我刚才蒙了，没认出来，但就是她，没错。”

百丽说起八卦时眉飞色舞的样子让洛枳恍然间好像回到了几个月前。

几个月前，她没有遇见盛淮南，百丽也没有离开戈壁。

而郑文瑞，也发誓不再重复高中时候的闹剧。

然而一切都朝着反方向前进了。

洛枳不知怎么就觉得郑文瑞根本就是把那辆自行车当成是她来砸——这个想法让她有点不寒而栗。她紧了紧外套，挽住百丽的胳膊说：“别提这些了，快走吧。”

百丽托社团里面的熟人要了一张邀请函给洛枳用，进门之后直奔二楼。楼梯口有许多学生打着手机进进出出，似乎很忙碌的样子。一个穿着黑色小礼服的女孩子急匆匆地挤过洛枳的身边，蜜桃味香水的气息钻进她鼻子里，香水的主人已经踩着金色高跟鞋跑远，在大理石地面上碰撞出好听的声音。

洛枳朝百丽摊手：“我们打扮得……好像是太随意了点。”

她发现百丽根本没有理她，目光早已越过了门口的众人。

璀璨的水晶吊灯下，一个穿着雪白露背小洋装、头发盘得无懈可击的女孩子正背对她们站着，而她面前的人，正是穿着深灰色西装笑得犹如三月春风的戈壁。

百丽定定地看着，没有一丝表情。

会场布置得有点古怪。穹顶光彩四溢的水晶吊灯周围，竟然缠绕了一圈又一圈小学联欢会常见的玻璃纸彩带；壁灯上挂着彩色气球，门口两侧墙上还各贴一个倒着的福字；会场靠门的前半部分是类似多功能厅小舞台的区域，似乎晚上会有表演；再往里延伸就能看到四列长桌，上面摆满了饮料和食物，是酒会的主要区域；整个大厅的最内部竟是半圆型的坐席区，众多座位拱卫着两个圆桌，每桌十五六个座位。

洛枳在心中对这种中西合璧的风格嘀咕了半天，正要伸手去拉百丽，转头才发现在自己观察会场的时候，江百丽已经不见了。

她往墙角退了退，担心挡住在会场中央穿梭来回的忙碌干事，忽然听到背后不远处一个男孩子有些沙哑的声音喊着：“戈部长找您！”她听到这个姓就下意识回头，正好看到盛淮南站在面朝自己却背向小干事的地方，似乎很苦恼地咧咧嘴，用手背擦了擦额头。

然后侧过脸，笑得很像盛淮南该有的样子："知道了。我一会儿去找他。"

洛枳靠在柱子边，突然笑了。这一明一暗，不情愿的社交，人前的面具，让她突然觉得他很可爱。

并不是出于倾慕的原因觉得他可爱。洛枳想起自己高中时候也常常能观察到他这种人前人后的反差，每每意识到她或许比别人更了解他，心里就会有一种复杂的快慰。然而此刻，她好像暂时放下了混沌纠结的感情，抽身而出，仿佛旁观的路人无意间捕捉到了趣意盎然的街景。

只是个比其他男生成熟点、好看点的毛头小伙子而已。她想——朱颜也一定会这样说。

可她喜欢这个毛头小伙子。

洛枳赶紧打住了这个念头。她可不希望自己真的变成江百丽灵魂的双胞胎。

那对情侣站在会场中央。今天的戈壁风光无限。他带来了一个天仙般的新女友，传闻中青梅竹马修成正果。洛枳记得，江百丽曾经提到过，前阵子学生会闹过什么风波，他又恰好站在胜利的那一方。双喜临门让戈壁脸上的招牌阔少笑容看起来比平日真诚许多。

洛枳看到盛淮南走过去，从背后拍拍戈壁，陈墨涵像职业模特一样站得很优雅，朝盛淮南微微一笑，明艳照人。

他们寒暄来寒暄去，似乎终于没话讲了，这时候戈壁扫视了一眼大厅，笑了一下打算起头新话题，突然看着远处脸色一变。尽管他很快恢复了正常，但陈墨涵还是注意到了，也朝着大厅的角落看过去，转头回来的时候笑得更灿烂，灿烂到了有点幸灾乐祸的意味。

洛枳也顺着他们的眼光望过去，一眼就瞄准了在两个人背后几米远的窗台边侧着身子假装看风景的江百丽。她这时候才理解了江百丽坐在宿舍床上迟迟不下来时内心的纠结。学生会的人都很八卦，谁都知道戈壁曾有一个其貌不扬的女朋友，在戈壁负责的许多工作中出过力，和各级元老以及小干事们都没少打交道。以一个被甩的前女友的身份参与这个再也与她无关的学生会内部活动，江百丽需要鼓起怎样的勇气。

她打算从后半场绕过去陪陪她，避开这几个人的视野范围。刚走到一半就冲过来几个风风火火的男生，勉力搬着一堆线路缠绕的音响设备往舞台的方向走，将她拦在了半路。她耐心等这几个人过去了，再抬头时候，窗台边已经没有人了。

她惊异地睁大了眼睛，有点不知所措。长发因为静电的缘故都贴在后背上，很难受，她将双手背过去，几下就松松地盘在了脑后。还在发呆时候，感觉到脖颈被一根凉凉的指头擦过，她一个激灵转过身。

是盛淮南，右手食指缠绕着她脖颈上搭着的一绺长长的头发，随着她的转身，倏忽间从他指缝溜走了。

“你……你落下一束头发。”盛淮南尴尬地说。

“哦。”她垂下眼，把头发解开，双手扭到背后重新绾起来。正巧这时小干事又在远处喊盛淮南，他一边答应着一边对她说：“没想到今天你会过来呢。一会儿他们有安排表演和游戏，今天晚上好好玩，结束之后，我把剩下的事情处理完，想跟你谈谈。”

洛枳思考了几秒钟，慢慢地说：“你去忙吧。至于结束后，”她眼睛忽然瞟到了大门口的江百丽，“有没有机会聊天，要看情况。”

盛淮南停住脚步，愣了愣，了然地笑。

“好吧，你们……你们别太过了。”

他轻快地转身走远，留下洛枳一个人。

闹闹哄哄了好一阵子，观众才陆陆续续进入坐席区，台上的两个圆桌也坐满了老师和学生。P 大学生会有三个委员会，各设主席和会长，每个委员会还有一堆头衔和级别，盛淮南是执行委员会 15 个部长之一；而戈壁所在的是团委，独立于学生会之外，却更是一个臃肿庞大的机构。

洛枳坐在角落，旁观他们庞大的全家福，对江百丽说：“我想起了我们小学的大队部，那是我参与过的最后一个权力中心。”

百丽只是笑，不讲话，认真地看着舞台上面的两个主持人。

“你能不能把你那圣母般的微笑抹下去？你让我觉得我已经升天了。”

百丽从宿舍出发的时候还是说说笑笑的，现在却像个失声的布偶，好像暴风雨前的平静。如果不是自己亲眼看着她换衣服和整理手包，洛枳可能都会极度怀疑她偷藏了一瓶浓硫酸等待泼人或者在腰上缠了一圈炸药包准备同归于尽。

酒会的开场和中国所有的大会一样漫长。主持人的插科打诨永远以冷场结尾，洛枳渐渐对台上明知白痴却不得已为之的一对漂亮男女有了一丝同情。开场流程包括了学生会主席新年致辞，团委主席新年致辞，副校长新年致辞，党委书记新年致辞，学生会监督委员会年度工作总结报告……洛枳打了个哈欠，眼睛半睁半闭的时候看到了盛淮南，站在舞台后方一群部长的中间，鹤立鸡群，此刻却也在打哈欠。

他们看到了彼此还未合拢的嘴，盛淮南笑起来，而洛枳没有。她默默地看着他，一双眼睛寒星一般闪亮冷清。

全场暗下来，只留舞台上斑斓的灯光，文艺表演开始了。

演出看得洛枳昏昏欲睡，底下有校长书记坐镇，场上的气氛更是虚假官僚。学生的演出少有精彩纷呈的情况，真正吸引人的原因只有一个：台上表演的是自己的朋友或敌人，而你正等着他们出彩或者出丑。身边唯一能说得上话的江百丽静谧沉迷得仿佛已经到达波罗密，洛枳的目光巡遍昏暗的全场，戈壁不在，陈墨涵也不在……盛淮南也不在。

她悄悄戴上耳机，用碎发微微遮掩住，开始听从网上下载的《寒蝉鸣泣之时》的篇末独白。其实耳机里面的女人在叽里呱啦说些什么她完全听不懂，只是那种感觉很好，清冷的女声把她与周围隔绝开。

也和之前发生的一切都隔绝开。

又是一年了。她想。

灯光忽然大亮，同学们纷纷站起来朝长桌子上的自助走过去，圆桌上面的领导也开始动筷子吃东西。百丽摆摆手对她说："我去洗手间，你吃东西吧，一会儿我回来找你。"

洛枳点点头，站起身揉揉发麻的屁股，快步走到餐桌旁。

身边的很多华服美女都不敢吃得太快，更何况总有精神抖擞的人在别人吃东西的时候走到旁边寒暄，没话找话也死活不肯走——比如此刻她身边的大一小姑娘，一边应付着话痨的师兄一边小心翼翼地想把炸鸡翅吃得优雅得体。洛枳同情地轻叹一声，打了一杯柠檬茶，往盘子里面放了八九块点心，决定回到座位上慢慢享用。

转身的时候差点撞到人，洛枳小心地扶住盘子，幸好只有柠檬茶洒了一点在地毯上，并不严重。她在确定点心都安然无恙之后才站定，也不抬头看眼前人是谁，就说了一句"实在对不起"，打算绕过对方往坐席区走。那个人却微微往旁边挪了一步，挡住了她。

她隐隐约约感觉到对方说了什么，但是音乐声音太大，没有听清楚，何况现在腾不出手来摘耳机，只能抬起头望向对方。

很有棱角的一个男人，左手挽着西服外套，穿着亮灰色的衬衫，看起来大约三十出头的样子，脸上挂着笑。

“我说你吃得很认真。”他又说了一遍，洛枳这次听见了，咧嘴笑了一下，点点头，然后绕过他，目光紧盯着左手的柠檬茶，担心再次溢出来。和男人擦身而过的时候她感觉到左耳边的头发被撩了起来，下意识转头看，男人手里捻着她原本遮盖住侧脸的几绺头发，目光紧盯着耳机，露出一副原来如此的表情。

洛枳皱了一下眉头，往旁边撤了一步，头发从他手心滑出来。

“抱歉让一下。”

她回到座位上慢慢地把蛋糕都吃完，一小口一小口喝着温热的柠檬茶，有点想要离开了，可是江百丽仍然不见踪影。

竟然去了整整半小时洗手间。

圆桌上的领导们不知什么时候都撤退了，他们一离开，底下的学生就活跃多了，时不时有集体哄笑怪叫出现。她急着找到百丽，巡视的目光又撞到那个男人身上，对方正在和戈壁聊天，两个人各执一杯红酒，那个场景看起来非常非常的……国产电视剧。不知哪里有点别扭。

男人好像背面也长眼睛了一样，隔着这么远也很快感应到了她的目光，转过头微笑着举起手里的酒杯示意了一下。如果是戈壁做这个举动，她可能早就笑喷出来了，但是这个人举手投足都极其自然，算得上气度不凡。

男人的年龄果然不是白长的，平常看起来比一般男生成熟的戈壁在此人面前也只是个愣头青。洛枳这样想着，立刻撤回目光，混迹于人群中，余光看到戈壁正在疑惑地寻找刚才被致意的人。

洛枳走出会场的门，跑到女洗手间门口喊了两声百丽的名字。

“江百丽？”一扇门被推开，洛枳低头看到一双银色高跟鞋，水钻里盛着晶莹的灯光。

陈墨涵的声音很甜，但是没有什么特点，她全副武装笑得滴水不漏，好像发布会上面的女明星。洛枳有些惋惜，似乎还是照片中长发飞扬的少女更灵动一些。

洛枳假装没见过陈墨涵，朝她点点头：“对，我在找她。”

“你是谁？”

“我是她的舍友。你知道她在哪儿吗？”

“你去戈壁附近找吧。”陈墨涵笑起来，嘴角含着的都是得意。她打开酒红色手袋拿出化妆包开始对着镜子刷睫毛膏。洛枳站在背后看着镜子里面左侧脸右侧脸比对个不停的陈墨涵，由衷觉得江百丽讲话不是一般地没水准。眼前的这个女人，无论如何都不可能是江百丽故事中那个不落凡俗的美人——倒不是说美人不能化妆，她只是无法容忍陈墨涵眼角眉梢的浮躁和戾气。

洛枳脸上浮现出一丝笑容。陈墨涵倒是个敏感的人，冷下脸转身看她：“你笑什么？”

洛枳瞪着无辜的眼睛问：“你让我去隔壁附近找，可是隔壁是男厕所啊！你在男厕所看见她了？”

杀机四伏的瞬间，洛枳转身跑出洗手间。

重新回到座位上等了半天，江百丽仍然没有出现，倒是看见了盛淮南和陈墨涵一前一后从门口进来。洛枳所处的位置很隐蔽，她挂着耳机，把手肘拄在膝盖上，双手托腮，目光却穿过额前细碎的刘海儿，紧紧追随着他。

盛淮南在人海中仍然那么扎眼，却跟戈壁不同；他是和善内敛的，左右逢源但又不流于油滑。朱颜说得没错，不管她如何委屈不甘，都不曾因此而否定过盛淮南一丝一毫，在她自己心里面他就是完美的，万能的，即使会有背向人群笑容苦恼的片刻，也只是让他在她心中更加真实而吸引人，何况她从来不怀疑他下一秒钟就能够从容地扮演起焦点。她甚至从来不需要考虑一下这完美背后是否有什么艰辛苦楚，仿佛天生铸就，就好像大家仰望太阳，没有人会多想一下它为什么发光，又会不会有一天燃尽。

而陈墨涵挽着戈壁的胳膊，是会场中的另一对儿发光体。P大学生会的女孩子们尽管今晚看起来都是精心修饰过的样子，不免还是有些土气，无论是颜色搭配还是礼服款式都有一点古怪，更重要的是，陈墨涵穿着露背的小洋装好像穿着普通的T恤一样自然，相比之下其他女生举手投足都有点羞怯，带着一种既怕出风头又怕无人欣赏的小家子气。

这就是气质吧。洛枳微笑着，想起的却是穿着黄色吊带裙的活像村姑的自己。

“你们这个年纪，非要穿成这个样子，学着大人办酒会，真是有意思。”洛枳听到有人说话，摘下耳机，看到自己右边隔位坐着的正是那个男人，不觉呆住了。

“没听到我说什么吧？我再说一遍，这种场合中最吸引人目光的其实并不是那种女孩子。”他说着，嘴巴努了努，指向正在戈壁身边巧笑倩兮的陈墨涵。

洛枳不知道是不是应该礼貌地接一句话。

“真正让人注意的是你这样的女孩，打扮得很简单，看起来格格不入，好像有自己的世界。”

我想吐。洛枳忍耐着不让自己说出这三个字。

可是不得不承认，这个男人还是有本事将这种活像从劣质言情小说里面摘录出来的话说得不那么恶心。

洛枳想了再三，还是硬着头皮笑了笑，忍耐着呛回去的冲动，重新戴上耳机。

领导走光了之后，会场中的人群组成开始分化。大一小干事们都在自助餐桌附近徘徊，大二以上的核心骨干则聚拢到那两个硕大的圆桌周围，八卦、聊天、拼酒。洛枳听不大清楚他们在说什么，只是看到戈壁不停地在被灌，陈墨涵并不拦着。戈壁几杯下去红光满面，周围人似乎开始八卦他的新恋情，陈墨涵时常做出不好意思的样子低下头，而戈壁除了笑还是笑，一杯一杯来者不拒。桌边有几个上蹿下跳的男孩子，其中一个总是不自觉地把眼光斜向陈墨涵的胸部。

洛枳皱起眉。

终于抱得美人归。戈壁的笑容，却并不是当初江百丽跟她吹嘘的那种“男孩子般单纯喜悦的笑容”。只不过是再普通不过的得意，甚至说不上哪里有点苦涩。

那点单纯的喜悦，估计也是江百丽这个小说爱好者的幻觉。洛枳长叹一口气，右耳的耳机突然被人拔出去。

“你在听什么？”

那个男人居然还没走。洛枳像看怪物一样看着他把耳机塞进自己的耳朵认真地听了一会儿，又拔出来，自来熟地朝她笑：“原来你喜欢 Daniel Powter（丹尼尔·波特），我也是。他这首歌是 2005 年写给可口可乐的广告主题曲。”

洛枳愣了半天，终于想起拉住耳机的线把它拽回来，问：“你是谁？”

“你终于有兴趣知道我是谁了。”男人的笑容成竹在胸，仿佛在对洛枳说假装清高是没有意义的。

“顾总。”

洛枳抬头，毫不意外地看见了盛淮南。

第3章　入戏

刚刚戈壁站在此人面前时仍是一副尚须修炼的愣头青样子，反观这时的盛淮南，还算是镇定放松，但仔细一看就能发现他其实很戒备，像是后背的毛都竖起来的猫。那个被他叫做顾总的男人闲适地后靠，一只胳膊搭在椅背上，挑着眉头不说话，只是浅笑着点点头，在等盛淮南自我介绍。

盛淮南却没有再说什么，径直走到洛枳和这位顾总的中间坐下，伸手取下她的右耳机："在听什么？"

态度那样亲昵自然，洛枳一晃神，垂下头。

"我也喜欢这首歌，以前跑步的时候总是用itouch循环播放，直到听得恶心，再听见前奏就想吐。不过你没和我说过你也喜欢他。"

洛枳默默无语地盯着他，他突然凑近，在她耳畔轻轻地说："拜托，我在帮你脱身。那个人是新年晚会和今天学生会跨年酒会的赞助商，家族企业的阔少，我不知道领导都走了他为什么现在还留在这儿。"

"所以呢，"他的气息喷在她耳边，她起了一身鸡皮疙瘩，有些异样的感觉，往旁边躲了躲，结果他反而凑得更近，"所以你要是不想成为被包养的女大学生就离他远点。"

洛枳失笑："你见过包养我这种姿色的女大学生的富翁吗？满场的美女结果就挑上我？"

她说话的时候声音很小，侧过脸努力不让身边的那位顾总听到。

"他……看中了你的气质也说不定？"

"白痴。"

"谁知道呢，也许他看上你，就是他白痴的最好证据。"

"我是说你。"洛枳一把夺过他手里的耳机，赌气地按了几下屏幕换成随机播放。

盛淮南没有恼，嚣张地一笑，像个得胜的十岁男孩，眼光若有若无地瞟过洛枳右边，示威一般地伸长左臂，把手从她背后绕过去搭在了她的左肩上。

洛枳身子一僵。肩上温暖的触觉让她心口先是一软，转而升腾起浓重的怨怼和悲伤。她缓缓抬起左手，抓着他的手背挪走，然后按下停止键，耳机里面《垃圾》现场版在开篇的那个尖利的高音处戛然而止。

"你——"

她话没说完，注意力却忽然被酒桌那边吸引过去了。

一个火红的身影出现在酒桌边，充满敌意地瞥了一眼陈墨涵，然后一脸假笑地高声对戈壁说："你们喝酒怎么都不叫我啊，上次我们不是还说喝酒的话谁都拼不过江百丽吗？戈壁你记不记得当初你跟我们拼酒的时候你家江百丽超级护着你，以一敌五那叫一个壮烈。江百丽去哪儿了？今天她不应该不在啊？"

喧哗的酒桌霎时一片寂静，陈墨涵的脸色仿佛刚从地窖里爬上来一样寒，而戈壁低着头看不清表情，并没有反驳，不知道是不是已经喝多了。红衣女生带着笑容环视全场，突然又一次大叫起来："江百丽，过来啊，你不是最能护短的吗？你家男人又被灌了！"

洛枳这才看见，不知道什么时候，百丽已经默默地坐在角落里面了。看客们表情各异，却都默契地抱着胳膊看热闹，谁都不讲话。

更有趣的是，洛枳看到那位顾总脸上的表情堪称精彩——他先是迅速地顺着红衣女生的目光回头看了一眼右后方的江百丽，又扭过头来看洛枳，神色惊讶而尴尬，仿佛刚刚得知儿子不是自己亲生的。

江百丽缓缓站起来，表情平静安详，仿佛真的是拉斐尔画中走下来的圣母，一步一步从阴影步入光线下的酒桌，朝着红衣女生勉强地一笑，苍白而隐忍，左眼一眨，一颗眼泪恰好落下，被所有人明明白白地看到眼里，然后轻声说："我不是他女朋友了。"

戈壁就是这个时候抬起头，洛枳惊讶地看到，他眼睛红红的，脸上居然有泪。

百丽温柔地抿嘴一笑，拿起他面前的酒杯，仰头一口喝下，这几天她暴瘦下来，扬起的下颌连着脖颈形成了一道很美的曲线。

"不能喝就少喝点，我知道你高兴，但还是身体要紧。"

百丽说完，就留下石化的众人朝会场的出口走过去。白衬衫勾勒出她干巴巴的可怜背影，此刻看起来，倒是决绝干脆。

这一幕真真叫绝，要说之前没有走场排练，洛枳都不敢信。不过耍帅永远是需要别人来善后的，洛枳立即站起身越过顾总走到百丽刚刚坐着的位置上，拿起她遗留下来的蓝色羽绒服朝着门口奔过去。而盛淮南则默契地拎起洛枳位子上毛茸茸的白色外套跟了上去。

江百丽刚走出交流中心的大门就被洛枳追上。

"行了，幕布都落下来了，也该穿上外套了。我早就说过你很有演戏的天赋，简直是玛利亚下凡。"

百丽接过衣服穿上，朝洛枳笑，笑着笑着就扑到她怀里哭起来。

好了，终于落入人间道成肉身了。洛枳一颗心回归原有的位置。

"你这招真狠。"洛枳轻拍着她的后背轻轻地说。

即使曾经江百丽的善妒和戈壁的花心人尽皆知，但是今天之后，江百丽算是把圣母形象普及到了每个人——包括戈壁——的心中。自从一个星期前戈壁提出分手，她不哭不闹，甚至在不知道他们分手消息的小干事找到她帮忙时仍然不遗余力，这让戈壁大为震撼。今天戈壁红红的眼睛告诉洛枳，其实他还是有点愧疚之心的。江百丽胡闹了这么久，也终于算是扳回一城。

"我才不是圣母玛利亚，"百丽含着眼泪朝洛枳恶狠狠地一笑，"我不会罢休的，我管他爱谁，总之我绝对绝对不会让他们好过！"

她放开洛枳，指着她背后拎着外套的盛淮南大声说："洛枳是好女孩，你要是敢对不起她，咱们就走着瞧！"然后潇洒地大步离开。

她还是当圣母比较有前途，洛枳想。她硬着头皮转过身朝盛淮南尴尬地半鞠躬，说："对不起，她精神不大正常，你大人大量，就当笑话听吧，不过……我的确算个好女孩。"

冷笑话一般的收场之后，她打算夺过他手里的外套彻底逃离这场酒会，没想到盛淮南不松手，洛枳揪着帽子，他扯着衣角，两个人一时僵持不下。

洛枳抬头，看到盛淮南没有笑容的脸。他还穿着衬衫，领带已经松开，呼吸间白气缭绕，耳朵和鼻头冻得有些红。

"进屋行吗？有点冷。"

他用空着的那只手挠挠后脑勺，人畜无害的笑容让洛枳愣了一下，手略略一松，立即被对方抓到破绽抽走了外套。洛枳上前一步去抢，他顺势扭过胳膊将外套藏到背后，她扑个空，没站稳，一鼻子撞上了他的胸口。

鼻子很酸，她疼得眼泪一下子涌出来，泪眼朦胧地抬头，根本看不清他的脸。

"盛淮南，你是不是想玩死我？"

第4章　平衡木

洛枳已经说不清眼泪到底是因为疼痛还是别的。下一个瞬间，她就被他拉进怀里，脸颊贴在领带上，丝滑的触感并不温暖，甚至比她自己的眼泪还要凉。他用抓着外套的那只胳膊揽住她的后背，另一只手则按在她脑后，轻轻地拥紧，像在给一只小动物顺毛。

“我……对不起。”

他的声音从上方传来，洛枳一下子清醒过来，努力挣脱了几下都挣脱不开。

“我原来只以为你是非观很特别，总为奇怪的事情道歉。没想到你道歉的方式更特别。”

他并没有回答她的冷嘲热讽，轻轻地放开她，却抓住了她的手腕。

“别冻坏了，进门去说吧。”他不由得她抵抗，强硬地牵着她走进门。

洛枳一直低头沉默地跟在后面走，一路收获了无数的“天哪！你们……”盛淮南是用什么表情来面对他的那些惊讶而八卦的同学的，她一点也不想知道，只是低着头努力让长发更多地遮挡住自己的脸。

然而会场的场景让她暂时忘记了自己的处境。

桌子被掀翻了。大部分人都挤在自助餐区窃窃私语，一片狼藉的桌边只有那个红衣女孩站在那里。盛淮南转头去问门口的一个小干事，出了什么事。

“学长你可是不知道，刚才真吓死我了，我们正在这边玩果冻拼图，就突然听见一声巨响，盘子和碗都碎了一地，大家全都愣住了，后来……”女孩子手扶在胸口一个劲儿地喘气，突然被身边的男孩打断。

“是戈壁部长的女朋友和刘静学姐吵起来了。刘静学姐把桌子掀了。”

洛枳感激地看了那个男孩一眼。

盛淮南用力地捏了她的手一下，说：“你不许跑，等着我。”

他说完就快步走到人群中去了，却仍然紧紧攥着洛枳的外套，像绑着关键的人质。

洛枳认命了一样靠在墙上等待看戏，注意力渐渐被身边人的窃窃私语吸引过去。那个啰唆的女孩子小声对旁边人说：“喂，是不是因为团委老师们都走了才没人出来拉架的啊？”

洛枳看到盛淮南和三个男生两个女生走到风暴区，女孩子们跑过去安抚那个叫刘静的红衣服女孩，另外几个男生则把醉倒在椅子上面的戈壁架起来，盛淮南拍了拍陈墨涵的肩膀示意她离开这里，洛枳才注意到陈墨涵的小洋装上面有一块清晰的棕红色污渍，不知道是不是被泼上了红酒。

陈墨涵突然呜呜哭起来，委屈地跳起来扑到盛淮南怀里，盛淮南大吃一惊倒退一步，然后迅速侧头看了一眼洛枳，眼神里第一次充满了无措。

洛枳原本惊讶地张着嘴，看到他慌张地朝自己的方向看过来，反倒扑哧一声乐出来。她加大了笑容，嚣张地直视狼狈不堪的盛淮南。

哈哈哈——这是她对今晚所有事情的评价。

盛淮南摊开并举高双手，仿佛篮球比赛中努力向裁判证明自己没有小动作一般，洛枳的外套慢慢滑进他的臂弯。陈墨涵刚扑进他怀里的时候他的手不小心碰到了她后背上裸露的皮肤，这让他头皮发麻，僵在原地被动地嗅着她带来的香水味，而远处的洛枳正幸灾乐祸地笑得开怀。

盛淮南皱了皱眉，轻声说：“那个，同学你平静点。这儿这么多人，你肯定也不希望让自己和戈壁难堪。”

陈墨涵哭得耸动的双肩滞住了，然后慢慢从他怀里撤出来。她用手轻轻挡在眼前，做出抹眼泪的样子，然而盛淮南清晰地透过她的睫毛膏看到，她根本就没哭。

这时候，他听到一声轻笑，原来学生会主席早就歪着嘴笑嘻嘻地站在一边。

盛淮南终是看不过去，走进人群对主席说："您看怎么办？不管怎么样，传出去也不好听。"主席才像梦游醒来一般懒洋洋地对他说："找几个人，赶紧把刘静和戈壁还有他那个天仙女朋友给我弄走！"

周围的其他干事也大梦初醒一般挪动起来收拾残局。主席敛起笑容，大声说："时间也不早了，今天的跨年就先到这里吧，文艺部所有的人都留下，把东西收一下然后结算。其他同学早点回去休息吧，大家新年快乐啊。"

刚刚凝成堤岸一般与事发现场保持距离的人群瞬间分解，洛枳的视线被纷乱的人影遮挡住，她寻思着自己是不是也该走了，捏了捏单薄的衬衫，皱皱眉，只好就近找了个座位坐下去，省得给别人碍事。

从被他拉进怀里那一刻到现在，她狂跳的心就没有平息过。洛枳将手腕轻轻按在胸口，轻轻闭上眼睛。

但是咚咚的心跳声却没有淹没理智。

你看，又来了，又要重来一遍了。她深呼吸，努力告诫自己，洛枳，如果你长了脑子……你知道应该……你知道……

如果你长了脑子，洛枳。

没有人可以耍你，除非你自己乐意。不要让这个死循环再来一遍。

她正在目光涣散地想着心事，眼前却被阴影遮蔽。盛淮南竟然没几分钟就从打扫战场中抽身，笑着对她说："走吧。"

"你不需要留下来帮忙吗？"

"帮个鬼啊？！"盛淮南低声牢骚，洛枳蓦然就看到两小时前那个背对小干事兀自抱怨的脸，大大方方地出现在自己眼前。

终于拿回了自己外套，洛枳连忙穿好，一边的盛淮南也披上了羽绒服。外面的雪已经停了，由于气温并不很低，所以只积了不大厚的一层。洛枳认真地在没人踩过的地方烙上自己的脚印。

"我觉得你绝对有处女情结，你看你，连看书都一定要新书，还喜欢踩没人踩过的雪地。"

洛枳笑笑："对了，刚刚……"

其实她也不知道应该问什么，毕竟对学生会的情况一无所知。盛淮南耸了耸肩膀宽慰她："没什么大事情，就是几派之间斗来斗去而已，小家子气，很无聊。"

"会波及你？"

他意外地扬起眉，不知道是体会到了什么，立刻笑得很开心。

"别担心，不会的，我平衡得了，反正只是混着玩玩而已。"

话语中不自觉地带上了几分得意和嚣张。洛枳听在心里觉得发痒，这样的盛淮南恐怕并不多见，滴水不漏的人绝少表露出内心真正自负的一面。

这是否证明了她对他来说还算是特别？

洛枳控制不住地这样想，却又更加控制不住地狠狠自嘲——都到这个份儿上了，还在猜测自己的地位。

暗恋成了一种习惯，卑微已经根植在了骨子里，刮骨疗毒都抹不干净。

"其实，"他安静了一会儿才开口，"前阵子有点烦心的……是学生会的事情。"

她不言语，静等他往下说。

"不过最烦心的其实是别人觉得我理应心情不好，"他看着前方，自嘲地笑，"之前我一直躲着戈壁，虽然我们跟着的学长之间关系不好，但我们两个还是不错的。出事之后，他几次主动提出陪我借酒销愁呢，搞得我哭笑不得的。"

洛枳在盛淮南平静的叙述中，大致摸清了情况。学生会这个新年过得不太平。新年晚会的赞助本来都已经由盛淮南的外联部搞定，可是 12 月中旬的紧要关头，那家电子出口公司突然反悔。公司对学生会的解释是签协议的主管离职，协议并未通过公司流程审核无法生效。

不生效，自然就不打款。

所有人都心知肚明，真正的原因在学生会主席身上。名义上，赞助都是依照既定程序，由盛淮南的外联部拉进来，可实际上都是主席亲自接洽安排，现在一下子撤走，盛淮南就成了千夫所指——作为替罪羊，他总不能把这些放不上台面的东西打成报告交给团委老师，何况对方可能比自己还了解情况。

黑锅只能继续背着。

P 大的学生会主席一职是个肥差，面子无上光荣，又包揽巨大利益。无论是出去找工作还是保送研究生，有这个名头基本上都等于手到擒来，同时利用职权之便，主席会捏着一些重要的校园项目的命脉，外快和回扣十分丰厚，所以每年选举的时候各派争斗都暗潮涌动。

每年都有近三分之一的大一新生争先恐后地冲进学生会当个小干事，跑腿、搬东西、发传单——尽管大二能够熬成部长的人数寥寥。想要在学生会混下去，能力和毅力固然重要，但更重要的是前任部长或更高层的提携指派。半学期过后，大部分三分钟热血的小干事们退部的退部，翘班的翘班；留下来的几个人中，又只有一个能成为部长，其他人只能被友情封为副部——这个头衔自然就没有什么意思了，所以往往也是一走了之。不过学生会不缺人手，每年都有大批的小干事拥进来，比“副部长”们要听话得多，也好骗得多。大二的部长们在下学期参选主席团，其中能有四五个幸运儿在大三成为副主席，而大四的学生会主席就要从这四五个副主席中产生。

金字塔一样的层级。

这个世界上，向上爬永远不是一件容易的事，除非有人托着你往上跳，比如现任学生会主席。成绩一塌糊涂，就读于冷门调剂专业，但是家世背景让他和团委一些老师保持了良好的关系，选举前给众多选民砸的银子请的饭局也最多。然而就在新年之前，主席在南方某省招生办的父亲被双规，查处过程中，也顺带扯出提供赞助经费的几个公司的财务纠葛，让这些赞助商避之不及。

眼看新年筹办的几个活动都撂在了那里，团委的几个老师急得火上房，既不敢继续用他，也不敢贸然动他，现任主席就这样被冷冻了起来，像个傀儡皇帝。

戈壁却在这时找来了那个家族企业的赞助临危顶上——戈壁所追随的那一派副主席小团体本来就和现任主席明争暗斗，此举更是狠狠地甩了傀儡皇帝一巴掌。因此今天场面乱成这个样子，主席愣是站在一旁看热闹，也不出来镇场面。戈壁是今天挑大梁的人物，他上头的那些老师很巧合地都不在场，让这个丢脸的局面持续的时间长一秒，主席就更快乐一分。

盛淮南长长地呼出一口白气。

“烦死了。一档子破事儿，一个个还都煞有介事的。下学期选举结束我就撂挑子。”

他有些孩子气的口吻让洛枳微笑起来，可面对这长长的、淡淡的诉苦，她实在不知道如何给予反馈。她自然是相信他说自己能够摆平，原本她也知道，盛淮南无意于此。

所以，也只能笑一笑。

忽然又飘起雪来。盛淮南和她远离了灯火通明的交流中心，走上了洛枳来时的那条小石子路。很长一段时间两个人都不讲话，满世界只剩下簌簌的雪落和嘎吱嘎吱的脚步声。

“你……还喜欢我吗？”

洛枳刚重重踏进雪中，听到他的话，立刻停住脚步，好像被掐起后脖颈的猫咪，钉在原地。整个世界唯一在动的只有他们两个呼吸产生的白气，来势汹汹，然后很快变淡消散。

从学生会的话题忽然跳到这里，她一下子有点发蒙，感觉到背后盛淮南在走近，连忙往前跨了一步，却被他拉住了手。

“我这算不算耍流氓？”他举起她的手贴到唇边轻轻地吻了一下，然后攥紧了贴在他的胸口。洛枳像瞪火星人一样瞪他，他终于忍不住笑出声来。

“如果我想娶你的话，那这就不算耍流氓了对不对？”

盛淮南看着仍然石化的洛枳和她亮得吓人的眼睛，决定不再拐弯抹角了。

“洛枳，”他笑得胸有成竹，“我……”

“别！”

洛枳的喊声惊落了枝头的新雪。

第5章　真相有什么所谓

他的话被拦腰截断，面前的女孩尖叫一声，他第一次看到她这么失态。然而她大喊之后，却又不说话了，只是定定看着他，祥林嫂一般，只有眼珠间或一轮，勉强证明她是个活物。

“我……”她冒出个单字，顿了顿，又笑起来，“放心，我就当自己什么都没听到。刚才就当什么都没发生。”

“什么？”

“你，你慢慢考虑一个月，如果还没变卦，再过来跟我说……说你刚才想说的话吧，三思。”

这似乎就是她刚才考虑许久的结果了。

“我用不着考虑。”

“不不不，同学，同学你冷静点，要考虑，一定要考虑，”她用力抽出手，一个劲儿边摆手边往后退，“我刚才算了一下，你基本一个月变卦一次，我不知道你是不是也每个月都有那么特殊的几天，但是我觉得你还是应该考虑一下，我怕了你了……”

“你才每个月都有那么特殊的几天……”盛淮南被她气红了脸。

“我的确每个月都有那么特殊的几天啊。”她继续笑，可是他分明能看得到她的笑容像糨糊贴上去的，颤颤地，快掉下来了。他甚至已经能窥见笑容下是怎样的悲哀和恐惧。

盛淮南上前一步去拉她，她就更往后退。他看到她眼睛里面明显的惶惑——她应该是真的怕了他了。

他垂下手，勉强地笑了一下：“对不起。”

洛枳不再躲，也没有像以前一样调侃或者嘲讽他的“对不起”，只是站在原地低下头，脚尖轻轻地摩擦着雪地，划出一道道的伤痕。

“我不是好了伤疤忘了疼的人。”她的声音很轻，不像她从前说过的任何一句话，即使在被他逼到愤怒的时候，她都是可以平静地开着玩笑反讽他的，却从未如现在一般对他示弱。

“你可以上一秒钟热情，下一秒就连一条短信都不发，消失好多天，拒人于千里之外，再见面的时候仍然一副别来无恙好久不见的样子，我受不了，”她苦笑，“但是我早就知道，你吃准了我喜欢你，你勾勾手，我就不计前嫌，配合你演好朋友。”

还演得天衣无缝，甘之如饴。

“你太自以为是了，盛淮南。”

声音轻轻的，每个字却都像是在指控。

不知道是不是因为热情被一桶冷水泼下，那句被她打断而没出口的话像咽不下去的馒头，梗在胸口，憋得盛淮南越发难受。他也不再假笑，带着一点点不悦，说：“你不会以为我之前的行为都是精神错乱吧。”

感知到了他话里面的情绪，洛枳敛去悲伤的神情，扬起脸反唇相讥：“你是不是觉得，自己都法外开恩不问前尘了，我现在应该三呼万岁啊？”

他越来越难堪，面子也有些挂不住。

“今天把话说明白吧。你之前一直瞒着我不说，从火车站回来，话都讲到那个地步了，你还是不告诉我为什么——借口是怕我因为不得不进行低姿态的解释而受到伤害。我猜，也许你在想，万一我是无辜的，这样一折腾也非常伤感情。但是，且先不论你究竟有没有能力找到真相——至少现在的这个情况，我不得不说，我们已经伤感情了，干脆破罐子破摔，你说清楚吧。”

她背着手看他。

盛淮南脸上忽然闪过一丝乏力。刚刚讲述学生会那样大的一个烂摊子时，都不曾出现在他脸上的无奈与疲惫。

他停顿了许久，才看着她的眼睛说："好，我都告诉你。"

"有人和我说，你喜欢我，从高中的时候开始就暗恋我，这是真的吗？"

洛枳的肩膀微微抖动了一下，她低下头不再看他，目光闪烁。

"你说重点。"

"你先回答我……这是不是真的。"盛淮南有些脸红。

"是不是又怎样。"

"你连喜欢我都承认了，为什么要在这个问题上面拉锯？"

洛枳苦笑，伸手紧了紧衣领："不是的。这不一样。"

"因为我高中有女朋友？"盛淮南的脸上浮现了然的神色。

洛枳闻言，啼笑皆非："这两件事情之间有什么关系？"

"那为什么不回答？"

她又沉默下去，眼里波光闪烁。盛淮南刚要开口说话，却看到洛枳偏过脸，好像有颗眼泪掉下来。他很诧异，下意识伸出手想帮她擦掉，手刚一碰到她的脸就被推开。

"说重点。"她的声音突然变得很冷。

他收回手，苦笑："那你是不是因为……因为暗恋我而一直……妒忌叶展颜？"

洛枳并没有如他想象中一样惊慌失措或者无辜地瞪大眼睛。从他开始问那个关于暗恋的问题开始，她回答问题的速度就变得很慢，每说一句话都要想很久，仿佛在思考应答的对策一般，盛淮南失望之情溢于言表。

"我没有。"她依旧低着头，慢慢地，语气平静。

"你没有？"

"我没有。"

"那么……羡慕呢？如果你认为妒忌是带着恶意的话，那么羡慕——"

"羡慕也许有一点，"她忽然仰头去看远处交流中心缥缈的灯火，"但是并非因为她是你的女朋友。"

她的缓慢回答不是因为杜撰谎言，而恰恰是在努力坦诚。盛淮南似乎是明白了这一点，于是也放轻了声音问，像在哄小孩子讲话："那你羡慕什么？"

洛枳倒真像个任性的小孩子一样地笑了，说："水晶很明亮，是因为折射了光。我羡慕背后的射灯。"

洛枳看到盛淮南的眼神里布满疑云，竟然有些谅解。她不知道他为什么对这些细枝末节那么感兴趣，是拖延着不想说出那些指控，还是不知不觉偏离了轨道，突然来了兴致想要了解她？

了解？洛枳笑容惨淡。其实他们之间，好像一直有千山万水阻隔着，只是他从来没有用心去看，而洛枳却明明白白都看在眼里，在那辆摇晃的小三轮上，他认真许诺的时候，她却偏过脸，感动之余，仿佛早就升腾起了悲伤的预感。

承诺唯一的用途就是有朝一日用来对着抽耳光。

"好冷，你快说吧。"

"对不起，我磨磨蹭蹭，只是突然觉得对你直说……很难为情。"

"连我是不是暗恋你都好意思问了，还有什么难为情的？"

盛淮南一怔。

"我……和叶展颜分手之后，"他有些艰难地说，"她是不是在大一寒假末尾，也就是临开学前找到你，跟你哭诉了我们分手的原因，然后让你帮忙将一封重要的信和一个白水晶的天鹅吊坠一并在开学之后带给我？而你并没有。你反而告诉她，信我看都没看就和吊坠一起扔到了垃圾桶。是吗？"

洛枳半晌才想起，自己本应第一时间猛地抬头用一脸惊诧无辜甚至愤怒至极的表情望着他。然而她的姿势和表情却都纹丝不动，安静地低着头，情绪越来越平静。

"难道是……真的？"

洛枳抬起头，"就是这么一件事？"

"否则是什么？"

"你的意思是说，我从中作梗，破坏了你们两个？"

"是。"

"你什么时候知道的？"

"……在我们溜冰那天的半夜。"

"真离奇。"

"是有证人这样告诉我的。"

"谁？"

"洛枳，我只是想听你说一句，到底有还是没有。"

"谁？"

"我不能告诉你……"

"谁？"她微笑着，平淡宽和。

盛淮南努力用平静的语气对她说，"其实谁说的你不必知道……"

"我最后问你一句，谁？"

"好吧，"盛淮南耸耸肩，"她说她叫丁水婧。"

洛枳的目光好像平静无波的湖面，深得望不见底。

"我知道了。那么你已经向叶展颜求证过了吧？"洛枳自顾自点点头，然后转身就要离开。盛淮南上前几步拉住她，"就这样？"

"那应该怎么样？我应该一脸诧异泪流满面地说，你听我解释，事情不是这样的，真的不是这样的，你一定要相信我……嗯？"

她嘴角上扬，笑容讽刺。

"可是我为什么要解释？你难道不知道无罪推定吗？"她边说边打着手势，"谁指控，谁举证。短信也好，通话记录也好，没有任何拿得出手的证据，我为什么要跟你在这件事情上面废话？嘴巴一张一闭，什么样的故事都可以编得出来，子虚乌有的事情如何驳斥？我问你，叶展颜高中时候的好友列表里面，有我这样一个人吗？这么重要的东西为什么费尽心机由我转交？她有我的手机号码吗？她是你的女朋友，你班上几个一同考上 P 大的男生和她关系都不错，为什么不交给自己的好哥们，而要将信交给我？"

洛枳每句话都掷地有声，她甩开他的手继续往前走。

"我能不能知道，为什么你一开始不肯回答我关于……关于暗恋的事情？"

洛枳已经走出了一段距离，听了他的问题又转过身来。这个问题是她不能提的死穴，她周身因为刚刚的辩驳而聚拢的怒气转瞬消散，眼里又开始流动着汹涌的情绪。

"暗恋这件事，也是丁水婧说的？"

“是……她们都这样说。”

洛枳半眯着眼，目光迷离，穿过他飘到了很远的地方。

“那……听说的时候，你开心吗？”

盛淮南动了动唇。他开心吗？

真正“重点”的部分从一开始就被他们忽视了，兜来转去，他只是执著于一个关于暗恋的答案，而她，关心的竟是这件事。

“如果不是听说你因为暗恋做了后面的这些事，我想我会开心的。”

“所以，第二天和 Jake 的约定你放我鸽子，又用我喜欢你这件事情来试探我，用叶展颜的雨衣来接我？”

“你果然是知道叶展颜的雨衣的。”

“很多人都知道那件粉色雨衣。叶展颜很喜欢在班级说你们的事情，事无巨细，”洛枳抬起下巴，嘴角有微微上扬的弧线，目光里竟然有了几分挑衅的意味，“我知道一件雨衣也有罪？”

盛淮南愣住了：“她很喜欢讲这些吗？”

“你不知道吗？”洛枳笑，并没有继续这个话题，“于是叶展颜那件雨衣是你用来报复我的？还真是不问青红皂白。”

“我……太冲动了。”

“不过，你的举动没什么不对。你应该立刻相信的，怀疑反倒显得奇怪了，叶展颜没有必要诬陷我。何况她是你爱的人。”

洛枳淡淡地说，那份事不关己的明事理，让盛淮南感觉到了莫大的难堪。

“所以你什么都没有做错，我理解的。如果是我的男朋友或者我的妈妈告诉我这样的事情，我也会无条件相信他们所说的。你能来问问我，我已经很感谢你。”

“洛枳，这跟亲疏没有关系。”

“死无对证的事情，怎么与亲疏无关。”

她摆摆手，留下了一个极其善解人意的笑容。

洛枳前行的时候每一步都在雪地上留下咯吱咯吱的声音，毛茸茸的外套让她的背影看起来像童话中寻找归途的小动物。

盛淮南突然大脑一片空白。

“洛枳！”他脱口而出，“其实如果你说一句，你什么都没做过，我也许……我也许就能信任你。”

“我什么都没做过。”

洛枳扭过身子，淡淡地说，盛淮南措手不及，热血沸腾的一句挽留竟然被她的一句话浇灭。

“所以你信吗？我现在说了呀。”她笑起来，“你不信的。如果信任我，就不需要我说什么，也不需要费心求证，因为你的心会告诉你，这种事情，我不屑于做。”

盛淮南动动嘴唇，什么都没说。

“你没有必要这样的，我都没怪你，你何必。”

盛淮南突然厌恶起自己。他明明是讨伐的一方，明明是质问的一方，现在看起来却像一个胡搅蛮缠胡言乱语的小孩子？

他忽然豁出去了，揪住自己想知道的问题，纠缠不休。

“你高中……怎么会喜欢上我的？”

真相如何，他已经不再关心了。他只是很想问她，如果她真的喜欢他这么多年——那么她到底喜欢他什么？他们都不认识彼此，她为什么喜欢他？而她如果真的喜欢，为什么紧紧地抱着自己的回忆，却对真正的他这样抗拒？似乎这段感情为他所知晓，对她来说不是值得欢喜的，而是莫大的屈辱和悲哀。

她只是停顿了一下，没有回头，也没有回答，就抬步继续向前走。

“你说，如果这一切都没有发生，当年在窗台前，你没有逃跑，我们是不是……”

盛淮南话没说完，忽然眼前一黑，额头冰凉一片。他吓了一跳，扶住旁边的矮松，不明就里地拂掉正中脑门的雪球。

模模糊糊的视野中，洛枳还保持着投掷的姿态，似乎用了很大力气，可惜新雪松软，完全不能传达她的怒火。

“你……”

“……有时候，”洛枳低着头，声音很低，微微颤抖，克制着汹涌的情绪。

“有时候，我觉得和你说什么都没用，真恨不得痛扁你一顿。”

她觉得自己好像马上就要哭出来，连忙收敛了表情，转过头大步离开。

盛淮南的心情一点点平静，僵硬的后背肌肉慢慢松弛下来，摇摇头抖落发丝上的雪，把垂在身体两侧都有些冻僵的手轻轻插回羽绒服的口袋。

眼前的女孩子，背影不复当初的单薄孤寂，她微扬着头，每一步都走得踏实有力，步伐舒展而明快。盛淮南低头时忽然发现羽绒服的拉链上面挂了一根长长的头发，一半绞在锁链中，一半随着风轻轻地飘。他伸手去拉，却怎么也拽不出来。

第6章　失之东隅

凌晨三点，江百丽小心翼翼地扭动门把手，蹑手蹑脚走进门，却看到洛枳抱膝坐在下铺的床上，随身听屏幕闪着光芒，照亮了她的脸庞。

“还不睡？”

“你去哪儿了？”洛枳的声音完全没有睡意，“我打你手机你一直关机。”

百丽不好意思地笑，然后慢吞吞地说：“手机没电了。我……和一个新认识的朋友一起出去玩了。”

“新认识的朋友？玩到半夜三点？”洛枳干脆关掉了随身听，“你疯了吧？”

“真的……很投缘。”

“男生吧？”

“是男的……不是男生。”

“……大……叔？”

“也不是大叔……他今年三十一岁了……他不是坏人。”

最后一句话让洛枳翻了个大大的白眼，尽管她知道百丽看不到。

“说实话，不管他是不是坏人，你这句话都让我想抽你。”

她躺下，一边看着手机一边状似无心地说："下次这种事情小心点，你真以为自己小白护体天下无敌啊。"

百丽咯咯笑起来："洛枳，你的话越来越多了。你是担心我才一直等到现在的吗？"

洛枳嘴角弯起来，声音还是平板的："我失眠，跟你没关系。快睡觉吧。"

百丽洗漱换衣服，折腾了半天终于爬到床上。洛枳没有猜错，江百丽有了桃花，一定不可能安分睡着。她在上铺挺尸五分钟，突然一个翻身，对下铺的洛枳小声说："你睡了没？"

"要自八就赶快。"

百丽傻乎乎地笑起来："你知道吗，其实他是……他是学校今年的赞助商。刚刚也参加那个酒会来着。"

"哦，那是看到你脑袋上面的圣母光圈然后注意到你了？"

"别胡扯。我们没有提今天晚上的事情，我觉得他应该没看到我和他们……"

"他姓顾吧？"洛枳毫不迟疑地打断她。

那么恭喜你，你的圣母光辉他从头沐浴到尾。她最终还是忍着没说。

"我真没想到他后来和你……这男人有宗教情结吗？"

洛枳很努力地想要让自己的语气平静点——本来男人在会场上面锲而不舍地跟她搭讪已经不可思议了，现在居然又看上了江百丽——她居然真的和江百丽成了双胞胎姐妹花？

实在非常伤自尊。

"你认识他？！"百丽激动地拍着栏杆。

"你先别管，你跟我说，你们怎么认识的？"

江百丽轻轻地躺回到床上，许久没说话，只是幽幽地叹了一口气。

靠。洛枳在心里默默地说。

"如果没有他，我的鼻涕就要冻成冰锥了。"江百丽的开场足以说明她之前的犹豫不决并非做作，而实在是出于少女的羞涩。

江百丽正在小路上面默默地走，边走边怨念为什么没有带包面巾纸出来。止不住的眼泪可以用袖子擦，但是鼻涕怎么办？冷风吹在脸上，泪痕虽然很快就干了，却让皮肤仿佛黏住了一样，紧绷绷的，做个表情都困难。

她正在踌躇到底是不是要拿袖子擦擦鼻涕，突然背后有个男人的声音传过来：“同学，麻烦问一下，这条路是通往那个皇家园林去的吗？”

“什么皇家园林？这条路肯定不是，你要是不走出学校围墙，哪条路也到不了颐和园。”她不敢回头，挂着鼻涕回头一定不会有好事发生。

“不是颐和园……听说你们学校东南面有一片挺漂亮的保护建筑，原来是皇家园林的，有假山有湖……”

“那边。”她伸出左手胡乱一指，仍然不回头。

背后的男声沉寂了一会儿，笑了起来——笑声倒真是好听：“你怎么始终不回头啊，该不是我撞到无脸鬼了吧。”

江百丽忍耐得青筋直暴，还是没了底气，小心翼翼地问：“那个……你有面纸吗？”

男人走近一步，轻轻地碰了碰她的胳膊。她接过来才看到，是一块浅灰色手帕，质感极好。她猜到价钱一定不菲，虽然LOGO（商标）她不认识，但是好东西摸都摸得出来。

无论如何，她很绝望。

“那个……你有没有……面纸？我说面纸，一元钱一包的心相印！这个就不用了……”

你要么赶紧滚，要么给我面巾纸，我挺不住了！江百丽在心里哀号，一边颤颤巍巍以一种极为扭曲的姿势把手帕朝背后的男人递过去。

“没有。别磨蹭了，手帕送给你了。”

男人的声音带着笑意，虽然有点捉弄的意味，但仍是善意的。她狠了狠心，展开手帕，先装模作样地抹了抹泪痕，然后极快地擦了鼻涕，努力做到一点声音都没有，紧接着迅速地把手帕揣进兜里，回头朝对方讨好地一笑。

立时僵在那里。

橙色路灯下，黑色大衣包裹下的帅气男子，眉眼间稳重豁达的气质，还有那个洞悉一切，有点使坏但是却很善良的笑容。

江百丽突然想起很久之前那辆把小混混都赶跑的黑色轿车，和那个装酷的少年。也是这样的橙色路灯，也是在她狼狈的时候，也是这样的黑色身影。她哇地哭出来，蹲在地上抱住双腿，这次，真的是无法收场。

她不是圣母也不是复仇女神。她只是普通的江百丽，普通到那个男孩子对她说“分手吧”的时候她既没有办法淡然地掉头走开，也没有能力帅气地扬手甩一巴掌解气。想要高姿态一点，最终却还是没出息地湿了眼眶，问他为什么。他不提陈墨涵，只说对不起，只说没有为什么。而她偏偏只执著于一个问题，为什么。

他无奈。你真想知道，我现在就给你编一个好了。

那个男人蹲到她身边轻轻地拍着她的肩膀，带着无可奈何的口吻说：“不就是擦鼻涕吗，一点都不丢脸。”

“我被甩了，”她哽咽着说，“我也不知道到底哪个更丢脸。其实最丢脸的好像是，全世界都知道我特别爱他。”

他就这样温柔地拍着她，温柔地说：“全世界知道什么啊？一天只有二十四小时，没有人愿意分神来看你。所以你也不要把自己的时间都用在看你前男友身上。”

他陪她慢慢地走着。江百丽很不好意思地把那块擦过鼻涕的手帕又掏出来用，但是这次没有回避他。

“你是谁？”她鼻子堵了，发出的声音像感冒了一样。

“我叫顾止烨，是你们学校学生会今年的赞助商派出的代表，来参加今天晚上学生会酒会的。”

“我叫江百丽，”她高兴地说，“现在读大二，在经济学院。刚才我也在那个酒会里面啊。”

“那太好了，能不能陪我找回刚才开酒会的地方？我的车停在那儿。我觉得气氛无聊自己出来逛的，结果迷路了，你们学校的路七拐八拐的让人糊涂。还好碰到你。”

她笑着说没问题。他的车停在交流中心的大楼后院。她看着他走向一辆奥迪。她分不清什么 A6A8 的，她只知道那是四个圈，只知道那是戈壁出现在她眼前的时候坐的车。该死的眼泪，手帕已经被她团得皱巴巴了。

他打开车门的时候抬手看了一眼表，说，“你要是不想回去，反正距离新年还有差不多三小时呢，我们一起去喝一杯好不好？”

江百丽想对洛枳发誓，她当时的确是考虑了一下的——可是他笑得像个大男孩，举起双手投降一般对她说：“我不是坏人，也不是怪叔叔。”

她立刻坚定地点了点头，生怕点头点得晚人家说她矫情。

其实她去的并不是酒吧。他突然改变了主意，说酒吧太乱了不适合她，问她有没有什么想去的地方。她想了半天才说，你看哈根达斯怎么样？说完又觉得大冬天的自己怎么这么犯二，恨不得把舌头咬下来。她希望他否决，又怕他笑她。

没想到顾止烨毫不在意地笑笑说，走吧。

走吧。

百丽很感激他的态度。戈壁总是对她冷嘲热讽的，好像她说什么都不对。所以她觉得顾止烨说“走吧”的时候简直太淡定太男人了。其实她也不知道应该跟他聊什么，只是在他面前她很安心，他比她大很多，早就褪去了戈壁他们那样的男孩子身上的焦躁和尖锐，懂得分辨绅士和软弱、霸气和装酷之间的区别。

“平常除了学习之外，都喜欢做什么？”

百丽努力地想了一下自己能称得上业余爱好的行为，得到的结论很沮丧，“在线看小说，BBS 潜水，看韩剧，我还喜欢上天涯八卦……”

没想到顾止烨并没有笑，反而继续津津有味地问：“喜欢看什么小说？”

百丽更窘迫，她很希望自己能喜欢上点什么 ×× 流派的代表作或者 ×× 届诺贝尔文学奖获得者的早期作品一类的，和这样一个温文的男人面对面坐着，是应该谈论一下这种话题的吧？但是，她还是决定说实话。

“言情小说。尤其是台湾的早期小言。”

当初一直在陈墨涵面前掩藏着怕为她所不屑的那句话，终于还是光明正大地讲了出来。说了又怎样，她想，有品位没品位难道是你说了算？

她以为他会满脸迷惑地问她那是什么，没想到他皱着眉头苦恼地长叹一口气。

“我也觉得挺好看的，怎么办，你会不会笑话我？一个三十一岁的大男人？”

他愁眉苦脸的样子夸张得好像演戏，却很可爱。百丽哑口无言了半天，只能轻轻地说，“其实……你喜欢看这个，是有点变态……”

她的坦白逗得他一笑。

“我大学时候有个女朋友很喜欢这些东西。我一直怀疑这种口袋书有什么让人着迷的，看封面就觉得头疼。那时候我工作压力很大，别人听起来是家族企业，好像我是个阔少，什么都不用做，只需要坐在办公室发呆或者到夜店烧钱就行了——甚至连我当时的女友也这样想。其实，烦心事很多，钱再多也不是我的，而我父亲对我要求非常高，其他几个叔叔也都在争……”他停下来，喝了一口水，看向她。

“跑题了，说这些干什么。总之我那个小女友总是傻呼呼的，捧本书窝在沙发角落，一会儿哭一会儿笑的。她一点都不漂亮，身材也是胖胖的，但是我很喜欢她的单纯天真。只不过，久而久之，这种单纯让我觉得是在养女儿，她丝毫没有去工作或者成长起来的打算，只想要靠着我这棵树。何况那时候我也没钱，连棵树都不是。我累了。

“后来分手了。她有二十几本书落在我家。我不知道是不是你说的什么台湾小言。很久之后有一天我突然想起她——那时候我接触的女人都是……不说也罢。总之我很怀念她，所以就随便拿起一本书来看。书其实挺有意思的，没那么多钩心斗角，比现实生活夸张了许多，的确也就哄哄女孩子，不过更重要的是，我在那里面看到了我那个普普通通又单纯的小女朋友。”

百丽长长地叹了一口气：“对不起，我不会安慰别人。”

“干吗要安慰我？”他笑，目光放远，整个人沉浸在回忆中。

百丽笑起来：“要是我室友在就好了，她特别毒舌，不过说话挺有道理的，虽然冷了点，但是是好心人。”

“你室友？”

“嗯，其实今天晚上她陪我去参加的酒会。我本来是去砸前男友的场子的。”

她的后半句让他笑喷了出来：“砸你们学生会的场子？好歹我也是赞助商之一啊，后来你砸了没？”

“没有。”她摇摇头。

那时候她还不知道自己竟然如此成功而幸运地导演了一出借刀杀人，最后成功地砸了场子。

“我以前是典型的没大脑，只会三板斧，哭，闹，说分手。今天……洛枳说我终于学得聪明点了，但是我不喜欢这样。我觉得我变了。”

百丽咧嘴想笑，可是嘴角却是向下的，她及时收住。她在会场外漫无目的地晃荡了一小时，一直在告诉自己，爱情不是无私奉献吗，不是成全吗，不是只要他过得好就好吗，那她又何必这样？即使他学生会的“仕途”有她陪着往上爬，但是那段灰头土脸的日子过去了，站在顶峰一览众山小跟他并肩的不该是面黄肌瘦姿色平庸的糟糠妻——你看你看，会场中那一对璧人，她干什么讨债一样耿耿于怀？她是不是太自私了？

可是她真的有点恨。她觉得已经被掏空了。她已经给了他一切。她想要再白手起家，已经不可能了。

然后她就遇到了刘静——刘静怎么会放过这样一个打击她的机会？戈壁耍过刘静，江百丽在又哭又闹之后得到了戈壁的赔罪和回心转意，而刘静在学生会拉票结束之后就被戈壁转身扔掉了。面对咄咄逼人又不冷静的刘静，江百丽有生以来第一次有了智商。她装做一副楚楚可怜的样子，成功地把火力引向了会场中的陈墨涵，但是在最后仍然轻轻地对她说："不管怎么样，我可跟你不一样，即使和他新女友相比，他还是更心疼我的，谁让我对他那么好。"

刘静终于怒了。江百丽没有猜错，刘静想要利用自己来打击陈墨涵，既让百丽难堪，又让陈墨涵没面子——学生会谁不认识戈壁和江百丽？戈壁还是要往上爬的，而刘静已经渐渐被边缘化，一个大二的副部长，别人不在乎她，她自然也不在乎别人，闹一场又怎样？

但是江百丽要的恰恰就是这样的场面。她要所有人知道戈壁辜负她，也要所有人——包括戈壁在内，都知道她江百丽曾经对戈壁全心全意，如今仍然以德报怨。她的这番行为，旁人看起来固然觉得愚不可及，但是论同情分，一定飙高。

最最重要的是，她最终的砝码是，她相信，戈壁还有良心，戈壁也不是完全不爱她。

即使不爱，她陪他走过的时光，并没有统统喂了狗。

"后来……后来留了联系方式，他送我回来的。"

"心里很爽吧。"洛枳懒洋洋地说。

"在路上捡了一个新朋友，这么投缘，我当然……"

"喂，三十一岁正是有魅力的时候，既青春又成熟，温柔多金，帅气体贴，你居然用'新朋友'来概括，真能扯。"

"别闹了。对了他还说下次叫上你一起吃饭呢。"

算了吧。洛枳想起晚上跟她的耳机过不去的男人就头皮发麻。

"其实……如果他真的不错的话，我觉得你……"洛枳迟疑地开口，却落不下结尾。

上铺的百丽对洛枳的省略号良久不言，最后重重地翻了个身。

“他是个好人。可是我爱戈壁。”

洛枳语塞，第一次觉得江百丽酸不溜丢的爱情宣言让她没有嘲讽的勇气。

江百丽刚刚在洗漱的时候细心轻柔地洗干净了那个灰色的手帕，把它挂在床边的栏杆上。这两个人都曾经在路灯下站着，同样的场景，并不能同样心动。世界上的确是有“非你不可”这种事情的，即使把所有的男人都拉到橙色路灯下摆同一个 pose（姿势），她也只爱一个不知道好在哪儿的戈壁。

“对了，洛枳，那个盛淮南……”

百丽迟迟没有听到回音，有些诧异，把头探出去看向下铺，洛枳正在翻手机，屏幕的白光映照到她脸上，毫无表情。

隔了很久，洛枳才轻轻地开口说：“睡吧。”

窗外又飘起清雪。她们都以为对方已经入睡，却在泪眼朦胧的那一刻听到另一声啜泣。

第7章　劳动人民的智慧

“你陪我去，好不好？”

“什么？”

她们两个十一点才醒过来，错过了新一年的第一个早晨。洛枳正在床上打哈欠，蒙蒙眬眬听见上铺江百丽犹豫地提问。

“他……顾先生约我今天中午一起吃饭。”

洛枳怔了怔，把剩下的半个哈欠打完。

“所以呢？”

“我不是问过了吗？”上铺传来江百丽激烈翻身的声音，床板吱呀吱呀地响，“要你一起啊！我都答应人家了，他也同意我带着室友一起去，你能不能……”

洛枳不耐烦地正要回绝，抬头就看到江百丽殷切的眼神——目光里的那种活气似乎久违了。

爱情其实永远是男人和男人的战争。要忘记一个旧男人，最迅速的方式就是认识一个新男人。

她没有打趣江百丽，闭上眼睛倒回床上：“几点钟啊？我还能再睡半小时吗？”

"你今天看来还挺高兴的。"

洛枳刚坐进后排就听到这句不知道算不算是打招呼的开场白。目光所及只能看到顾止烨和江百丽的后脑勺——百丽要和她坐在一起，却被她直接推到了副驾驶那边。

"高兴？"

"说的就是你啊。比我昨晚见到你的时候，气色好多了，好像心情也不错。"

早上起来，明亮的天光让昨晚晦暗的经历一层层被抹去，她想起顾止烨这三个字的时候甚至都有些怀疑他们是否真的遇见过。然而看到驾驶座上转过来微笑打招呼的脸，一时间许多画面交杂着涌进脑海，碎了一地的玻璃，掀翻的桌子，莫名搭讪的顾止烨，魂不守舍的江百丽，霸道的盛淮南，白雪覆盖的小路，还有那个荒谬到让她难以生气的谎言。

所有的画面都是无声的，仿佛强行静音，在车窗外呼啸的风声与校门口小贩的吆喝衬托下，支离破碎恍如隔世。

"关窗吧，我开暖风，"顾止烨贴心地帮江百丽系上安全带，"昨天你说什么来着？想吃老北京小吃？其实我也没吃过，他们都说九门和护国寺不错，我看就去后海好了。"

后海。洛枳默默闭上眼睛。江百丽你去死吧。

洛枳依旧话很少，江百丽出于羞涩也不怎么讲话，只剩下顾止烨一个人时不时找一些话题，诸如"快期末考试了吧""宿舍暖气怎么样""新年休几天假"，让场面至少不会冷得太过分。还好在吃饭的时候顾止烨和江百丽勇敢地开始尝试豆汁，并且愉快地强迫洛枳也喝一口，三个人笑笑闹闹地融洽了许多。

走出九门小吃所在的胡同，洛枳就对另外两个人说自己想要随便转转。

百丽腾地红了脸，急切地想要挽留她，倒是顾止烨宽和地一笑："那我俩就去别处坐坐好了，天这么冷，你打算回学校的时候给百丽打电话吧，说不定我可以过来接你一下，把你们俩一起送回去。"

"不用了，我今天晚上在金融街那边约了我哥哥和嫂子，下午就不回学校了，你们去玩吧。"

洛枳目送顾止烨的车离开，江百丽在里面用力招手，似乎是在发泄对洛枳逃跑的不满，洛枳却从每一下挥舞中读出了她的快乐。

其实她刚刚很想揶揄略微紧张的百丽，最终还是保持沉默。和百丽越加熟悉，关系越加亲密，可她仍然不知道应该怎样做一个乐于穿针引线调节气氛的标准闺蜜，何况即使百丽会答应顾止烨的午饭邀约，洛枳却并不能确定他们究竟熟络到怎样的程度。

有时候一句噙着笑意的贼兮兮的询问，可能会惊跑公子哥，也可能伤害坚贞不渝的好友。

最最重要的是，洛枳并不能确定，顾止烨到底是不是一个“好人”。

洛枳茫然地站在胡同口，发现自己完全不认识路，她只是希望尽快给那两个人制造独处的机会，却发现把自己给扔下了。

她从来不记路，每次都要事先查好地图带在身上，仅有一次漫无目的地乱走，就是跟着盛淮南，就是在后海，他当时笑得嚣张，对她说，跟着爷走，爷就是方向。

你就是方向。

洛枳把手挡在额前遮蔽湖面反射的阳光。已是深冬，两岸的杨柳和上次过来的时候相比变得更秃了些。她漫无目的地沿着湖边走，偶尔绕过几个在湖边练嗓子或是练剑的老人，经过一间又一间沉睡中的酒吧。

她忽然间想起了那个骑三轮车的大叔。萧条的冬景就像凝滞在画板上的静物图，除了洛枳这个旁观者，竟然找不出其他还有些生气的元素。不知道那些溜来溜去忙着揽客的三轮车夫是否统统隐匿到小巷子幽深的阴影之中去了。

彼时她还言之凿凿，不解释，不挣扎，就不会落入对方假定的那个因果中。

车夫笑嘻嘻地问，丫头，如果有人诬陷你杀了人，马上要来报复，你也可以不解释？

乌鸦嘴。她想着想着就笑起来，鼻子却像在柠檬水中泡过一样酸。

“姑娘等人？还是自己一个人逛？一百块钱拉你转一圈？”

洛枳仿佛被雷劈了一样，脖子慢慢转过来，几乎都能听见自己骨骼咔嚓咔嚓响动的声音。

“还是一百啊……我今天……真的只带了二十……”

车夫笑起来，她终于看清楚了大叔憨厚朴实的面孔，眼角和脸颊上皱纹深陷，一道道阴影愣是连炽烈的午后阳光都照不亮。

“二十就二十吧，上来，拉你转一圈！我还记得你呢，哎，对了，你的小男朋友呢？”

洛枳走向小三轮车的步子滞住了，她顿了顿，在“他不是我男朋友”“师傅你说谁啊”“我们分手了”三个回答中快速地抉择了一番，最后笑笑说：“我们……我们吵架了。”

这个答案将她自己都惊到了，似乎嘴边流露出的才是真实的想法。

真实得映照出了她到底有多么的不死心。

三轮车师傅看出了洛枳的低落，伸出手招呼了两下：“行了，姑娘，小情侣哪有不拌嘴的，看在你们吵架的份儿上，再给你抹掉十块钱吧。”

塑料布和硬纸板糊成的车厢根本挡不住风，洛枳紧了紧外衣，有些担忧地抬头望着三轮车师傅的背影，透过胳膊下的缝隙看到他戴着手套，这才安心了一些。

“师傅……你怎么不介绍胡同了？”

“说了你也不听啊，你心思都不在这儿，还想你男朋友呢吧？”

虽然是独自一人，洛枳听到他满口男朋友男朋友的，还是尴尬地红了脸。

“丫头，你俩为啥拌嘴了？”

“因为……”洛枳语塞。

对话之初一个小小的谎言，需要牵扯出一整套的虚构情节来支撑。每个谎言背后都有一个故事，有时候关乎说谎者，有时候取决于被骗者。

那些谎言背后潜藏的私欲和悲伤，洛枳第一次清清楚楚地触摸到。

说出口的故事就像冰山山顶，那些真相都潜伏在海面之下，隐秘而庞大。

比如她用那些巧合和惊喜来哄骗盛淮南，比如江百丽用付出和隐忍来报复戈壁，又比如，叶展颜用一块水晶来推翻洛枳苦心营造的甜蜜。

昨晚的一切至今也无法让洛枳产生一丝一毫的愤怒情绪。也许因为故事太过拙劣，也许因为始作俑者对她而言已经淡化成了两个无所谓的名字，也许因为，她自己也不清白。

洛枳忽然发现，这个故事的脉络竟然如此简单。

叶展颜和丁水婧用她们的谎言，击败了洛枳的谎言。

只剩下盛淮南站在中间，妄图找到一个真相。

这样一想，被争来夺去的盛淮南，被骗的时候竟然有一点尊贵而执拗的可怜——她为什么要恨他呢？被骗的是他啊。

“就是一个误会而已，”洛枳笑笑，“因为……”

她深吸一口气。

“我们俩是高中同学，但我不是他第一个女朋友。前几天他前女友突然跑来说他们俩当年分手是因为误会，她诬陷我，说这个误会是我造成的。”

虽然是编造拙劣而简略的故事，她讲话的时候语气竟然不自觉地有了些委屈和撒娇的意味，好像一瞬间就入戏了。洛枳不由得咋舌。

“那么丫头，你说实话，是不是你做的。”

“不是，她在胡说！”

她竟说得越来越大声，义愤而委屈。

在当事人面前死撑着面子，拒绝解释，做出理解并淡然的高姿态，却会在不相干的外人面前斤斤计较，义愤填膺——洛枳忽然觉得自己错怪了盛淮南。他固然做了许多伤害自己的蠢事，但是就这一点上，他对她的认识还是准确的。

死要面子，活受罪，只能把愁肠百结拿到陌生人眼前去讨一个公道。

“那你和他解释啊！这他妈不是胡说八道欺负人吗？”三轮车师傅也大嗓门地吼了起来，洛枳却泄了气。

“没用的。”

“是你解释了他不听，还是你压根不愿意解释？还是你害怕解释了他却不听你跌份儿？”

人民群众智慧多，三轮车师傅几句朴实的话就把洛枳那点面子戳了个千疮百孔。她不再讲话。

三轮车开始爬坡，师傅又站起身来骑，小车板吱呀呀叫得凄惨。终于上去了，他长出一口气，咳嗽了几声，忽然回过头朝她笑了笑。

“丫头啊，我话难听，但是道理是这个道理，你凑合着听。”

“……您说。”

“我觉得吧，人这一辈子，哪儿来那么多误会？都是自己作的。你男朋友和他以前的姑娘要是真的爱得死去活来的，什么误会都拆不散。误会算个屁啊，两人都好得穿一条裤子了，就应该指着对方鼻子骂娘，不解释清楚就他妈同归于尽！——话糙理不糙啊，丫头，你别往心里去。

“所以啊，他俩玩完了就是玩完了，你得硬气点，看见过老牛护犊子没？我倒不是说那个意思哈，但是那是你男人啊，你得站出来，该解释就解释，你是他女朋友啊，他敢不信你，就大耳光扇丫的，扇明白为止！”

洛枳目瞪口呆，半张着嘴说不出话。

“当然，扇完了你还得哄回来，背地里教训就行了，男人要面子呢。”

看她只是呆傻状点头，师傅恨铁不成钢地停下来，跳下车。

“得了，丫头你也别在我这儿蹭车玩了，有这工夫还不如赶紧去找他呢，你弄不明白他，就叫过来，我帮你教育他！”

洛枳望着师傅那张沟壑纵横的黑脸，渐渐恢复了神志。她似乎是被气氛感染了，轻快地跳下车，揉了揉被冷风吹得有些僵掉的脸，努力笑到最大范围：

“嗯，我立马就去！——调教好了再给您带过来！”

“去吧！丫头，别给我丢脸！”

她蹦蹦跳跳地跑到胡同口回头朝三轮车大叔挥手，脸上满是幼稚的笑，心就像泡在42℃温水里面一样舒坦。

然后被冷风一吹，忽然就清醒了。

她是他女朋友，她赌他爱她，他一定会相信她。他不相信，她就抽他。

编造的甜蜜小故事被大叔写上了一个很好很好的结局。她自己也在这个故事里做了十分钟的美梦。

然而这并不是洛枳和盛淮南的故事。

洛枳回过头，去凝视广袤的湖面上那一轮温吞吞的太阳，藏在薄薄的云层后，没来由地让人心中不痛快。

忽然耳边响起朱颜那语气凉凉的两个字。

“矫情。”

是啊，步步为营了这么久，连在不相干的三轮车师傅面前都要用谎言维护的一个剧本，被人一笔转折，难道真的就要按下心中愤懑不平，做出一副听天由命清者自清的姿态吗。

洛枳在身边一个关门大吉的小店门玻璃上望见了自己模糊的身影。她蓦然想起高中时主楼穿衣镜映照出的那个苍白却坚定的少女。

暗淡，眼里却有着不可遮挡的光芒。当年她无法驾驭那件明黄色的吊带裙，心中仍抱着对未来的期许。

未来会有很多色彩斑斓的吊带裙。未来会精彩，会不一样。

她终究是不甘心的。

去和他说。

洛枳在心中告诉自己。

她心中明澈，竟有些兴奋得发抖，似乎有点迫不及待去见他。正在这时候手机在口袋中震动起来，“洛阳来电”。

“哥，怎么了？晚上吃饭计划有变？”

“那倒不是。你下午有事吗？”

她咧咧嘴，哂笑起来，决定还是不要那么猴急地去找盛淮南，于是明快地说：“没事。”

“正好，帮我个忙吧。”

洛枳从西单地铁 A 口出来的时候已经迟到了。她问了好几个人都指不准路，迷迷糊糊中来到了一条萧条的大马路，跟洛阳约定好的那个 ×× 牛排依然连个影子都没有。她昨晚手机忘记充电，现在屏幕一片漆黑，无法跟洛阳联系。才六点半，路上已经很冷清，偶尔有几辆出租车穿过，她思前想后，再磨蹭下去，似乎只能冒着被扁的危险扬手叫停一辆出租来问了。

洛枳掏出硬币抛向空中，决定正面左转，背面右转。一元硬币掉在地上的时候叮叮当当没有停住，竟然一路朝前滚。她忙追上去，弯腰几次却都捞不到，只能狼狈地像小鸡啄米般跟着。硬币在终于岔路口躺倒下来，她呼出一口气。

正面。左转。

洛枳抬起头，看到左侧人行道上五米开外的一对养眼的情侣，以及他们背后一个小小的橙色招牌，“×× 牛排”。

真是准哪。洛枳微笑。

盛淮南和叶展颜就站在她面前，显然对于她这个追着硬币杀出来的程咬金的出现十二分意外。

洛枳第一个反应却是笑出来。并不是见到熟人之后礼貌的条件反射——她只是觉得好笑，实在太好笑了。不由自主，灵魂仿佛漂到了半空中，开始扮演起上帝，低头怜悯地审视自己所处的局势。

“新年快乐。”

她发誓这辈子没笑得这么灿烂过。

第8章　别人的爱情

叶展颜穿着一件玫红色的羊绒大衣，下面一双长及膝盖的深灰色软口靴，洛枳拾起硬币抬头，第一眼看到的就是这双靴子。她剪掉了长发，现在的发型很像 Hebe 的 Bobo 头，比高中更漂亮了。

真好看，靴子哪儿买的？

洛枳发现自己真是正常，正常到满脑子都是正常女生对于正常着装的正常好奇，一股脑冒出来。可是放到她身上，这恰恰是最不正常的。

“洛枳？真是巧啊！”叶展颜的笑容和洛枳很相似——过分灿烂。灿烂的背后掩饰着什么，也许本人也不清楚。

洛枳发现自己一点都不想知道对方的谎言背后究竟有什么故事。

“我和爸爸来北京过新年。之后我要留在北京学一年的法语，学校会派我去法国读两年书再回来。2+2 的项目。之后的一年我们就能经常见面了，哪天出来一起逛街吧，我想死你了，好久没有一起逛街了！”

叶展颜甜甜地笑着，仍然随和可亲，只是不似高中说话那样恣意张扬，也没有了霸气的口头禅三字经，收敛得颇有几分淑女气质。洛枳一直对语言很敏感，她像个动物一样本能地从叶展颜热情的寒暄中感觉到了危险。

其实她早就应该注意的，那个夏天高中同学聚会中眯起眼睛的古怪叶展颜，曾经早早放出过信号。

“我们……什么时候一起逛过街？”洛枳不再笑，歪起脑袋，认真地问。

叶展颜肩膀微微向后一张，嘴唇动了动刚想讲话，突然背后传来跑步的声音。

“洛枳！洛枳！”

洛枳仍然觉得神奇，她和叶展颜仅有的两次无法继续下去的对话总有别人来救场。洛阳从橙色的牌子下跑过来：“老远就看见你了，打你手机又关机，我和你嫂子急坏了，以为你路上出什么事儿了……”

洛阳跑到他们身边的时候，打量了一下，对盛淮南和叶展颜点点头，然后接过洛枳的包说，“还真沉，你把它带过来了吧？”

“当然。”她朝洛阳笑笑，意外地看到叶展颜惊讶地瞪大眼睛。

“你是……”

叶展颜喃喃自语，洛阳疑惑地歪头看她，“我们认识吗？洛枳，你同学？”

“高中同学，”她指了指叶展颜，又转向盛淮南，“和她的男朋友。”

她只有在介绍盛淮南的时候才看了他一眼——盛淮南低着头，眼睛偏向行道树的树根，装饰灯的银色灯光打在侧面，有种不真实的忧郁。

她不敢看他。

“外面怪冷的，赶紧进去吧。新年快乐，我们先走了。”洛阳朝对面的这对小情侣笑笑，他虽然不知道这种场面是怎么回事，人也迟钝，但是自己妹妹脸上的假笑他还是能分辨得出来的。

洛阳的手很暖和，洛枳被他拉着，冰凉的手心里面还紧紧攥着那枚一元硬币。

“再见。”洛枳朝他们两个摆摆手。盛淮南看向她的目光中流动着不明的情绪，而叶展颜则大方地笑出来，“你觉得我们真的不熟？”

一定要纠缠吗？洛枳抿嘴笑了一下，感觉到洛阳捏着她的手紧了紧，侧过头看到哥哥皱了眉。她乏力的心忽然被注入了暖流。

很多时候人不应该奢求什么知己，有一个亲密的人就够了。你的知己随时可能站到你的对面去，而亲人才会牵牢手站在你的身边。他也许不懂得你在纠结什么，然而你作出的所有决定，哪怕第二天就推翻，他也会支持你，也会抱抱你，说，看，又犯傻了吧？

“我自然和你不熟，”洛枳回过头，缓慢却肯定地说，“我也不会和你这种人做朋友。你没必要维持什么表面的和平，你要撒谎要演戏，就专业一点——面对阴险地拆散了你和亲爱男朋友的女生，你还笑嘻嘻地说要一起逛街？叶展颜，你心虚什么？”

洛枳说着说着却走神了，忽然想起了另一件事。

叶展颜的着装打扮虽然和高中大不相同，然而那张脸，还是轻易地将她从寒冷的北京街头带回到了那个北方小城的高中里。

她之前一直拒绝正视盛淮南前一天晚上所说的一切，此刻突然头脑中一派清明。伏线千里，冥冥中被她揪住了那根线头。

是的，叶展颜，我们的确不熟，不过也许你的确不这么认为。

“叶展颜——”对面两个人同时专注地看向自己，洛枳却笑起来，笑到眼睛眯成月牙，弧度大到渐渐无法看清眼前的一对璧人。

“你……能不能把我的日记本还给我？”

“什么？”

“我高考前不小心弄丢的日记本，请你还给我。你，或者丁水婧。”

她好像已经撑不下去了，忽然间意识到的这个事实让她疼得心口翻腾，最最私密的事情，却要当着三个人的面说出来，她撂下话转身就走，根本不敢看背后的两个人究竟是什么表情。

她还有很多话想要说，她答应了三轮车大叔不可以那么怂，要有霸气，要解释清楚——可她终究不是斗士，看见两个人并肩而立，所有累积的情绪和心思悉数泄尽。姿态难看，赢了口水仗又有什么用？

那本日记里的每一个字，都是尊严的底线。

视若珍宝、小心翼翼保护的感情，落在了旁人手里，反过来深深地扎了她一刀。

洛阳牵着她沉默地走了一段，不知道是否应该问问她刚才是怎么回事，然而洛枳却很快就像没事了一般，笑嘻嘻地抬起头指着店门口的橘红色招牌说：“你知道吗，我是掷硬币找到这里的。”

洛阳最终还是咽下了所有的疑问，“又不戴手套！”他只能埋怨一句。

叶展颜也不戴手套，洛枳想，所以人家把手伸进盛淮南的口袋里取暖。那是当时她抬头，除了叶展颜漂亮的靴子之外看到的第二个小细节。

她曾经在日记本中执拗地只描画盛淮南一个人的身影，那些字句却落在了另一个人手中，多年来自欺欺人的无视，此刻终于还是把两个人牵手的样子刻进了眼底。

洛枳木木地看着洛阳阻住她的去路："到门口了，怎么不进去？"

他伸出手，粗糙的拇指揩去她脸上冰凉的眼泪，她才发现自己竟然是在哭。

"挨欺负了？"洛阳皱眉头关切地看着她，微微弯着腰，左手揉着她的头发。

她只是流眼泪，本来一点要哭的感觉都没有，听到这句话，却一头扎进她哥哥的怀里，漾开了哭腔。

哇哇哇，像个六岁的孩子。

"不哭啊，咱们不哭，你哥明天就到建材市场雇几个兄弟，拿麻袋把他们套住，吊起来打……"

她被逗笑了一下，然后反而哭得更惨，揪着洛阳风衣的前襟，哽咽得无法呼吸，憋红了脸，畅快而狼狈，好像除了哭，这世界上已经没有任何一件事情是她能做的了。

到底还是这样了。

最后也只是这样了。

她半天才止住了哭泣，擦眼泪擤鼻涕，整理了好一会儿才抬起头，作出神采奕奕的样子问洛阳，看不出来吧？

洛阳苦笑着点点头，嗯，看不出来。

洛枳点点头，最后回过头去看那个空无一人的十字路口，心里竟然一点都不疼了，好像那根神经被折腾得太疲乏，终于绷断了。

终于死了。

三轮车大叔对不起啊，你说的都对。

误会根本阻止不了爱情，谎言也不能。

可是我忘了跟你说，我对你撒了谎，原来我跟你讲的是别人的故事。

都是别人的爱情。

"走吧，进去吧。"洛阳拍拍她的肩膀。

第9章　难得糊涂

“念慈姐！”

洛阳听到她的称呼不免一脑袋冷汗，而陈静早就在座位上兴高采烈地招呼她了。三个人坐下之后服务生把菜单递给洛枳一份。她低头默默研究了很久，觉得头都大了，索性放下，对陈静说：“嫂子我跟你一样。”

陈静也不说话，笑起来，温柔地看了洛阳一眼。洛阳嘴角抽搐地说：“不是吧……”陈静也放下菜单，朝洛枳眨眨眼，又扭头重新注视着洛阳说：“我跟你一样。”

洛阳长叹一口气，“你们逼我。好，我要套餐。”

“什么啊，套餐里面没有奶油浓汤！”陈静闻言按住洛阳的菜单。

“没有就没有呗。”

“不行，你重新点。这个我不喜欢。”

“那你想要什么？”

陈静又低头看了一会儿菜单，抬起头，继续温柔地笑：“随便吧，反正跟你一样。”

洛枳憋不住乐出声，抬眼看到旁边的服务生也弯起了嘴角。

吃饭果然是可以让人心情变好。新鲜的食物一路焐热了胃，一边紧挨着的心脏也沾染到了一丝暖意。洛枳的牛排要了全熟，纹路清晰，厚厚的一大块，中间还连着骨头，切起来十分费劲。刀叉碰撞在餐盘上面发出的声音让她有点不好意思，只好放下刀叉喝了一口汤，陈静却又在另一边弄出一声极有金属质感的响动。

“不行了不行了，什么破玩意儿。”陈静连发牢骚都是声音轻柔的。

“哥，你动作真熟练。”

洛阳的变化洛枳清晰地看在眼里。不再是大学里面纠集一帮哥们儿直冲烧烤店的大男生，现在的洛阳穿着浅灰色衬衫，把陈静的牛排端到自己面前轻轻松松切成小块，骨头顺利剔除推到一边，然后放回到她面前，又端起洛枳的这盘。

“不用了，我自己来吧。”

“得了，你别制造噪音了。”

“这才半年，你居然变化这么大。”

“不就是切牛排比你利索吗？别告诉我你因此觉得我步入精英的行列了。”

“嫂子你不觉得吗？欸，我说的可不是切牛排，是气质，成熟多了。你原来就比别的男生稳重，不过那顶多算是先天性格。现在不一样了，反正不一样了。开始有魅力了。”

“嗯，对，我该有点危机感了。”陈静笑着接上。

“而且我觉得我哥的气质有点变忧郁了，好像有心事似的。以前好像总是傻乐傻乐的。不过我倒觉得忧郁的男人更有魅力呢，是因为开始工作的关系吗？男人都是这么长大的吗？”

洛枳一直在用唠唠叨叨的方式来避免自己回想刚刚街上的一幕，一边低着头吃东西，一边前言不搭后语，却并没有看到自己的无心之言让陈静眼睛微微一抬，转瞬目光又低垂下去。洛阳左手的叉子不小心打到水杯，发出“叮”的一声。

场面一时安静下来，洛枳吃了两口觉得不对劲，洛阳盯着叉子，而陈静捧着的果汁杯子停在嘴边。

“怎么了？”

洛枳有些后悔，在亲人面前过分放松，她都不知道自己说了什么，更不知道自己是哪句话犯了他们的忌讳。

“男人不是这么长大的。”洛阳认真地说完，朝洛枳眨眨眼睛笑起来。洛枳傻愣愣地看着他。洛阳什么时候学会这种笑容了？这种笑容明明是戈壁和那个顾总的标志。

“你傻了是不是？我让你带的东西呢？不会还放在塑料袋里面吧？”

洛枳反应了两秒钟才有点结巴地说：“现，现在？”

陈静一头雾水地看过来，洛枳立刻俯身从放在窗台上的书包里面掏出一个纸袋递给洛阳。洛阳低下头，从纸袋中掏出一个什么盒子，却不拿上来，而是自己打开，在桌子底下鼓捣了好一阵子，然后突然放到桌子上。

一个陶塑的小女孩，穿着天蓝色的高领毛衣和白色及膝裙，眉眼淡淡的，鼻子上架着银色框架眼镜，笑得很温暖。

陈静的陶塑人偶。洛枳看到陈静笑得仿佛洁白的山茶花，不禁从心底里为洛阳高兴。周围认识的所有人，包括她自己在内，总是把日子折腾得鸡飞狗跳，然而眼前的哥哥嫂子，在最紧张的高三气定神闲地牵起手，考入同一所大学，西子湖畔携手四年看透风景，仍然能在细水长流的今天因为一个小小的陶塑女孩执手相看，甜蜜得好像时间都停住了。

那个陶塑，洛枳今天也是第一次见。洛枳从后海走出来就接到了洛阳的电话，他给了洛枳一个奇怪的地址，说自己实在太忙，所以让她去代领一个完成的工艺品，趁今天见面刚好拿给他，三天后陈静生日，他要送给她——洛枳没想到，洛阳居然等不及，这么快就拿出来了。

是希望自己做个见证者吗？她想着也会心地笑起来。

“生日礼物？”陈静笑着，看看洛阳又看看洛枳。然而洛阳却低头指指人偶左手臂上挂着的手袋。那个小手袋是棕色的，并不是陶塑，而是毛线织的。陈静疑惑地看了一眼他，伸手去摸，拇指食指轻轻一捏，感受到袋子里面物件的形状，脸上的表情瞬间变得惊喜万分，张大了嘴，一副不可置信的样子看着正笑得高深莫测的洛阳。

洛枳疑惑地皱起眉，看着陈静小心翼翼地从那个毛线手袋里面捏出一个闪亮的指环。

不顾餐厅中众多顾客的侧目，两个女人一起尖叫起来。

“我说啦，男人不是这么长大的，男人要长大呢，一定要没事儿找事儿给自己添一个负担，美名其曰学会承担责任。喏，老婆，愿不愿意成为我的负担？”

陈静抿嘴笑着，眼中泪光点点。洛枳双手托腮，幸福地微笑，看他仔细万分地给她戴上戒指，餐厅暖色调的壁灯给对面的两个人镀上了温暖的色泽。

她人生中经历的第一个求婚。

无论如何，总归还是会见证到让人心底一暖的别人的爱情。

“念慈姐，就这么答应了？”

陈静看了一眼洛阳，故意愁眉苦脸地长叹一口气：“唉，能怎么办，这辈子就这么凑合到老吧！”

从餐厅走出来，洛枳再次回头看了看那个橘色的小招牌，它在这个格外冷清的长街上兀自闪耀着。童话故事中，主人公逃出黑森林的巫婆魔爪，一路狂奔，总会在路的尽头看到这样一盏温暖的灯。

洛枳还在胡思乱想，洛阳突然拍了她的头一下：“发什么呆呢，走啦，送你回学校。”

“你不是说十点钟同事还约好要去酒吧吗？我送洛枳回去吧，正好我们俩顺路聊聊天，你忙你的。这两天我过来，耽误你不少聚会，今天还是别缺席了。晚上我自己回宾馆，明天开完会我再去找你。”

陈静挎上洛枳的胳膊，朝洛阳做了一个“请回避”的动作。洛阳皱着眉头说：“喂，你们不会在背后说我坏话吧？”

“都嫁鸡随鸡嫁狗随狗了，何必啊。”洛枳笑着说，陈静伸手去拧她的脸，她赶紧闪身躲开。

“那好吧，你们小心点。”

洛阳的背影让洛枳出神了几秒钟。她哥哥好像真的有一点不一样了，然而她说不出来是哪里——也许真的就是笑容中那一点点忧郁？

侧过脸，竟然看到陈静同样一脸迷茫。

她们一路上从期末考试聊到女生权益协会里的各种八卦。地铁车厢里，灯管洒下苍白的光，把洛枳的疲惫照得无处躲藏。

“没睡好？”

洛枳打了个哈欠：“这几天有点疲劳。”

“你哥这一阵子也是总加班，昨天晚上在他租的公寓给他炖了点鱼头汤，里面加了人参片和枸杞，对常常熬夜的人很管用。最近你也是马上要期末考试了吧？熬夜的时候容易饿，但是也别吃太多大荤大火的东西，越是油腻的越对身体不好，多喝酸奶，多吃水果青菜，对眼睛好。早知道今天把汤放到保温瓶里面给你带一点过来好了……”

可能是意识到自己的啰唆，陈静停住了嘴，有点不好意思地笑起来。

洛枳始终觉得陈静的笑容是“贤妻良母”这四个字的最佳诠释，看着就心安。陈静披着多年不变的清水挂面，一身淡雅得体的装束，脸上也总是挂着温暖人心的笑容——好像纵使相交不深，纵使她自己并没有太曲折的过往和复杂的心思，但是无论你和她说什么，再扭曲再离奇，她都会理解，都会给你一个让你不再孤单的笑容。

陈静是个宝。洛枳很骄傲自己的哥哥是个有眼力的人。

“念慈姐，我哥真是好福气，当初他得多有品位才能追到你啊。”

陈静愣了一下：“不是吧，你不知道吗，当初是我追的你哥哥。”

“啊？”

“高三的时候我一直在帮他补语文，而他帮我补习物理，你不知道吗？”

“我知道啊，可是……”

“他从来没有跟你说过吗，高三下学期运动会结束的时候我们两个一起回家，我对他表白的啊。”陈静笑得时候露出一排整齐的牙齿，很亲切。

“没有……我第一次见到你就是高考前他把你带到图书馆来那一次，我一直以为是我哥哥追你的，怎么会……不过这倒不重要……”洛枳实在吃惊，陈静坦然的样子让她多了几分佩服。

“你哥哥其实想得很周到，周围的朋友都以为是他追的我，他从来都没有跟别人提过我们怎么在一起的，不过在别人眼里，我们在一起并不是什么奇怪的事情，反正之前我们总在一起复习，就有人传过我们的八卦。不过我没想到他连你都没告诉过。”

洛阳在这一点上面的确很体贴，洛枳想，他给自己的印象也是他主动。

“不过，说来说去还是我哥赚大了。”

“哪有，”陈静笑，“当时可是有好多追你哥哥的女生呢，却从来没有人追过我。大学里面也一样。”

从外貌上面来看，陈静的确很不出众，虽说并不丑，但是站在帅气高大的洛阳身边仍然有“不般配”的感觉。然而陈静总是淡定大气的，看到她在洛阳背后柔柔一笑，别人总是会觉得两个人有种说不出的和谐。

“所以当然要先下手为强啦，”陈静继续说，“还好成功了。”

她朝洛枳眨眨眼，难得出现俏皮得意的表情。

“看来真的是所有人都不知道呢。”陈静靠在两节车厢相连接的玻璃门上自言自语，若有所思。

“不对，有人知道的。”陈静忽然缓缓地反驳了自己。

“哦？”

陈静没有说话，目光飘到黑黢黢的窗外，过了一会儿又朝门上的电子显示屏看了看：“快到站了吧。”

“是啊。”洛枳静静地看着她。

地铁缓缓停下，陈静恢复常态，亲昵地挎起洛枳的胳膊，迈步走上站台。

陈静和来北京的开会的同学一起住在P大附近的校办宾馆，下了地铁之后两个人一起朝学校的方向走去。陈静明显话少了很多，有一搭没一搭地勉强聊着，终于到了校门口，她即将朝右转，而洛枳要进门。

“早点休息吧，你看你脸色白成什么样子了。”陈静捏捏洛枳的脸蛋。手放下来的时候，洛枳刚好注意到那只简约大方的戒指。

“刚才一直忘了问你，收到私定终身的戒指，开心不？”

陈静先是甜蜜地笑，然后渐渐收敛笑容，犹豫了很久才轻轻地问，“洛枳，其实这个礼物，他并不是打算在今天送给我的吧？”

洛枳抬眼看她，觉得有些奇妙。女人的直觉真的很可怕。

“其实……我也觉得有点奇怪。我哥之前打电话说三天后你生日，这是礼物，正好今天见面就让我帮忙取出来捎给他。我猜可能他今晚看气氛太好了，突然改主意想让我也在场见证一下，防止你反悔，嘿嘿。”

洛枳干笑了两声，陈静嘴角向上一勾。

“你老哥把礼物从包里掏出来之后，虽然很努力地躲着，在桌子下面鼓捣了半天，但我还是看到他从自己包里掏出小盒拿出戒指往小人偶的挎包里面塞——傻丫头，你觉得洛阳做事情会这么匆忙吗？居然当着我的面偷偷摸摸地现场塞戒指？明显就是临时决定嘛。他倒是越来越会随机应变了，呵呵。”

洛枳低头不说话。她想起哥哥让她把礼物拿出来时候那个眨眼微笑的熟练表情，不得不承认，这一切，的确怪怪的。

可是她还是笑着宽慰陈静："但是——但是，你想，如果是临时起意，他怎么会那么巧合地随身带着戒指啊，是不是？"

陈静伸手拍拍洛枳的绒线帽，说："傻丫头，你哥去刷卡，你去洗手间的时候，我翻了他的包，看到了戒指的发票和取货单。他也真就是碰巧今天去公司旁边的I DO取戒指的。"

陈静的声音仍然柔柔的，这样一番侦查动作，她讲话时候淡然的样子好像她们谈论的是北京元旦期间的气温。洛枳哑然，完全不知道应该说些什么。

"嫂子，"她不再叫她念慈姐，"你们，怎么了？"

陈静不知道是第几次伸手捏她的脸蛋："我们没怎么呀，傻丫头。"

洛枳心底漫溢出丝丝凉意。

"既然你怀疑，为什么还假装不知道手袋里面是什么，假装捏到戒指形状的时候兴高采烈的样子，为什么……答应我哥？"她一脸迷惑，她的世界中唯一完满的一对，竟然也在温暖的橙色灯光下潜藏让人不安的暗潮涌动。

陈静好像听到了什么童言无忌的笑话一样，温柔地笑起来。

"为什么不？他愿意娶我，我愿意嫁他，为什么不答应？"

是的，为什么要因为这些细节而矫情？可是真的不在意，又怎么会在冷风中对自己陈述那一点一滴的怀疑？洛枳觉得自己越来越读不懂周围的每一个人，也越来越读不懂爱情。

也许她从来都没有懂得过。她之前的一切通透，不过是自以为是。

"傻丫头，你也是个大人了。难得糊涂。"

陈静的背影慢慢消失在小街尽头。洛枳一直知道陈静的温柔背后不是没有锐利，也从没有忽视过她绵里藏针的机敏聪慧。然而这似乎是她第一次看到陈静柔柔地笑着，对自己轻轻巧巧地说："我翻了你哥哥的包，看到了取货单啊。"

曾经有人笑称陈静和洛阳是模范夫妻，从不吵架从不闹别扭。陈静笑，说因为两个人的性格都像稀泥，没什么棱角，好说话。

洛枳今天才知道，他们不是没有棱角，只是那些棱角被稀泥包裹起来了而已。

第10章　麦琪的礼物

新年假期刚刚过去，期末考试就来临了，连江百丽都把宿舍的桌子收拾干净开始看书。

第一科要考的是马克思主义哲学与基本原理，闭卷。洛枳之前一直在复习专业课，特意把这一门留到临考试前突击，心知反正复习早了也一定会忘光。

“一本都不剩了，我刚在电脑上查到的，全部被借走了。”

洛枳在手机收信人一栏选择“百丽”，按下发送键，接着从图书馆的电脑上注销，然后拎起书包走出机房。早上出门前，江百丽央求洛枳去图书馆帮忙借本马原的教材。戈壁把教材弄丢了，周围哥们儿都没有多余的书，学长学姐的旧书也纷纷扔掉或送人了，而教材中心也没有存货，关键时刻竟连一本都找不到。

最终，他又找到了百丽头上。

这是戈壁分手后第一次联系她。他翘了一整个学期的马原，签到一直是跟他选了同一堂课的江百丽代劳，所以专业课翘得天翻地覆的戈壁竟然在大家纷纷放羊的马原课上面拿了个全勤。戈壁终究是太过懒散，临考试的时候才想起来复习，却找不到书。

洛枳拧着眉头欲言又止。她很怀疑江百丽是在假装圣母以继续酒会上面的阴谋，还是……真的圣母。

百丽很快回："谢谢了，这个时侯去借书基本不可能再借到了，我自己想办法吧。"

洛枳正要走出大厅，转念一想，不如就在图书馆自习好了，如果能找得到座位的话。

图书馆除去一层外，其他每一层都有好几个规模不小的自习室。洛枳坐电梯直接到六层，然后一层层地下楼梯寻找空位。冬季图书馆暖气烧得很足，又不开窗通风，这使得洛枳走进每一个自习室都会在温吞停滞的空气中闻到些许混杂着的陌生人体味。

自习室乍一看上去并不拥挤，但每个座位上都被一摞摞的书霸占，主人大多不在场，看起来就好像高中时大家都去上体育课了。

她一直下楼梯到二层，看到最后一个自习室也没有希望了，于是大踏步离开。

"洛枳，洛枳！"

声音很小，是用气息在发声。洛枳回头，看到张明瑞正在兴高采烈地朝自己挥手，坐在他左边的女孩子也抬起头，朝她礼貌地笑。

是许日清。

洛枳很高兴地走过去，看了一眼桌面上的书，笑了，小声说："你们也复习马原？来得真早啊。"

"我们七点钟过来占座位的，哪像你这么胸有成竹啊，十点半才慢悠悠散步过来。"张明瑞把右边座位上的资料往自己的桌子上面拢了拢，说，"这个座位上面没人，我们用来放东西的，你坐吧。"

原来如此，洛枳道谢了就坐下。

"靠，你们文科生高中时候是不是就一天到晚学这种东西啊，"张明瑞郁闷地用圆珠笔敲打手里的马原教材，"这些颠来倒去都在说些什么啊，文科生居然没有发疯还考上大学了，都应该用糕饼寿桃供到庙里去，你们都是超级赛亚人。"

洛枳憋着笑，轻声说："你高中会考没考过政治吗？"

"我们会考都是走过场，我都是抄的，从来没背过。"

"不背人生不完整，赶紧看书吧。"洛枳拿圆珠笔杆敲敲他的书。

许日清默默看着他们俩，抿嘴浅浅一笑，低下头去继续温书。快到十二点的时候张明瑞烦躁地扔下笔，低声说："烦死了，去吃午饭吧。"

洛枳点点头，探询的目光投向许日清，对方也笑着表示同意，于是他们把书简单归拢一下摞在桌上，各自带着手机钱包穿好外套，一同走出了自习室。

刚踏进走廊里面，张明瑞就吼起来，“马原去死吧，这他妈是正常人能背得下来的吗？！”

旁边有个正在下楼的男生很大声地附和，“对啊，等我背下来估计也成变态了。”

他说完，突然贼兮兮地瞟了走在张明瑞一左一右的洛枳和许日清一眼，用一副“你小子艳福不浅就别抱怨了”的表情朝张明瑞咧嘴一笑，三步并作两步走下了楼梯。

洛枳不知怎么地忽然想起了当初张明瑞对自己提起过他俩和盛淮南的三人行。

盛淮南。洛枳的思维有一秒钟的停滞，然后立刻侧过头笑着问，“你们选的是哪个老师的马原课啊？”

“等等，我要买本杂志。”走在去食堂的路上时候许日清跑到路边的报刊亭边，低头扫了一眼让人眼花缭乱的架子，拿起一本32开的略微有些厚的杂志，说：“我要这个。”

“八块钱。”杂志摊的大妈头也不抬。

“你怎么总不戴手套啊？”

许日清用食指和拇指捏着杂志的一角，有点哆嗦地回头说：“食堂挺近的，没必要，我嫌麻烦……”

洛枳忽然表情很尴尬。因为张明瑞刚刚那句问话是对自己说的，而许日清回头接话的时候刚好看到面对面呈对话姿势的他们俩。

张明瑞嘿嘿一笑：“有你觉得不麻烦的吗？懒，挨冻的不还是你自己？”

洛枳心中一动，张明瑞极其自然地转过目光开始看着许日清，镇定机智的一句话化解了三个人的尴尬。许日清从一开始茫然无措的表情中恢复出来，讪讪地笑，像个小媳妇一样不好意思地瞟了洛枳一眼，小声反驳张明瑞：“哪有！”

“把手揣兜里面暖和着吧，杂志我帮你拿。”张明瑞伸出手，接过许日清的杂志。许日清把手揣到羽绒服的口袋里面，再次朝洛枳腼腆地笑，好像在说，让你看笑话了，他总是这样。

这样的许日清，和那天咖啡馆中咄咄逼人的盛装美女判若两人。洛枳微微落后了两步，看着前方一黑一红的两个背影，心里有小小的快乐。

许日清有飞扬跋扈的一面，也有这样腼腆羞涩的一面。到底哪一面是真正的她？

或许独处时候的更为真实？但是那个时候的她并不出现在任何人面前，对别人来说没有任何意义。

有什么样的互动，就会表现出什么样的自我。什么样的对象制造什么样的真实，只是给不同的人摆出不同的断面而已——自己在乎的那个人。

那么在盛淮南面前的自己，是不是太变形了？即使依靠着那些共同点而如愿地被他爱上，也只会成为一段漫长的演艺生涯的开始。

“喂，想什么呢？”

洛枳回过神，张明瑞正在朝落后的她招手，宽和的笑容中有些她看不懂的意味。

三个人占了座位之后就各自去打饭。张明瑞最后一个回到座位，端着三个面包饼。

“你今天没买面包饼啊？”他诧异地看着洛枳。

“排队的人太多了。”

“好久没有在三食堂看到你了。”

“三食堂这么大，难免碰不到。”

许日清突然插话：“你们经常一起吃饭吗？”

“嗯，最近这一个多月吧，我总在三食堂吃饭，张明瑞也是，所以经常能碰到。”洛枳笑着解释。

张明瑞坐下夹起一个面包饼放到她盘子里：“要吗？我有个哥们儿刚好排到窗口，我让他帮我买了三个。”

“我没吃过，给我一个行吗？”许日清问道。张明瑞站起来说，“行，你自己拿吧，我再去买两个。”

“怎么？”

“我只吃一个吃不饱。”

“哦，”许日清盯着盘子默默地算了一下，一个是洛枳的，两个是他自己的……“那不用了，你，你吃吧，我自己去买吧。”

许日清突然站起来，张明瑞客气的话还没说出口她就朝面食的窗口跑过去了。

张明瑞愣愣地看着她跑远，耸耸肩笑了一下，又坐回座位。

“对了，洛枳，你……和盛淮南在一起了吗？”

她听完就呛住了，咳了好几声才缓过来：“你能不能适当铺垫几句再问这么劲爆的问题？”

“在没在一起啊？”

张明瑞的声音是轻松而随意的，但是脸上的笑容有点假。

洛枳摇头：“没啊。”

“可他……我觉得他最近怪怪的。唉，反正问他他也不会跟我们说，只能问你了。”

“我有跟你说过我喜欢盛淮南吗？”

张明瑞低头用筷子扒拉着盘子里面的青椒炒土豆丝，过了一会儿才反问：“难道不是吗？”

洛枳长叹一口气：“呼唤逻辑啊逻辑。”

“用不着呼唤。那你敢说你不喜欢吗？别撒谎。”

洛枳莫名地很想笑。她自己精心保管的秘密就像被投入石子的湖心荡起的涟漪，一圈圈扩散。这个曾经被以为牢不可破的遮掩，现在看来，竟然这样明显。

所有人都问她是不是喜欢盛淮南。高中的洛枳如果知道了，恐怕会昏死过去。

“不如我们聊聊许日清。”她微笑。

“许日清——”张明瑞把尾音拖得很长，犹犹豫豫。

“你们——”洛枳和他同时说。

“你别误会！”

“我误会什么了？”洛枳笑得更贼，“我还什么都没说呢，我看你倒是挺希望我误会的。”

“其实……”张明瑞急急忙忙摆手，筷子上沾的米粒被甩出去，在空中画了个漂亮的弧线，轻轻落到桌边一个身影的袖子上。

那个人把米粒弹开，叹了口气。

“真是巧啊！”

他们抬头，看到盛淮南完美无缺的笑脸。

“哟，你也来吃饭？”张明瑞愣了几秒钟才冒出这样一句。

盛淮南朝张明瑞扔了一个鄙视的眼神：“这都被你慧眼识破了。”

他兀自坐到洛枳身边，把餐盘放到空位上："背书背得想骂人，文科生的日子不是人过的。"

"你当初怂恿我选法双的时候不是说你前女友总是喊着文科很难，所以想要体会一下文科生的生活吗？专业课考完，双学位也要考试了，法导也要闭卷，没天理。"张明瑞苦着一张脸，在把前女友三个字吐出来的时候依然一脸无辜。

盛淮南的脸上波澜不惊："是啊，高中时候看他们文科生背书背得要死要活，我还觉得不理解，就那么几本书，每次考试之前都要重背一遍，而且背了半天写了一卷子密密麻麻的答案，文综合的分数还是普遍比理综合低那么多，我真是搞不懂。"

"对了，你不是文科生吗？"张明瑞看着对面的洛枳说，"你那时候背历史、政治需要反复好多遍吗？你们可是背了整两年啊，怎么有那么多的人还是背不下来？"

洛枳正在低头喝玉米粥，并没有回答。

"喂，问你呢，你不是文科的吗，你们考前都会这么突击背书吗？"张明瑞用筷子尾端梆梆地敲击着桌面。

"呃？"她抬起头，朝左边一歪，笑了，"我记不清了。可能是吧。"

盛淮南沉默着，用筷子轻轻地戳着碗里平整的米饭，戳出一个一个的小洞。

洛枳想起，她也曾经赌气过，那次在法导课上让张明瑞买薯片，说话时候刻意不看他，耍小别扭——当时连她自己都无法相信，他还有这样任性的一面。

那时候，对方招招手，立即就可以挽回。

直到此刻，洛枳终于明白，其实对方也许从第一次见面就感觉到她的好感。多么显而易见。

不论她内心是怎样的风云诡谲，其实她只是喜欢他，从一开始，就没有改变过。只要这一点被抓在手里，不管发生什么事情，不管她表面上态度如何，输家都是她。而他却可以微笑地随时出现在桌子边，弹开米粒，说，好巧。

好巧，你喜欢我。

够了吧。她想。

"哦，许日清？"盛淮南微笑着朝端着盘子傻站在桌子不远处的许日清点头示意，然后问斜对面的张明瑞，"你们上午一起自习的？你们三个？"

"对啊，我们仨。"张明瑞回头招呼许日清。她慢吞吞地走过来，对盛淮南说，"你也来吃饭啊。”

许日清语气虚假，表情紧张，应对措施还没想好，演技勉强及格。盛淮南表现得很热情，表情甚至有一点愧疚，好像如果早知道许日清也在，他一定不会跑来这里让人家难堪。

那为什么故意来让她难堪？洛枳放下叉子，开始撕面包饼。

盛淮南第二次被问到来吃饭这个问题，歪头苦笑：“是啊，学得无聊，想休息一下，唯一正当理由就是吃午饭。”

“哦……上午在哪里自习的啊？”她边问边和洛枳一样把面包饼撕成块，许日清有双很美的手，只是当着盛淮南的面，动作太过文弱，饼撕了半天也撕不明白。

盛淮南顿了顿：“一教。”

说完就不自觉地朝左边看了一眼，可左边的人自顾自揪着面包饼，动作熟练，毫不羞涩，听到他的话没有任何反应。

“一教？”

“对，清净，人很少。”

“怎么不去图书馆了？一教多冷啊，暖气也烧得不好，冻坏了怎么办？”

盛淮南愣了一下，场面突然的安静让许日清也意识到自己的话太过亲昵，张明瑞脸上慢慢浮现出意味深长的浅笑。

突然，洛枳发现新大陆般惊喜地说：“许日清，你买了麻辣鸭脖子？我能吃一块吗？”

这个打岔打得很差，许日清却晃了一下神儿，立刻抓住救命稻草般热烈地跟洛枳讨论起鸭脖子。

“喂，你是成都的嘛，你说呢，对不对？”

她们聊到四川小吃的时候，许日清突然侧过脸问张明瑞，表情带有一点示好的意味——洛枳心中一片明净。

刚才许日清慌慌张张的，对盛淮南说了些亲近的话，此刻怕是疑心张明瑞因此吃味，所以笑得这么讨好。

张明瑞此刻在发呆，因而没有回答，让刚才因为鸭脖子而缓和的场面突然又冷清了下来。

他们继续各吃各的饭，嘈杂的食堂里面，仿佛有隔音的结界将四人桌笼罩了起来。

盛淮南碗中的米饭动也没动，仍然显示一个井字，好像已经凉了。

默默无语的一顿饭终于吃完了，送餐盘的时候张明瑞对盛淮南说，“你还要待在一教吗，要不要跟我们一起去图书馆自习？”

盛淮南看了一眼洛枳，忽然高兴地呵呵笑起来：“洛枳你们在图书馆自习？”

洛枳抬眼看他，眼中平静无波，什么都没有说。

“我记得高中的时候有篇课文，叫做《麦琪的礼物》。”他自顾自地说道。

她去了图书馆，他去了一教。

“对啊，怎么了？”许日清最后一个把盘子摞在残食台上面，也回头兴致勃勃地问，却不小心迎上了张明瑞阴沉的目光。

许日清有些慌，不知道该说什么，嘴巴却控制不住地想要赶紧扭转这古怪的气氛：“跟我们一起来图书馆自习吗？图书馆比较暖和，旁边还有一个空位呢。”

张明瑞浅笑着又看了她一眼，对盛淮南说：“对啊，到图书馆来吧。”

第11章　最是微笑虐人心

洛枳轻轻抬起袖子，闻了一下，不出所料，果然是三食堂的油烟味道。

然而身边的男孩，脱掉在食堂一直穿着的羽绒服后，露出了里面的深灰色衬衫，坐下的时候带过一阵轻微的风，仍然有清香的碧浪洗衣粉的味道。

凭什么。

他银白色的钢笔在纸上刷刷地写着，发出好听的沙沙声。让人恍神的沙沙声。

她低头抿嘴笑了一下，掏出耳机戴上。

莫扎特和马克思联手，有着强烈的催眠功效，洛枳盯着手里的马原教材，目光只是胶着于一个字上，周围的字都围绕着这个字开始打转，慢慢地成了一个旋涡。

困了。

尽管知道刚刚吃完饭就趴在桌子上面容易胀肚，她还是俯身从地上的书包里面掏出了米黄色的大象抱枕扔到桌上。对于这个像变魔术一般出现在桌子上的抱枕，其他三个人都吃了一惊。洛枳习惯性地做了两个深呼吸，揉了揉胃部，然后眼睛微闭很惬意地向下倒。

她直接砸到了桌子上面，颧骨和桌面接触的时候发出巨大的响声，半个自习室的人都回头朝她的方向看。洛枳没有叫出声来，只是用手狠狠地压着脸颊，疼得泪水在眼圈里打转。

她抬起头，恶狠狠地瞪着坐在桌子对面的张明瑞。

张明瑞正把嘴巴张成O形故作惊讶地看着她，怀里正是被抽走的大象抱枕。洛枳许久没有说话，只能低着头按住颧骨来止疼，等到眼泪慢慢归位，她才重新慢慢抬起头来，咬牙切齿地轻声问："你，你想死是不是？"

张明瑞笑得像个恶作剧得逞的七八岁孩子。

七八岁，狗都嫌。

洛枳迅速站起来，身子探到前方一把将抱枕抽回来，按在桌子上面，冲对面的人狠狠地一龇牙，然后脸朝下把自己埋进米黄色的梦里面。

她睡觉的时候喜欢用双手环抱住枕头，脸朝向右侧。闭上眼还不到两秒钟就觉得脸上发烧。

他坐在右边。

即使他可能根本没有看她，她也能隔着眼皮感觉到射向自己的视线。她皱了皱眉，迅速把脸转到左边去了，只留下一个后脑勺。

洛枳渐渐入梦，恍惚中听到对面椅子被挪开的声音，好像是有人离开了书桌。

等她睡眼惺忪地爬起来的时候，对面的位置没有人，张明瑞和许日清都不见了，桌子上面只有两堆书和几张草稿纸，还有凌乱的七八支笔。

她朝右边看了一眼，盛淮南也不在，银白色的钢笔还没有盖上笔帽，反射的阳光一下子晃到了她的眼睛，她一偏头躲开，肩头的衣服滑下来。

这才发现，她身上竟披着盛淮南的黑白灰拼色羽绒服，滑落下来的时候带走了大部分的温度，她打了一个哆嗦，赶紧把衣服拉上，小心地把胳膊伸进袖子里面穿好。宽大的羽绒服把她包围起来，难以言说的温暖。

洛枳忽然想起什么似的，小心翼翼地举起袖子，闻了闻，然后满足地笑。果然也是有油烟味道的。

其实他们都一样。

她把脸颊贴到抱枕上，双手环抱住自己，用羽绒服的温度温暖自己。胸口有个角落变得酥软，可是，也只是一瞬间。

洛枳伸手帮盛淮南盖上笔帽，然后站起身，抓起桌子上面的手机钱包，打算到空气清新的地方转转清醒一下。她把手伸进羽绒服的口袋的时候，不小心碰到里面硬硬的一个东西，掏出来一看，是一个棕色牛皮钱夹。洛枳用指尖在皮面上轻轻敲了两下，想起江百丽钱夹里面陈墨涵的照片，不禁猜测，这里面会不会也有一个人的照片？

她没有打开，重新放了回去。

手揣在口袋里。新年那天，叶展颜的手也揣在这个口袋里取暖。

揉揉发麻的脸颊，她觉得胃里面存了好多气，想打嗝又打不出来。走廊清冷的气息让她微微打了一个寒战。

窗外是一片灰白色的景致。洛枳印象中的北京没有红墙绿瓦，也没有方方正正的盛大厚重，这个城市披着灰沉沉的外衣，夹带着灰沉沉的空气。暗淡的色彩像是用落了叶的枯枝涂抹的，偶尔一阵冷风带着尘埃和废纸翻滚，给画面带来那么一点可怜的动感。

洛枳抬头发现自己已经绕了好几个圈，走到了二楼的科技图书文库。她心知这一类的著作自己能看懂的不多，除非里面有《十万个为什么》，正要移步离开，突然听到一声轻微的啜泣。

走廊空无一人，文库门口只有一个正在打盹的工作人员趴在借阅处的漆木桌子上。她四处打量了一下，在右侧的楼梯口看到一抹红色的身影。洛枳挪过去一点，抬起头——许日清正坐在二楼通向三楼的楼梯台阶上，头埋在膝盖上，看不清脸。透过栏杆，她还能看到站在通向三楼的那段台阶上的一双鞋，侧面一个大大的白色对号。

张明瑞和许日清。

许日清努力压抑着，却仍然有隐隐约约的哭声传过来。洛枳退后一步，轻轻地走开。

突然背后传来一声沙哑的带着鼻音的问话："你是报复我吧。我是想跟你道歉的，但是觉得重提那件事情很难堪，所以才当做什么都没发生和你相处的。其实你是在报复我，对不对？"

"我真的没有。"

"你有！"

"你听我解释……"

“我才不听！”

洛枳差点不合时宜地笑出来，不由得停下脚步。

“其实我是知道的，”许日清的声音幽幽地在走廊中回荡，“圣诞节那天，我们一起去798。你们宿舍老……反正有人和我说，你刚一回去，就被他们几个押解进屋，他们逼你说和我的进展，你却说我们只是朋友。”

“你说你喜欢的是别人。”许日清慢慢地说。

张明瑞沉默着，洛枳等了许久，也没听到他的回应。

“我早就想问你，可总觉得问出口实在是难堪，万一呢，万一你是因为不好意思而胡说的呢，万一呢……那样多伤感情。”

世间大多的阴差阳错，其实一开始总是可以说清楚的，不是不可回避，也不是造化弄人。阻挡在其中的，却都是彼此的自尊和所谓的体谅。洛枳轻叹。

“其实我都猜到了，”许日清冷笑，“其实你喜欢——”

“我以为你能吃一堑长一智。你适可而止。”

张明瑞冷淡干脆的声音让抱着胳膊靠在墙上偷听的洛枳略吃了一惊。她知道自己其实一直低估了张明瑞。盛淮南是一道光，硬是把周围的一切都照出了阴影，比如张明瑞。他在洛枳的生活中一出场就是以一个爱傻笑脸红、总是掐架却常常嘴拙的单纯大男孩的身份。然而今天在报刊亭门口，他态度极为自然地接了一句话缓和了三个人的尴尬，洛枳才开始正视他。

正视的结果，让她心中不安。

“我怎么不知道适可而止？我要是不知道适可而止我凭什么回头？真正爱一个人，连几个月的耐心都没有，连等待都做不到？好，的确我没有资格让你等，可是你为什么天天和我在一起？我找你自习吃饭你为什么不拒绝？你还敢说你这么暧昧不是在报复我不是在给我错觉？你和他有什么区别？”

许日清声音空洞而凄凉，响亮得几乎不需要偷听了。洛枳眼前浮现出那天咖啡馆中流泪到无助的美丽脸孔。她有些担心地看了一眼身边，文库的管理员居然打起了鼾，一声接一声，脸部赘肉下垂，堆积在桌上叠了两层。

她想这辈子也不会忘记这个滑稽而悲哀的场景了。

张明瑞却笑了起来，好像许日清说了什么很冷的笑话。可是即使看过这么多次他的笑容，洛枳无论如何也想不出来此刻他的表情究竟是什么样子。

“是你跑过来跟我说旧事不提了，大家还是好朋友——当初你喜欢盛淮南的时候你跟我也和现在一样经常一起自习一起吃饭，所以好像现在我没有跟你玩什么暧昧吧？至于你说等待……那我问你，如果现在盛淮南回头，你接不接受他？”

“不会，我不会。有人回头我会等，有的人我不会了，我不是不长记性的人。”

“对，我也不是不长记性的人。”张明瑞轻声笑。

洛枳低下头，长长的刘海儿投下的阴影遮掩住了眼睛。

“你就这么恨我？连朋友都做不成？非要报复我？”

“做朋友完全可以接受，其实我已经在这样做了。我没报复你，我只是很正常地拒绝了一个我不喜欢的人，你想太多了。”

洛枳叹气，许日清完全不是对手。不论口才也不论机锋，喜欢一个不喜欢你的人，还与之理论爱情，根本就是找死。

她拔腿离开，最后听到张明瑞温和而冷漠的一句：“我不跟你玩暧昧，今天开始，就当彼此不认识吧。”

洛枳闭上眼仍然能回忆起杂志亭前那一幕：张明瑞帮许日清拿着杂志，许日清双手插兜，在洛枳面前很羞怯地低头微笑，齐刘海儿被冬季的冷风吹起来又落下去，像招摇的裙裾。

张明瑞真的看不出来吗？

那时许日清很久很久才道谢，小声说：“你老是对我这么好。”而他笑嘻嘻地说：“啧啧，你反应真慢。”

一句戏言，却错过了千山万水。

“如果错过了太阳时你流了泪，那么你也要错过群星了。”泰戈尔总是说些看似温暖实则残酷的话。

最是微笑虐人心，比如张明瑞，比如盛淮南。

第12章　再见，皇帝陛下

独身一人走在空旷的走廊里，脚步声好像心跳，平稳而寂寥。路过一个窗台的时候，忽然一道阳光射过来——仿佛是灰白色云雾遮蔽的天空突然裂了一道口子。

神明降临了一样。

洛枳抬手遮住眼睛，心念一动，回头去看自己的影子，在褐色杂花的大理石地面上，无言地拉出一道极长的简单痕迹，还有一半投射到了墙壁上，转折得触目惊心。

口袋在这一刻震动起来。她伸手掏出来，是盛淮南的手机，屏幕上面闪现着，“叶展颜来电”。

洛枳第一个念头竟是想起了那天在游乐场看到的短信，彼时显示屏上还是“展颜”而非“叶展颜”。

手机在掌中温柔地震动，洛枳不禁嘲弄地想，自己竟也开始从这种蛛丝马迹中间寻找心理平衡了。转过脸的时候头发掉进羽绒服的领子里面摩擦着脖子，痒痒的很舒服。她抱着胳膊，手机就一直在怀里抖啊抖。

溜冰场里王子般半跪着帮她穿冰鞋，记得把可爱多的巧克力味道让给她吃，查到火车的到站时间想着去北京站接她，乐事薯片五袋一个系列，会去寒冷的一教自习希冀偶遇她，会在她睡梦中披上自己的羽绒服怕她着凉……

都是盛淮南的小恩惠。因为太过欢喜，她才把这些小恩惠扩大再扩大，扩大成爱情。其实，都是怪她自己。

从他们第一次牵手，到他莫名其妙的疏远。

从咖啡馆的小皇后到后海之行，再到那个狼狈的雨天。

从新年酒会之后差点成真的表白，到二十一小时之后，她看到他和叶展颜像从童话中走出一样站在她面前，能感觉到的只有掌心中那一枚硬币冰凉硌手。

许日清可以高声谴责，狼狈到不可收拾仍然带有一份骄傲和痛快。而她，则干干脆脆吸取教训躬身退出。

洛枳上前一步踏入阴影中继续前行，叶展颜的电话戛然而止。她终究还是没有那份斗争和澄清的心意。她想起后海的车夫。不解释，不纠缠，是不是真的就不会落入那个因果？她是曾经有一瞬间愤恨得浑身发抖，天降人祸，轻而易举砸毁了她步步为营小心设计的爱情。然而一秒钟之后，却又被一种深深的疲惫覆盖。

洛枳悄悄回到自习室，盛淮南已经坐在里面了。他的位置对着门口，洛枳刚一进去他就能看到，然而他并没有抬头，只是皱着眉头奋笔疾书，十分专注的样子。

高一时洛枳努力学习，想要跟他一较高下，每天都熬夜K书，但是大部分时间都不专心。现在想来这就是差距吧，不光是智商问题，即使在勤奋上，他的密度也击败了她。

她绕了一圈才走到他背后，脱下羽绒服，轻轻挂在椅背上。盛淮南这才惊醒一般回过头，看到是她，轻声说："你回来了。"

她低头细心地把袖子下摆塞进口袋里防止拖到地上，没有看他，点点头说："谢谢你了。刚才你有未接来电。"

她回到座位，把书放在腿上看，低着头。盛淮南掏出手机看过之后，重新放回口袋中，默默看了她许久，似乎想要说什么，终于还是叹了口气，转过身继续看书。

洛枳不自觉地微笑，在他转过身重新开始学习的时候，抬起头去看他。

他身上穿的就是那件传说中跟自己一对儿的深灰色衬衫吧。那天她穿着深灰色衬衫忸怩着走到他面前，满心欢喜地以为，后海堤岸沿线的漫步，所有细细碎碎的对话，都是铺向幸福的路上洒下的鹅卵石，她终于不再亦步亦趋，终于和他比肩。

此刻，那个人就在自己身边。

他伏在桌前，她靠在椅背上，椅子比桌子拉后了一段距离，所以这个角度看过去，她仍然在看他左侧的背影。他们所坐的位置正好在窗边，冬日阳光即使没有温度，却仍然保持着夺目刺眼的光泽，薄薄的白色纱质窗帘过滤了阳光，光线敛去了直射的嚣张，柔柔地弥漫在室内。然而窗帘并没有拉紧，仍然露出一道中缝，细细的一线阳光斜着劈下来，正好把盛淮南和他左斜后方形成一线的洛枳连接了起来。

他头顶上方，可以看到空气中飞舞的浮尘。

盛淮南是一道光。

洛枳想起高中的自己。考试前大家都在说自己看不完书，开夜车突击，只有她可以闲闲地翻着课本浏览重点和主线。然而平常的时候她又太过努力，像一根绷得太紧的弦，好像轻轻一碰就能听到利箭发出的嗖嗖声。很多人对她戒备——那种戒备与对姜敏的忽视不同，大家对姜敏的忽略带有几分廉价的同情和不屑，然而对洛枳，那种无视，带有淡淡的敌视和不满。

刻板印象，就像连线游戏。优秀与高傲，寒酸与可怜。众人远观，远观不需要大脑。但相比她不懂收敛的锋芒，是什么让盛淮南灿烂夺目而又不灼伤别人？

洛枳看着白色纱帘，忽然明白了。他的外表好像美丽的百合形状的落地灯。磨砂的白色灯罩，打散了所有的锐利。

锐利的光射入水面，升腾起些许暖意。暗流潜动，水底的人抬头看到的是摇曳恍惚的一片光彩，不会追究太阳究竟有多热。

阳光下的盛淮南留给洛枳一个如此蛊惑人心的侧面，完美的下颌线，挺拔舒展的双肩和脊背，专注的姿态，甚至连笔尖下的沙沙声都与众不同。

可惜她不是待在水底的人。她和很多因他而失意的女孩子一样，是挣扎着浮上水面看太阳的人，是仰起头不知死活的人。因为仰视，太阳才如此耀眼，耀眼到被刺盲仍不自知。

灼伤的青春，也值得骄傲吗？

正在她盯着他的背影若有所思的时候，盛淮南忽然没有预兆地转过头看她。

洛枳的目光并没有一丝闪躲。如果眼睛真的可以讲话，那么她已经用最平和的方式告诉了他一切。她和他有过很多次对视，聊天时候忽然沉默，目光相接让她脸红地偏头；或者某个雨天，她穿着粉红色的 hello kitty 雨衣，泪眼朦胧胸中愤懑不平；又或者是那个初冬寒冷的夜里，橙色的灯光下，她被他怜悯的眼神刺痛。

这次好像不一样。

他欠她一份心有灵犀，所以他不会读得懂。她曾经无数次地跟随着他穿梭在早晨一明一暗光影交错的走廊里面，无数次地想象，如果此刻他回转过头，她会不会突然心事败露落荒而逃？

依稀还记得，他第一次回头，是在那个柿子落下来的时候。她的确落荒而逃，高中时候的预想如此富有自知之明。

然而今天，她没有逃走，甚至目光没有偏移哪怕一分。

这样的场景，是高中时候的自己幻想描摹了多少遍的？她高中时候每见到他一次都会那么认真地在日记里记下来，场面描写动作描写神态语言描写加上自己的心理描写……然而……

然而书架上面那本新的日记，直到今天仍然只有一篇日记，一篇没有写完的日记，讲述一个柿子掉下来的瞬间。她再也不记日记，也不会在他的目光下逃走。

这样的转变中间，究竟经历了多少疲惫不堪的期待与失落，羞耻和愤怒，整颗心都被拉扯到无法恢复的原状。

洛枳突然再也没有兴致去关心她日记本的去向。感情一旦变味道了，不如被时光的洪流裹挟而去，抱在怀里，也酿不成酒，醉不了人。

都放了吧。

盛淮南的眼睛里面波涛汹涌，他好像有很多话想要说，然而洛枳突然没有了聆听和探询的兴致。

他们从来没有这样近，也从来不曾这样远。

洛枳合上手中的书，将抱枕笔袋一一塞进书包，穿好了外套。

“洛枳，你……”她看见他艰难地动了动唇，阳光打在他后脑勺上，耳朵的边缘细微的绒毛都清晰可见，她忽然微笑。

上前一步，俯下身子，毫不迟疑，歪着头轻轻地在他唇上啄了一下。

这个吻太匆忙，干干的，其实什么感觉都没有。倒是他左眼的睫毛刷到她的眼皮，有些痒。还有他因为惊讶而圆睁的眼睛，在她俯身的一刹那，她看到自己在他瞳孔中的倒影瞬间拉近变大，措手不及。

她拎起书包。

“再见了，皇帝陛下。”

她最好的年华全部都铺展在他的细枝末节中，可是道别的时候，她都没有抬起头好好看过他一眼。

不是因为丁水婧的诬陷，不是因为叶展颜挎着他的胳膊。

误会其实是最最微不足道的障碍。他们之间没有误会，因为他们从来没有彼此理解过。

耳机里，黄耀明轻唱“请吻一吻，证明这个身边不是路人”。

吻过，才是路人。

第13章　没有人活该被俯视

张明瑞独自一人回到自习室，盛淮南抬起头，两个人目光相接，面无表情地对看了许久。张明瑞朝洛枳清空的座位望了一眼，什么都没有问，低下头继续翻书，拿起笔在演算纸上涂涂画画。

盛淮南也没有问许日清去了哪里。

刚刚洛枳沉睡的时候，盛淮南听到一阵窸窸窣窣的声音，对面的许日清把一张字条塞给了张明瑞，张明瑞展开瞟了一眼，揉成一团，点点头。

于是这两个人就一同走出了自习室。许日清的表情再明显不过，明显得就像张明瑞对洛枳的戏弄和关心。盛淮南知道这两个人一定是出门去摊牌了。

张明瑞平时总是嘻嘻哈哈很憨厚的样子，可是盛淮南一直都知道他实际上是个清醒而有决断的男生。他们都明白，该残酷的时候只能残酷，哪怕伤了面子留下裂痕。

然而同样信奉干脆简单的他自己，现在明明就是在做一件极其不干脆的事情。他就像得了一种怠惰的病，只会愚蠢地拖，仿佛水落石出是靠时间拖出来的，他只要站在旁边看就可以了。

只是没有考虑到，水落石出，还有个同义词叫做沧海桑田。

再见了，皇帝陛下。

他的犹疑，让时间把她隐藏的锐利和骄傲打磨得如此耀眼，几乎伤到他。

阳光渐渐暗淡下去，太阳重新被云层遮挡住，盛淮南发现书上所有的字都连不成句，颠来倒去不知所云。明明几分钟前背过的那一大段，现在看起来如此陌生。

他抬起手，用食指轻轻地碰了碰自己的嘴唇。那个吻，比他自己的触碰都要轻，却又重得让他心里钝痛。有句话梗在喉咙里，直到她的背影消失在玻璃门后他也没能说出口。

最最简单的一句话。

"发什么呆呢？"张明瑞小声问了好几遍，才唤醒了他。他大义凛然地把浅绿色的马原教材合上，问张明瑞："咱们院以前有人挂掉这科吗？"

"没听说。干什么，你想被载入史册？"

"不看了，看不进去。"

"你疯了吧？明天就考了。"

"可能是吧。"他笑。

盛淮南收好书包，站起身离开，经过张明瑞身边的时候，听到了一声不大不小的："其实有时候你这种样子真是挺欠揍的。"

他愕然，不知道对方是不是在调侃他打定主意裸考马原这件事，不过低下头看到张明瑞不苟言笑的侧脸，立刻领悟。

"彼此彼此嘛。"他发现自己的脸颊也是僵的。

坐电梯到理科楼顶层，然后从最角落的侧楼梯上去，就能爬上全校最高的天台。

盛淮南一直都很喜欢站在高处，空旷无人的高处。忘了是在哪里听说过的一句话："这个世界上有些人生来万众瞩目，有些人生来不甘寂寞。如果天性不甘寂寞的那个人恰巧拥有万众瞩目的命运，那自然是两全其美。"

盛淮南自知是不甘寂寞的。

只是他所谓的不寂寞，并不是指热闹的朋友圈——站在最高的地方，看着下面庸庸碌碌来来往往的人潮涌动车水马龙，就能给他一种既充实又完满的快乐——当然，一定要用俯视的姿态。

他害怕所谓的亲密无间。倒不是担心自己的缺点暴露无遗而遭到他人的遗弃——确切地说，只是在他们靠近之前，他就从对方的眼中看到了过高的期望。

不是害怕自己的不完美被发现。只是不希望他们失望。

这细微的差别是不是勉强称得上是善良？盛淮南不常胡思乱想，可是一旦思维出轨，就天马行空再也拉扯不回来。

天台的铁门是半掩着的。他忽然有一点不明不白的期待。

是……洛枳来这里了吗？

他曾经带着洛枳来过这里。他们唯一称得上是约会的游玩，后海西单王府井，究竟走过哪些地方他已经有些记不清楚，印象最深刻的，是她一路上说过的很多话，像被小刀浅浅刻在了记忆的幕墙上。

她说起的故事，倾诉的困惑，隐藏着的嚣张和骄傲，低头时候温柔的期待和羞涩。

送她回宿舍前，他突发奇想，说：“有一个我常常会去的地方，要不要一起来看看？”

这个天台仿佛是他的秘密基地。高中学校里有个常年不开放的图书馆，其实也有方法从外面爬上那个不高的天台，他有时候逃了晚自习就爬上去吹风，谁都不知道，包括叶展颜。

其实早就已经很喜欢洛枳了吧——就是那种喜欢，让人变得想要陈述表白自己的一切，又想分享自己的所有秘密。

或者说，只是期待她夸赞一句，这里真好。

也是那天，他含含糊糊地说起自己格外喜欢站在高处看下面的人，洛枳背靠商业区繁华绚烂的夜景，目光投向学校北侧零星的渺远灯光，许久才慢吞吞地说，我也是，只不过我以前是被迫的。

她喃喃地说了一大堆话，好像在和深处的自我对话，半晌才醒过来似的，不好意思地眯着眼睛笑，问：“你呢？应该不是被拒绝的局外人吧？你是有选择的权利的。”

最后那句话说得如此肯定，仿佛已经认识他多年，了解至深。

盛淮南目光放空，沉默良久，身边的女孩慌忙道歉，说自己冒昧了。可是她不知道，低头说对不起的时候，正是他突然很想拥抱她的时候——手都抬了一半。

她面对他的时候，有时候会格外地小心翼翼。她的谨慎小心和他自己的犹疑骄傲，常常联手扼杀了拥抱的机会。

就像四年前，她的拘谨戒备与他的吞吞吐吐，一个时间差，就错过了整个窗台的风景。

记忆奔涌出来，盛淮南触在门把手上的食指冰凉。是你吗？

凝神一听，竟然有人在说话。

“都别说了，明天还要考试，好好复习吧，我不想讨论这个问题了。”

“没心思复习，你今天把话说清楚。”

“有什么可说的。你还不明白？就是你这种看不清眉高眼低死缠烂打的人才让她压力这么大的，你还没完了是不是？！”

竟然是三人行的摊牌。他听了一会儿，一个显然是占了先机的男生趾高气昂，另一个则咬定了“过去”二字不松口，更有趣的是，夹在中间的女生硬是不肯给一句痛快爽利的结论，一直说着模棱两可的话安抚双方，反而越闹越僵。

他慢慢踱下楼梯，苦笑着，思绪回到了两年前。

那一刻，叶展颜坐在体育场高高的看台上，居高临下地看着他们。六班的一个他现在已经想不起来样貌的男生满脸泪痕，好像琼瑶剧里的马景涛一样大吼，吼叫的内容他已经都记不清。他侧过头去看叶展颜，叶展颜虽然没有笑容，嘴角仍然可疑地上扬，眼睛微微眯起来，危险而诱惑，也有一丝压抑着的张扬和喜悦——那个表情和他所以为的叶展颜大不相同。

如今回想起那个争风吃醋的场景，盛淮南不由得难堪地笑出来，那么幼稚。可他当时竟然认真地压抑着自己心底那种无聊的情绪，郑重而礼貌地对着咆哮的男生说：“作为她的男朋友，我请你不要骚扰展颜。”

后来怎么收场的他已经记不清，总之他刻意保持的优雅和冷静似乎没有多久就沦陷于对方口齿不清的纠缠中。最后他有些疲惫地呆站在那儿，叶展颜不知什么时候从看台上下来，从背后抱住他——他仍然清晰地记得她微凉的怀抱，和一句很轻很轻地：“你是真的爱我的吧？”

原来爱情，是要考资格证的。人需要各种各样的形式来证明自己，那些过后冷静下来会觉得愚不可及的各种折腾，在当时的情绪中却是一种重要的过程。就好像没有喷火龙的阻隔，骑士和公主的爱情就不会圆满。

年轻真好。盛淮南加深了笑容，门后的争论在他耳朵里，交织成了小孩子们自以为是的欢乐闹剧。

他刚下了两层楼，突然从上面冲下来一个男生，在楼梯间和他擦身而过，一个女生追下来，另一个男生喊着女生的名字紧随其后。盛淮南诧异地想，何必一副大事不好的表情——毕竟打头阵的那个泪流满面怒气冲冲的男生还是选择了走楼梯而不是直接往下跳——只要还活着，没什么大不了。

他折回去，爬上楼梯，重新推开了天台的门。

北京冬天荒凉的风吹乱了他的头发。这个城市披着灰色的水泥外套，灰黑色的残雪让它看起来更狼狈。今天路上的行人很少。

盛淮南闭上眼睛，有些想不起来洛枳的样子。

他曾经能够清楚地感觉到她的情绪变化，即使并不确定背后真实的想法，但情绪本身的颜色，他还是可以分辨得清楚的。

这种辨识能力并不是出于对洛枳情有独钟。这种能力，一直是他的习惯，甚至是得意的把戏。

他从小就喜欢叼着一盒牛奶坐在机关大院的花坛边上默默地观察来来往往的人。到家中拜访的叔叔阿姨坐在客厅里开始正色对父亲说明来意的时候，他就抱着皮球站在无人注意的地方，静静地看。

这么多年，他尽管无法记住那些谨小慎微、谦卑礼貌的面孔的主人都是谁，说了什么，可是暗潮汹涌的话里有话，平和的眉眼，夸张的假笑与捧场的面具下那可能的扭曲表情，逐渐填满了他乏味的成长。

这种默默的窥视，就像一种儿童不宜的游戏。

机关大院里，错综复杂的利益交缠，就这么挤在一起，是需要这样一张谨小慎微的脸吧？包括他父亲。

拿这样的经验去看身边同学那小小的心计和虚荣心，实在是轻而易举。尽管少女千回百转的心思他无法有切身体会，然而一旦发现苗头，立刻微笑着用最温和的眉眼来一边断绝她们的梦想一边尽可能降低伤害，耍这种把戏他还是有一定能力的。

洛枳曾经对他说，盛淮南，你太自以为是了。

可是他从来都没有猜错啊。

他似乎又看到她俯下身吻他，动作轻缓从容，却好像隔着一层浓重的白雾，什么都看不清。再也看不清。

再见，自以为是的皇帝陛下。

他早就该知道。从来就没有人活该让他俯视。

背后的门吱呀一响。盛淮南的心仿佛被看不见的手瞬间攥紧，他猛地回过头。

一个紫色羽绒服的微胖身影闪现在门边，额前几绺稀疏的刘海儿，遮不住她惊呆的神情。

是郑文瑞。

盛淮南平静下来，笑笑对她说："是你啊。好久不见。"

的确好久不见。最后一次见到她，应该是接近两个月前，北京最后的一场秋雨。

洛枳藏在粉红色 hello kitty 雨衣下的身体微微颤抖，泛白的嘴唇动了动，对他说，"可是爸爸再也不能给我买雨衣了。爸爸死了。"

雨帘遮不住她的视线。

盛淮南站在雨中很久，他把伞压低，安静地听着雨点打在伞布上面的声音。恐惧袭来爬满后背，明明被试探的是她，结果反而像是自己的一切都摊开在了湿冷的空气中，无法掩饰。

那一刻的心痛让他忽然有种冲动，想要立刻打电话把她叫出来，他会问清楚的。他打开手机，却看到两条未读信息，不知道是什么时候收到的，他一直没有看。

就在这时候听到了脚步声。他在抬眼的时候看见了郑文瑞，不知道什么时候出现在自己身后，打着红色雨伞站在雨幕中，满脸泪水。

"我给你发短信，为什么不回？"她的声音有些凄厉。

他慌忙低头看手机，原来那两条信息都是她的。

"你在哪儿？没有被雨困住吧？"

"你在哪儿，没有被雨困住吧？"

第14章　你才喜欢郑文瑞

盛淮南看到郑文瑞出现在门口的一瞬间，脑海中冒出的却是高中那几个哥们儿在食堂嬉闹时开的玩笑。

每次晚自习前大家约好了去占位打球，总有两三个人要么窝在教室自习，要么就是和暧昧的女生闲聊，把事情忘得一干二净。于是有天陈永乐在食堂用筷子敲着桌边，大声地拖着长音说："都他妈的给我听清楚了，今天晚上，跟一班打练习赛，运动场最里面的那个篮球架，谁都不许迟到，我再说一遍，谁都不许迟到！谁不来，谁就喜欢郑文瑞！"

原本严阵以待的男生们听完最后一句话，全体笑喷趴倒在桌面上，弄翻了一盆红烧茄子，惹得食堂处处侧目而视。

第一个缓过气来的男生挣扎着说："陈永乐你滚蛋，你才喜欢郑文瑞呢，你们全小区都喜欢郑文瑞！"

盛淮南即使知道这样讽刺挖苦一个女孩子是不对的，但是仍然不免被这刻薄的玩笑逗乐，只能克制着不要笑得太大声，甚至都没办法对这个笑话产生一丝一毫的愧疚不安或者愤怒不平。

高一入学时候谁都不曾注意过郑文瑞。她成绩中游，很少讲话，衣着普通相貌平平——甚至有点难看。盛淮南在帮老师发第一次期中考试的物理卷子时，面对这个陌生的名字愣了一下，转头去问坐在第一排的同学，人家给他指向窗边的角落。他一走过去，正在座位上吃饭的女孩立刻把饭盒盖扣上，慌张地抬起头，却不小心呛到，捂着嘴咳了半天，然后跌跌撞撞地冲出教室往女厕所的方向去了。

他傻站了一会儿，然后在满当当的桌子上找了一个干净的地方把她的三张卷子放下。铝饭盒旁边的白纸上，带鱼的刺被吐得乱糟糟一团。

等他发完卷子回到座位上，那个女生却低着头走到他面前，笑得很慌张，对他说："对不起，刚才呛到了。"

"那个，你没事就好，你也没对不起我什么……"

"那你，你找我……找我什么事？"

"我……"盛淮南哑然失笑，说，"我发卷子而已。"

刚刚给他指方向的第一排的同学回过头善意地嘲笑他说："喂，你行不行啊，好歹是班长，刚开学的时候我们的档案都是你帮老师整理的，到现在咱们班同学的名字还认不全，郑文瑞，我允许你扁他！"

盛淮南不好意思地朝郑文瑞笑笑，一边感慨着，这个女孩子，怎么会像透明人。

郑文瑞不再维持她那灿烂而怪异的礼貌微笑，嘴角垮下来，什么都没说就转身走了。盛淮南呆在座位上，前排的同学一个劲儿地赔不是，说自己只是开玩笑，没想到这个女生真的生气了云云。

盛淮南放学的时候找到她，跟她道歉，然而她只是低着头，倔犟地抿着嘴巴。这样出奇内向的人，你永远分不清她是在生气还是在羞涩，那张脸上没有什么生动的表情，只有一双小眼睛，偶尔抬头看他一眼，亮得吓人。

他无奈，就差剖腹谢罪了，难道真要他血溅当场？盛淮南的姿态大多也是装出来的而已，他有点不耐烦了，耸耸肩，拎起书包朝门口走去。

"不怪你。……是我的错。"

她平板一样的声音里面貌似压抑了许多他无法辨识的汹涌感情，淹没在值日生挪动桌椅嬉笑打闹造成的喧哗声响中，听不真切。然而她抬眼逼视他的一瞬间，那双几乎喷火的眼睛让他无法确定自己究竟是不是真的被原谅了。

“多……多大点事儿啊，什么错不错的，反正现在我认识你了嘛，郑文瑞啊，你好，我叫盛淮南，请多关照——你看，这不就结了吗，我估计我这辈子都忘不了你了。”

他无奈地苦笑着，摸摸后脑勺，然后胡乱地点了个头，逃亡一般地从后门溜出去了。

一向被大人称赞为稳重的盛淮南，竟然也有糊里糊涂狼狈逃窜的时候。

如果说那时候这个女生的奇怪只是表现在抿着嘴巴内向倔犟的注视上，后来她的变化则可以称得上令人瞠目结舌。她的名字也是这样慢慢走进了大家的视野，甚至成了陈永乐对于打球迟到和旷赛者的最严厉的惩罚措施。

她会在那个喜欢东拉西扯的语文老师正讲到兴头上的时候，大声冒出一句，“能不能正经讲课了？有完没完？”

也会在大家都马马虎虎对付的课间操中，姿势标准，一丝不苟，甚至用力得过分，以至于所有人都喜欢站在她后面做操，一边观摩一边笑到肚子痛。

又比如，她成绩突飞猛进，中午吃饭的时候也边吃边写练习册，左手持勺右手持笔，抓紧时间到令人胆寒的地步。

严肃，古怪，刻薄。

最主要是丑。

男生喜欢在背后议论她，或者已经远远不止“背后”了。前排几个女生很喜欢跑到盛淮南他们这群男生座位附近闲聊，有一段时间大家雷打不动的话题就是郑文瑞。每当陈永乐等人拿郑文瑞开涮的时候，几个女孩子总会假装很吃惊的样子娇嗔道：“哪有你说的那么严重，什么啊，净胡扯，人家哪儿得罪你了？哎呀，哎呀，你好讨厌啊……”

然而语气中满溢着赞同，在陈永乐追加的“你说不是吗？我哪儿说错了，你看，她那个德行……”中，每个人都收获了很多的快乐。

无人背后不说人。有些人的存在好像仅仅是用来被娱乐的，单纯地协助促进了同学关系的融洽进展。

在他们每天每天的谈话笑闹中，盛淮南只是偶尔捧场地笑笑，尽管很多时候觉得他们有些过分，他也只是不动声色地把话题引开到别的地方去，从来不曾指责过他们。他的善良让他同情那个奇怪的女孩子，然而另一方面，他的聪明又让他懂得，凌驾于众人之上带着至高道德感的指责并不能真的帮助这个女孩子摆脱这些嘲笑挖苦，只能让自己陷入不利的境地，甚至还会带来很多意想不到的麻烦。

说白了，盛淮南所追求的是找到同时满足善良的天性和圆滑的处世之道的方式。他几次三番勉强地参与到他们无聊的谈话中，为她引开话题，直到有天自己都烦了，索性戴上耳机听音乐，屏蔽所有的愧疚感。

偶尔他会侧过头去看看她，郑文瑞坐在左前方窗边，抿着嘴巴咬牙咬到脸颊上腮骨像鱼一样微微鼓起。她仿佛拥有特异功能一般，常常能在第一时间立刻转过头对上他的目光，盛淮南无一例外被吓到。

那双眼睛，总是充满说不清楚的愤怒的火焰，沿着视线一路烧向他。

就那么记仇吗？他想不通，摇摇头，把音乐的音量开大，低下头去做题。

高二的时候，她已经成了班级前五名的稳定成员，仍然勤奋得吓人，常被老师拿来当做进步典型教育全班。高三冲刺阶段，她甚至被老师调到了盛淮南附近，用来镇压这几个调皮的男孩。那时候已经没有人敢明目张胆地议论她了——在他们这样的重点高中，好成绩意味着话语权，郑文瑞渐渐不再是一个无名小卒。

用这样的方式，再也不会被盛淮南这样的人记不住。

高二寒冷的初春，她穿着清凉装做课间操震动全校，解散的时候陈永乐他们笑嘻嘻地说她是振华高中版芙蓉姐姐，郑文瑞以斗牛的姿态从背后冲过来，飞身甩了一个耳光。

所有人都惊呆了。

然而她并没有训斥陈永乐什么。

她转过脸，腮帮上青筋抖动，几乎是咬牙切齿地看着站在不远处的盛淮南，他甚至清楚地在她的瞳人中看到了两团跳跃着的蓝色火焰。

盛淮南站在人群中，所以她的直视并不能被确认为是单独投向他，仿佛是对所有人的沉默控诉。

她转身大踏步地走开，浅绿色的系带凉鞋在地砖上敲击着，铿锵有力。

所有人都呆若木鸡，只有盛淮南默默地笑了。

有意思。他想。

然而他从来没有想到的是，大一下学期，春天刚刚染绿学校湖畔的垂柳梢，他意外地接到了郑文瑞的电话，约见。

他到得早，正在湖边徘徊发呆的时候，忽然听见背后中气十足的一句："我喜欢你！"

那句"我喜欢你"，因为说话人太过紧张和直接，脱口而出的瞬间，语气竟然很像"快点还钱！"

是的，他一直以来的想法是对的。这个沉默的女孩子，就是一座加了盖子的火山。

盛淮南讶然，两秒钟之后才找到自己的表情，把他调整到熟练的笑容，带有几分理解几分疏离，说："对不起。"

女孩刻意画过眼线的眼睛又亮了几分，然后敛去了光芒，二话没说，干脆地离开了。

盛淮南在湖边发了一会儿呆。波光粼粼的湖面偶尔反射过来一两道阳光，刺痛了他的眼睛。他不知怎么就想起了那时候班级里面不新鲜的空气中攒动的后脑勺，老旧的黑板，秃着脑瓢的班主任，前桌男生堆了半米高的摇摇欲坠的卷子，和坐在一条窄窄的走道左边的那个几乎不讲话的女孩子。

好像过往的年华在自己毫不留意的情况下就这么溜走了。他周围的许多人都喜欢回忆，喜欢在 space 或者 blog 上面写些带着小情调的追忆性的日志，只有他一直都缺少回头看的心意。

还是高中毕业之后的那个暑假，还是他第一次见到洛枳的那个同学聚会上，喝得醉醺醺的叶展颜靠在他肩膀上落泪，喃喃自语道："旧时光再也不回来了。学生时代也不回来了。都不回来了。"

"淮南，你会回来吗？"

他有点好笑地说："为什么要回来？人不是应该一直朝前走的吗？"

叶展颜苦笑，说："你果然不会懂得。因为你没有遗憾，所以你从来不回头。"

他笑笑，没有再说话。

所有人都觉得，他过得完美无缺。旁观者永远保留着武断的自信。

然而刚刚从湖畔回到宿舍，他就接到了陈永乐的电话。

八卦传播的速度是极快的。那句中气十足的"我喜欢你"惊吓到了湖边的一对鸳鸯，当时他们俩谁都没有注意到树后长椅上面坐着一男一女，男生也是振华高中的，更是陈永乐的初中同学。陈永乐挨郑文瑞巴掌这件事情成了他的大耻辱，挖苦郑文瑞从此不再是消遣，而是关乎尊严的执念。

“哥们儿，我同情你啊，大众情人的光环下的确有风险啊。”

盛淮南冷淡地笑，不置可否。

陈永乐在那边絮絮叨叨地说，他在电话另一边心不在焉地听，嗯嗯，没，哪有，你净胡扯，得了吧别提这事儿了你最近过得怎么样……

“说真的，用不用我帮你问问她，我让她把为什么喜欢你一条一条地列出来，然后发给你，你照着单子，一条一条地改。”他在电话那边乐不可支，盛淮南却失神了很久。

女孩子们为什么喜欢他，他是知道的。被喜欢，是一种魅力的证明。然而如果对方爱上的只是你的那张鲜亮的皮呢？

他又想起洛枳，想起那天吃饭的时候聊到粉丝对明星的爱，他不屑地说：“其实和聊斋没区别，不过是妖精的画皮。”

洛枳摇摇头，伸手捏住他手背上的皮肤，轻轻地向上扯了扯，说：“当然不一样。我们的皮是剥不下来的，即使是虚伪的面具，戴久了，照样血肉相连。”

他当时注视着对面的女孩，心口再次有温水流过的感觉。

血肉相连。盛淮南抬起手，看着自己温暖干燥的掌心，掌纹的走向清楚干净，没有多余的支线，也没有迷惑。透过五指缝，他看到，靠着铁门伫立在面前的郑文瑞额发被寒风吹乱，终于遮住了她多年来从未熄灭过的眼睛。

第15章 我为什么爱你

“我可以到天台上吹吹风吗？”

盛淮南不知道回答什么好。对方仍然是执拗的眼神，刺目而强悍，态度生硬得并不像在礼貌询问。

请便，阳台不是我家开的。他心里想着，脸上自然地露出温和的笑容：“当然，你怎么这么客气。”

郑文瑞猛地上前一步，咄咄逼人地笑着问：“那你是不是马上就要走？”

如果是高中时代，这句话会让他以为这个女孩子讨厌他至极，恨不得用赤裸裸的手段赶他走。后来对方讨债一般的凶狠表白过后，聪明如他，瞬间触类旁通地理解了郑文瑞。

如洛枳所说，每个人都有一张自己画的皮，那么郑文瑞这张皮，肯定是只厉鬼，疾言厉色，掩饰的不过是内心的无措。厌恶这个词，有时候只是为“不被爱”打掩护。既然被拒绝会带来显而易见的落魄和尴尬，不如一开始就画出一张铁骨铮铮眉毛倒竖的脸来怒视对方。

盛淮南自知这种居高临下的分析终归也是仗着对方倾心于自己，更是仗着他并不在乎对方。他的同情和理解，在某些人眼里好过于践踏和漠视，而在某些人眼里却虚伪至极，是一种比辱骂还要严重的欺侮与蔑视。

刚刚的温和笑容被他一点点收回，盛淮南叹口气，淡淡地说："这不是我家阳台，所以你爱来就来。这也不是你家阳台，所以我想走就走。"

郑文瑞愣住了，终于低下了她高贵的额头，喃喃道："我，我不是赶你走。"

盛淮南感觉到气氛开始朝着古怪的暧昧转变。如果是平常，他一定会第一时间闪到门边，礼貌地告诉她小心着凉冬天风大然后解释一句自己吹风吹得头痛必须赶紧回宿舍睡一觉最后理由充足彬彬有礼不伤和气地——落跑。但是说不上是什么原因，他这次没有圆场，转身回到栏杆边继续看他的风景，只是再怎么做出无物无我的样子，也只是表皮。背后照射过来的灼热视线并不是错觉，记忆中他一次次地在那样的目光下哭笑不得，不需要回头也知道，郑文瑞正站在背后一动不动地紧盯着他，用盯着杀父仇人的方式。

口袋里手机震动起来，依旧是叶展颜的电话。刚刚在图书馆，洛枳进门的时候平铺直叙地说了一句，"有你的电话"，脸上连一丝裂缝都没有。曾经在游乐场的时候她看到叶展颜的短信，表情中仍有一道尴尬不自然的裂缝，不知道什么时候，竟已经弥合得完美无瑕。

"喂？"

"淮南，明天有考试吧？"

"嗯。"

"好好加油。打电话就是想告诉你，我爸爸给了我两张票，保利剧院上演《人民公敌》，听说很不错，刚好是你们放假的当天晚上七点的那场。不许偷懒，考好了我们一起去看！"

叶展颜的声音好像一大串口服液的小瓶子在一起乒乒乓乓地撞，清脆明丽，传到他耳朵里面的时候，却乱成了一大片。

"淮南？"

做朋友。

他最后说再见，她哭着说："做朋友吧。"

做朋友是起点不是终点。只做朋友怎么可能满足。

“嗯，再说吧。我有点事，先挂了。保重身体。”

明天有考试，盛淮南终究还是想到了这一点。他应该放下所有的胡思乱想，回图书馆，学习。

即使高三那年叶展颜问他如果自己在高考那天被人绑架，他会不会放下考试奔去救她；即使这个问题并不比“我和你妈同时落水你先救谁”高明多少；即使他信誓旦旦地说高考可以重来，世界上没有第二个叶展颜；即使那时候他是真心话；即使彼时深爱，面对生命危急存亡的选择，他自然会放下一年一次赶庙会一般的高考——可是叶展颜并不知道，如果她在高考当天要求和他分手，或者让他在爱情和高考中做一个选择——也许他放下她的速度，比计算一百以内的加减乘除还快。

为爱疯狂这种事，盛淮南也许这辈子都不会理解。

被洛枳扰乱的心绪在叶展颜的电话响起的一瞬间回复了正常。他拎起地上的书包，大步朝着出口走过去。

“要走了吗？”郑文瑞没有挡住他的路，也没有凶巴巴，这次倒是很平静。

“嗯，去自习。”

“我刚刚一直在数数，看你的礼貌能坚持多久。结果是，207秒，四分钟不到。其实你真的不必特意装作不讨厌我的样子。真的。”

“我没有。”盛淮南懒得解释。

“你表面上不讨厌我，实际上很讨厌。我表面上讨厌你，其实一点都不。你受的是短暂的小委屈，我受的是长久的大委屈。”

一股无名火席卷全身，盛淮南从图书馆走出来的那一刻开始就努力克制着的情绪，此时终于崩盘，他皱起眉头，明明白白地盯着她，说：“没人能给你委屈受，除非你自找。”

郑文瑞没有针锋相对，反倒回避了目光。

“对，我自找。我不光自找，自虐，而且还老是让你知道我不好受，让你愧疚，我这个人很可恶吧，奇奇怪怪的，还一副阴魂不散不知好歹的样子，对不对？”

“对。”

冷冰冰地扔出这个字，之后，他还是有些不忍心，顿了顿，又和缓地补上几句说：“你是奇怪了点，不过……不过也没有你自己想象得那么不堪。而我，我也没有你想象的那么好，彼此彼此。”

“不是的，”郑文瑞笑得很苍白，“你一直以为我跟她们一样，都是把你当成完美无缺的雕像来膜拜的吧？她们一个一个都是有条件有资本的女孩子，她们爱你是因为她们爱做梦，也有资本做梦，所以把你想象得太好了。我没有资本做梦，所以从来都是像个小偷一样在背后观察、等待，你们每一个人，每一个，我都看得清清楚楚，包括我自己。”

她一直笑，一直笑，笑到弯下腰，笑到蹲下来抱住膝盖，笑到哭。

盛淮南觉得自己又回到了高中体育场看台上，仿佛那个六班痛哭流涕的男生重新站在了他面前。

“她们爱你，有的把你当成自己的成就来爱，有的把你当成自己的荣耀来爱，有的把你当成理想和执念来爱。我爱你什么？我爱你的冷淡，你的自私，你眼中只有有利的事情，你瞧不起周围庸庸碌碌的家伙，你聪明，你自负，你清醒——但是我最喜欢的是，每次你假装温和礼貌平易近人的样子，每次你披上那张皮走出宿舍走近人群，我在背后看着，看到千疮百孔，我还是喜欢。”

一阵风吹起盛淮南的衣角，铁质拉链打到脸上，冰凉凉的疼。郑文瑞的话犀利无情，又有些酸酸的肉麻，甚至偏颇，然而仍然字字句句戳进他心里。

“我怎么才能不喜欢你？看到再多你的丑恶面，我还是喜欢，怎么办？”

他抓着门把手，轻轻地攥了两下。

“我喜欢你自己知道别人也知道的优点，也喜欢你自己知道但是别人不知道的缺点，甚至，包括所有你自己都不知道或者你根本就不愿意承认的那一部分。我应该怎么办？”

她突然摘下书包，单手抓着，另一只手伸进去掏了半天，拎出来一张薄薄的纸，表面似乎浸过脏水，有种皱巴巴的脆弱。

“我高一的时候给你写过匿名的信。你知道那是我吗？我把它夹在你练习册里面，第二天做值日的时候就看到它在你座位下面，踩得全是湿淋淋的脚印。你就是这样对别人的。如果不是匿名的信，你为了维护自己的形象，至少也会妥善保存，对不对？”

盛淮南看她的眼神渐渐向看高中古诗词填空题靠拢。

“然后我才发现，你根本不认识我。开学那么久了，你都不认识我。你踩了我的信，我却一直把它带在身边，不管换什么书包，都会把它揣在里面。我有时候都会产生幻觉，是不是再拿出来的时候，它就会变成两封，书包里会不会长出回信……”

也许只是翻练习册的时候不小心抖落的吧。他觉得无奈，想安慰安慰她，却无从开口。

“你别这样，”他叹气，干巴巴地说，“你让我觉得自己把你毁了。”

郑文瑞声声泣血，却在这时候抬头，笑得意气风发。

“可惜你永远不知道我毁了你什么。”她说。

盛淮南大力拉开铁门，走之前只是回头瞟了她一眼。

他什么也没再说，只是轻蔑地笑了一下。

第16章　她与地坛

洛枳只需要一步，就退回了属于自己的壳。

她连一教都不再去，窗外天寒地冻，不如省去那些路程，待在有暖气的宿舍里，只在洗澡和吃饭的时候才出门。江百丽则有几天连床都懒得下，除了洗澡和上厕所，午饭晚饭都是洛枳带回来，而早饭就直接睡过去省略掉。

不知为什么，有那么两三天的时间里，百丽一直不开机。宿舍电话因而响得很频繁，洛枳去接，电话那端永远是戈壁，但她统统按照百丽的吩咐回答说，对不起，百丽不在。

“好手段啊，终于反客为主了。”洛枳又一次放下听筒，一边按着计算器一边笑。

百丽在床上翻了个身，书页哗哗地响，“其实……我也不知道我这样子，到底想做什么。”

洛枳的食指落在乘号上方悬空了一阵子，钝钝地落下。

她想起马原考试前的那天晚上，自己拎着热水壶沿小路往宿舍楼走，突然在树下听到江百丽的声音。

“真的不用谢。”

于是洛枳很没有道德地绕了个大圈潜入树下长椅的后方，不远不近地看着长椅上两个人的背影。

“书给你了，我要回去了。”

“百丽……对不起。”

“什么对得起对不起的，明天好好考试，虽然你高中政治总是考得特别好，不过，还是大致看看复习范围吧。”

“你总是……对我这么好。”

洛枳轻轻地叹气，对话开始朝着苦情的方向发展了。

“因为我爱你啊。”

江百丽轻松坦然的一句话，仿佛在说“因为咱们是好哥们儿啊”。

“所以，你用不着对得起我，我爱你，自然就会对你好，你也不必因为受了我的恩惠就这么愧对我，说白了都是我乐意。就像你爱陈墨涵，可以等她这么多年，也没埋怨过什么，道理是一样的。等我什么时候不爱了，也就结束了，你不必操心的。”

洛枳心中耸然一动，几乎为这段话击节叫好。

转念想到自己，竟觉得深深地败给了百丽。她当年那些不为人知的深情和翘首期盼的等待，统统都是自己乐意，现在竟然心态失衡，想要从盛淮南身上讨个公道——他固然在倚仗着这份感情而轻视她，但把她送过去让人奚落的，还不都是自己。

愿赌服输。

因为图书馆的道别而郁结的心思就这样被江百丽悄然化解。

当初她问许日清，这口气是不是就是咽不下去？

旁观的时候，每个人都是智者。洛枳闭上眼睛，轻轻抚上自己的心口，叹了口气。

要甘心，谈何容易。

但时间会让她认命。这未尝不是一种拯救。

“其实……我觉得墨涵变了。”戈壁的声音有些含糊和没底气，洛枳拿脚尖轻轻地踢了踢土地上凸起的树根一脚。

“她一点都没变，她高中就是那个样子，”百丽坦然地说，“只不过现在她理你了，就是这样。”

百丽站起来，在路灯下洛枳看得出，即使对方现在的口气再轻松坦然，本质上仍然还是全副武装、严阵以待的——和每天穿得马马虎虎的样子相比，此刻的江百丽应该是为了见戈壁刻意修饰了一番，还化了妆。

“我走了，以后有麻烦事，我能帮得上你的话一定尽量帮忙。毕竟墨涵学校离咱们太远了。”

洛枳忍不住轻笑，江百丽的温柔刀，刀刀见血。

她拎着水壶经过独自一人坐在长椅上发呆的戈壁，偷瞟了一眼，却发现，那张英俊的脸上，的的确确写着迷茫。

后来她才知道，因为实在借不到书，百丽把自己的马原教材一页一页地重新复印了一本，甚至在上面做了很多的笔记，给他画下了重点，还附赠了一沓BBS上面下载的提纲。

洛枳想着，重新扭头去看伏在床上蓬头垢面的江百丽，不禁怀疑，这个女人，究竟是段数越来越高，还是打着报复的旗号不可自拔？

“那个……中心极限定理的证明到底考不考？”百丽被洛枳盯得有点心虚，忙岔开话题。

“考。”洛枳点头，床上顿时翻来覆去一阵嚎叫。

期末考试终于结束的那天，江百丽成功地敲诈到了洛枳的一顿晚饭。

最后一门结束的是统计学考试，洛枳曾经矜持委婉地表示自己统计学还算值得信赖，江百丽也凭借自己双眼5.3的无敌视力从阶梯教室的后排把洛枳的卷子富有创意并极具隐蔽性地复制了一番。为了制造出自己的确是原创的假象，她把答题纸写得满满的，很多一点意义都没有的计算步骤也统统扩展得不亦乐乎。

直到洛枳发现有一道大计算自己好像是做错了。

在她豪迈地从左端起向右下斜劈一笔的瞬间，听到背后不明物体“咣当”撞到桌子上的巨响。

考试结束后，江百丽捂着脑袋说：“撞傻了，你得赔。”洛枳点点头：“好吧，算是我的错，不应该给你的智商雪上加霜。晚上一起去吃饭吧。”

江百丽先是雀跃地点头，然后就开始支支吾吾。

“怎么，没空？”

“也不是……”她拉上书包拉链，甩到背后背好，“就是今天不是最后一天考试嘛，然后说好了要庆祝的。”

洛枳无法接受这句连主语都没有的含糊答复，“说好了？和谁说好了？”

“一群……高中同学。约好5点半在西门，还有半小时，我先走了，回去放书包。那个，那个，明天晚上，明天晚上一起吃饭，说好了哦！”

她说完就撒腿跑远，留下洛枳一个人呆站在人来人往的教学楼门口。

一群高中的同学。

她叹口气，心中了然，无奈地踢着脚下被残雪半掩的小石子。

口袋里面的手机嗡嗡地震动起来，发信人那一栏显示的竟是许日清。

“你们考完了吧？明天地坛公园有旧书市场，要不要一起去看看？”

洛枳有点意外，“好呀，几点？”

“路线我查好了，明天早上十点，我到你们宿舍门口找你，如何？”

“没问题。”

她按下手机的hold键时，左肩膀被人撞了一下，侧过脸看到一个急匆匆冲出来的男生，一边跑一边回头不好意思地朝她笑，右手半举在眼前致歉，一溜烟不见了踪影。

那个傻呵呵的笑容，像极了一个人的侧脸。就在昨晚，三食堂，她遇到了张明瑞。图书馆一别之后已经一个多星期没有见面，他们聊起天来依旧是嘻嘻哈哈的，从雪灾冻雨到期末考试，一同声讨变态的试题，讽刺食堂越来越不靠谱的菜式搭配……

洛枳几乎记不清他们说过什么，愉快轻松的对话中，两个人都很聪明地绕过了一切敏感尴尬的话题。她发现张明瑞其实是个很善于跟别人合拍的人。

现在发现会不会太迟钝？

走出食堂的时候洛枳给江百丽带了一份鱼香茄子盖饭打包，摇摇头说：“她天天吃这个，我都腻味了。”

张明瑞笑笑说：“什么时候你彻底对面包饼和三食堂腻味了，不想来了，千万记得告诉我。”

“什么？”洛枳抬起头，“为什么要特意告诉你？而且这句话，我印象中你好像和我说过好多遍。”

“不为什么。”张明瑞摆摆手，拎起书包朝图书馆的方向离开了。

洛枳一边回忆着一边摆弄手机，不禁苦笑。许日清只约过自己两次，她希望不会两次都是为了男生——那么她们两个都会变得很可怜。

晚上十点半的时候，洛枳正坐在桌前从袋子里面拎出面膜细细展开，还没开始往脸上贴，门忽然被推开，她吓了一跳，双手停在半空中，精华液顺着腕部缓缓地流向手肘。

江百丽眼睛通红，然而脸上的神色却是悲喜交加的，并不是全然的愤怒或者悲伤。洛枳张口结舌，不知该不该问她一句“你怎么了”。

然而对方只是摔下大衣踢掉鞋子，照例爬到上铺，将头深深埋进被子里，呜咽着说：“洛枳，帮我看着，我只哭十分钟。”

这一幕好像已经很久没有上演，洛枳叹气说，好，然后转身随手从 itunes 的播放列表里面选了一首曲子。

苏格兰风笛高远空灵的旋律流泻一室。洛枳恍然。她曾经用这张 CD 遮蔽了叶展颜最快乐的那节课堂上面铺天盖地的窃窃私语，现在又用这宽容的声音来覆盖江百丽隐忍的低泣。

第二天她九点五十分出门，百丽仍在上铺睡得正酣。在楼门口见到同样很早到达的许日清时，洛枳觉得眼前一下子亮了起来。她认识的女孩子中，只有许日清可以把红色穿得这样明艳，这样充满生机。

平心而论，洛枳真的非常喜欢许日清，她向来对漂亮的女孩子抱有好感，何况许日清远不只是漂亮而已。

对方见面就自然亲密地挎上了自己的胳膊，这让几乎从未跟女生拖手或者挎着胳膊并肩走的洛枳有一瞬间的僵硬，然后慢慢放松下来，惬意地享受着对方带来的温暖。

在北京上学快两年了，洛枳却并没有对这个繁华现代而又古旧破落的城市生出太多游玩的兴趣。也许是因为地坛旧书市场的邀约，昨夜她做梦的时候竟然回到了高一的语文课堂上。一脸青春痘的实习老师正在作最后的汇报课，主讲史铁生的《我与地坛》节选。

实习老师声情并茂地朗读课文，然后用乏善可陈的口才拼命启发大家讲讲自己的母亲。洛枳的梦一向瑰丽离奇，然而这一次画面却淡如水墨画，宛如一泼水把记忆冲淡，只是朴素地重新勾勒一遍而已。

梦里，叶展颜正在发言，说着她早逝的妈妈。妈妈因为医疗事故离她而去，临终前叮嘱她要听父亲的话——美丽的少女哭得像要融化掉，也把周围的女孩子感染得泪流成河。

煽情的选秀节目里面常有选手伴着背景音乐在主持人的诱导之下讲起自己的父母，一边说感谢，一边抿着嘴巴流眼泪。观众也许会被感染得涕泪涟涟，也许会因为心情不好而翻脸说好假好做作。洛枳心知，大多数人当众提到父母时，都会控制不住泪腺上的水闸，哪怕平时与妈妈冷脸相对话不投机，说起母爱二字，照样如泄洪般势不可挡。

她理解，却不懂为什么。

《我与地坛》，洛枳清晰地记得这篇文章，课本上节选了第二章，她读后也心生感慨，为此特意买了很多史铁生的文集来看。原本以为这个讲述母亲的散文与课堂上飙高的空气湿度相互作用，也会让自己联想到艰辛的母亲和艰辛的年代，然后跟着一同流下咸涩的泪水；然而奇怪的是，她的眼睛自始至终都是干涸的。小时候的模糊影像渐渐清晰，母亲的剪影仿佛静音的纪录片，被残酷的生活剪辑得毫无感情色彩。

洛枳的妈妈打过她，塑造过她，也让她看清了爱的背后有多少无奈和辛酸。没有母亲是完美的，她们也曾经是少女，也曾经迷茫困惑被诱惑，不会因为晋升为母亲就忽然变得正确无比。

她和她一起在生活中成长，一起度过那些寒冷的时光。

洛枳趴在课堂上听着大家此起彼伏的哭声，独自想象，日复一日，史铁生坐在轮椅上隐匿于公园角落，逃避人世，看着眼前的一片倾颓而寻找生的意义——那究竟是怎样的一种感觉？

自然不会被包括她在内的大好年华的孩子们懂得。她们完整，健康，做着梦，被生活的河流带往未来——她们如何能够懂得？

整篇文章里，能感受到的，也只有母爱这一点了。

在她淡漠地环顾四周，把每一个哭泣的女孩子都审视一番之后，忽然感觉到叶展颜平静的注视。那双美丽的眼睛里面除了平静还是平静，仿佛脸颊上还未擦干的几滴泪水都是一不小心洒出来的珍视明眼药水。

她当时挑了挑眉，目光里面应该是有些许询问的意思在，甚至因为自己的漠然被对方发觉而有一点心虚。然而叶展颜却没有回应，毫无痕迹地转过头去注视在讲台前用感情饱满的语调不断煽动大家情绪的实习老师，表情瞬间松动，眼里好像又泛起了泪光。

再次梦到这个场景，洛枳才意识到，她自以为平静的生活周围一直有着深深浅浅的暗影，他们也许连缀成了某种图画，暗示着某种内容，可是她太过专注于自己的世界了，竟然什么都没有发现。

或许她早就落入了某种因果。

第17章　明天又是崭新的一天

地铁车厢空荡荡的，她们找到靠门的地方并排坐下，刚才一路上断断续续的谈话一不小心就找不回来了，搭在一起的手臂也因为刚刚一前一后上车而松开。病态苍白的节能灯光照在她们脸上，在封闭的车厢里，光线给人一种时间就此打住的错觉。

洛枳从来都不排斥沉默，更不会将它臆想为尴尬、冷漠或者对抗的表现形式。只是显然许日清并不擅长于在沉默中相处，洛枳从对面的玻璃上可以看到她有些局促，不停摸弄眼前漆黑如墨的齐刘海儿，像碎碎的串珠门帘一般，拨开，合上，再拨开，再合上……

“今天人好少呢。”许日清终于开口。

“是啊。”洛枳点点头。她也想找点什么话题，至少缓解一下身边女孩子的紧张，但是搜肠刮肚，无功而返。

“人……好少呢。”说完，她不觉有些愧疚。

列车再次启动，甬道两侧鼓动的风声涌入她们之间，彼此再也无话。

地坛公园有些让洛枳失望，熙熙攘攘的人潮上空，行道树间扯起了粉红嫩绿的大条幅，小摊主们一脸漠然地坐在小凳上，妇女们一边贩卖烤鱿鱼、烤烧饼和凉茶，一边回身去咒骂自家满地撒野跑得正欢的泥猴儿，头上裹着花花绿绿的三角巾和大条幅相映成趣……洛枳一脚踏过地上的黄色塑料袋，这场面让她面颊抽筋。

她也算是慕名而来，可是，没有赶上史铁生所描绘的黯然颓败。围墙上没有残雪，天空中没有残阳，一片和谐大好，实在不适合感怀。

她没有赶上最好的时光。无论什么事情，她永远都慢一拍，永远错过最好的时光。

至少史铁生赶上了吧，她想，那样的时光给了那样的人，就够了吧。反正她既不需要，也不会懂得。

洛枳越发坚信，今后和不熟悉的人见面，一定一定要选在热闹的地点，让周遭的热气掩盖自己的冷清，于人于己都有好处。她俩在人海中挤来挤去，为了防止走散，不停地彼此呼唤要跟紧对方，时不时地询问一下互相都对什么样的书感兴趣……许日清很自然地拉住了洛枳的手，两个人都没有戴手套，她的手也不比洛枳温暖到哪里去。

“我总是忘记戴手套。你也是吧？”她回头朝洛枳笑，洛枳刚想要回答，却看到许日清收敛笑容，低下头转过去了。

洛枳不明就里，逆着人流跟随她跌跌撞撞地挤了好久，才想起那天报刊亭前，张明瑞和她们俩关于手套的乌龙对话。

即使张明瑞很自然地化解了那一瞬间的尴尬，然而哪个女孩子不是心细如发？许日清怎么会不明白。

两只冰凉的手，紧紧握在一起，握到山无棱天地合，恐怕也暖和不起来。

许日清买了一堆法学专业的课外读物，装了一书包，手中还多了一个沉重的塑料袋。洛枳转了半天，却只买了一本《毛主席语录》。

“买这个做什么？”许日清把塑料袋往地上一放，揉了揉被勒出了红印子的右手，凑过来看了一眼。

“我也不知道为什么会买，”洛枳轻轻翻了翻，生怕用力过猛将这本泛黄的旧书扯裂，“可能因为它够旧吧。”

的确是一本足够古旧的书，最外层的封皮已经磨没了，只剩下内页的标题。每一页都有主人的笔记，红铅笔或蓝铅笔，认真得仿佛小学生一般。

"可能是我觉得这种书有魔力，说不定哪天晚上前任主人的魂魄就入梦来跟我拉家常呢。"

"哈哈，"许日清大笑时候很动人，"满脑子什么乱七八糟的想法啊。我以为你会买很多书呢，听说你很喜欢看书。"

"嗯，"洛枳点点头，"不过还是习惯去学校附近的几家书店买书，主要是因为比较近。"她看了看许日清庞大的书包和塑料袋，打开自己预先放在包里带过来的纸袋，"来，把你的书分到这里一半我帮你拿着吧。"

许日清不好意思地笑笑说："好啊。"

终于从公园走出来，已经是下午三点半。她们中午什么都没有吃，把边边角角转了个遍，最后拎着沉重的袋子茫然地站在大街上。

"饿了。"洛枳摸摸肚子。

"回学校吃，还是在附近找找看？"许日清正说着，忽然惊喜地拍了一下手，"对了，我突然想起来，这附近应该是有三元梅园的店吧？我想吃杏仁豆腐了。"

洛枳茫然地点点头，说："好，你指路。"

天色渐晚，头顶天幕一片蓝紫色。萧索的北京冬天总是让洛枳想起小时候跟着妈妈东跑西颠为生计奔波的那几年，每到太阳完全落下去的时候，她就会感觉到心底一阵凉，一种想哭却又并非出于悲伤的感情充盈整个身体，直到夜幕彻底降临才会消失。即使彼时她还年幼，即使直到今天她仍然无法理解这种对于黄昏的向往与恐惧，这种感觉却仍然在每个黄昏击中她，从未失约。

"怎么？"许日清站住，看着有些魂不守舍的洛枳。

"没怎么。"洛枳咧了咧嘴，跟上她继续向前走。

许日清的方向感差得惊天地泣鬼神。她们像拖着水泥袋子的民工一样气喘吁吁地徒劳转圈，终于在繁华的交叉路口看到红黄相间的牌匾。

"看到了，那个红黄相间的，是吧？"许日清兴奋地指着前方。

"麦当劳吗？"

许日清用空闲的右手臂狠狠地框住洛枳的脖子："我告诉你，中国的民族产业就是被你们这群人逼上绝路的！"

洛枳肃然，点头点得像广场上觅食中的鸽子。

许日清吃了小半碗就放下了。

“吃饱了？”洛枳抬起头问。

“没有想象中好吃。不吃了。”她微微撅着嘴，像偶像剧中骄傲美丽的大小姐。洛枳眯起眼睛看她，竟然觉得怎么都看不够，每个角度都很好看——并不是美得惊天动地，但是就是很好看。

她于是也点点头：“其实地坛也没有我想象中那么……”她想了半天，也没找到一个合适的词来形容。

“没有那么好。”最终不得已用了朴素而万能的一个“好”字。

许日清诧异：“那你以为地坛应该是什么样子？”

洛枳不知道应该怎么说，低头沉默着笑。

“你怎么是这样的人？”

她闻言有些糊涂地微张着嘴看着眼前的女孩，对方托腮望着她，和自己一样一脸探询与不解。

“我是……怎么样的人？”

“跟我们第一次见面，太不一样了。”

“我们第一次见面的时候……”那次受张明瑞的嘱托，她扮演了一次恶女人和知心姐姐的合体，然而无论怎样努力回想，记忆还是有些模糊，两个人究竟说了些什么？

富含目的性的见面让她的行为举止有些变形，究竟留给许日清怎样的印象，她自己也完全没有把握。

“其实那天和张明瑞一起自习的时候，我就觉得你和我印象中不一样。今天再看到，发现更不一样了。”

洛枳用食指抹了抹额头，发现果然是一手的油光。她不知道应该说些什么来回应许日清，场面因而再次冷清下来。其实她心里有些难过，明知对方正在努力地说些坦诚的话，她也不是不想迎合，只是不知道该怎么承接。这一路上，她们时不时也笑着开玩笑，说到某本书的时候也会激动地讨论一番，然而话题就像一串断了线的珠子，在沉默的荒野四处跳跃，偶尔捡到一颗，光泽耀眼，却是孤零零的。

她们缺少相处的感情，兴趣有交集，中间却横亘着彼此都努力装作看不见的两个男孩，那时不时的冷场和沉默，并不是毫无缘由。但是许日清还是付出了努力想要找到一根线将彼此串联起来。

洛枳真心喜欢这个明朗的女孩，从初见开始就那样澄澈的一颗心，想哭就哭，想笑就笑，爱就爱，不爱就不爱，即使回头，也从不忸怩。

多好。可惜谁都不懂得珍惜她，自己更是没资格替她惋惜。

“有个东西，请你帮我转交张明瑞。”许日清从书包中将所有的书一股脑掏出来摞在桌子上，最后从书包底部拽出一个 NIKE 的袋子。

“当年我钻牛角尖的时候被他痛骂一顿，后来他被我冥顽不灵气得甩手就走，可是走前怕我着凉，还是把自己的衣服披到我身上了。后来我跟他关系缓和，重新成了好朋友，一直想要把衣服还给他，可是我害怕衣服让他想起大家闹翻的那段很尴尬的日子，所以就这样拖着，直到现在，还是没有还。”

洛枳接过袋子，伴随着哗啦啦的响声说：“我知道了。”

许日清笑起来：“跟你在一起真是轻松，你很讨厌说废话对吧？我记得第一次在咖啡厅你还是挺能说的，头头是道，条理分明的，但是后来再见到，话就少了那么多。”

洛枳笑：“其实我的确不大喜欢说话。第一次见你的时候可能正好赶上我情绪不大稳定，话多。”

许日清托着腮看向蓝黑墨水一般的夜色，轻轻地说：“我情绪一直不大稳定。”

“自己觉得痛快就好。”

“但是我也并不痛快。”

“很少有人活得痛快，你并没吃多少亏。”

许日清闻声笑得很明媚，洛枳由衷地赞叹，这样的笑容，谁看了不痛快？

“你看，又来了，其实你挺牙尖嘴利的。”

“我就当你其实是想说伶牙俐齿。”洛枳无奈地笑。

许日清嘴角上扬，狡黠地扬扬眉，左手一直在用小勺蹂躏着碗中已经碎成渣子的杏仁豆腐，沉默了一会儿又说：“张明瑞是个很好的男孩。”

洛枳点点头。

“我想我没有辜负当初他的教导。盛淮南拒绝我的时候，我一直挺难以自拔的。

但是期末考试的时候张明瑞也拒绝我了，我吸取教训，这次抽身得挺干脆的。”

清清爽爽的陈述句。洛枳心中赞赏。

华灯初上，许日清仿佛化身文艺片中的孤寂独白，丝毫不需要洛枳的反馈，只顾着自己絮絮地说。

“我也不确定你是不是已经知道我跟张明瑞闹翻的事情了。

“你看你什么都不问，好像什么都知道了似的，让我看了就心虚。不过其实是我自己什么都张扬，所以总觉得别人都知道我的那点丑事。”

洛枳低头笑。这算什么丑事。

能晒干在阳光下不怕人知的伤心事，再苦也干净透亮。要知道，世上有多少人的难过是不可说的？

“呵呵，反正这一年连撞两次南墙，事不过三，再撞南墙我许字倒着写！

“我一直都觉得我挺好的啊，所有人都觉得我不错，为什么我喜欢了两个人，每个都错得不能再错了？

“你知道吗，当初我喜欢盛淮南，跟张明瑞赌气，我告诉他，我爱撞南墙，跟他一毛钱关系都没有，让他赶紧离我远点。

“当时他也不服软，还说，当然跟他没关系，撞傻了自己兜着去！

“结果，没想到是真的，的确是我自己兜着。张明瑞竟然这么快就喜欢上了别人。

“我那时候就想，故事里面那些一直一直等着女主角痴情不变的男配角，全是骗人的，就是在骗我这种吃着碗里望着锅里的白痴，勇敢地奔着锅去吧，即使失败了，至少手里还有一碗粥可以果腹。”

“其实都是我自己太能作。”许日清的眼底晶亮亮的，迎着窗外橙色的路灯和牌匾上的霓虹，流光溢彩。

洛枳沉默着伸出手，覆盖上她冰凉的手背。

“张明瑞喜欢你，洛枳。”

洛枳平静地看着她，没有点头没有摇头，没有惊诧也没有了然，古井无波。她们对视了很久，许日清先撇过了头。之后再也无话，枯坐了一会儿，洛枳说：“我吃完了，走吧。”

当地铁车厢苍白的灯光摇晃在头顶时，身边的许日清累得歪倒睡去了，沉沉地靠在洛枳肩头，沉静的粉红面颊那样美好，美好得不应该叹息。

在许日清宿舍门口，洛枳将塑料袋中自己的那本毛主席语录取出来，整个袋子递给许日清，说："那就再见了。"

"嗯。"

洛枳离开的时候，听到许日清在背后清晰地问道："洛枳，你说我和你，会成为好朋友吗？"

她想了一会儿，问："你有很多朋友吗？"

许日清肯定地点点头，作出了一个和她的开朗笑容很匹配的肯定回答："当然。"

所以不差我这一个。洛枳放心地点点头说："我想我们很难成为朋友。尽管我非常非常喜欢你，我说真的。"

她想她终于对许日清说了一句很坦诚的话。

许日清愣了一下，她没想到对方并没有和大多数人一样热情地回应着说："当然啦，咱们现在不就已经是朋友了吗？"——她有些不甘心，但同时又因为这句实话而感到欣慰。

"你喜欢我就好。至少还有人喜欢我。"她还是笑到最大幅度，"说真的，洛枳，我最近才明白，如果我能对爱我的人好一点，离讨厌我的人远一点，永远不去妄图讨好和解释，我是不是会得到更多呢？"

她摆摆手进门离开，口袋太重，让她的背影看起来有些笨拙。

洛枳独自走在小路上准备回宿舍，手机震动起来，是许日清的短信。

"别像我一样，回头太晚。要么及早，要么永不。"

洛枳不知道应该回复什么。她也许是在告诫自己，关于张明瑞的事情，不要重蹈她的覆辙。洛枳觉得有些感动．

"好好休息吧，傻丫头，明天的事情，明天再说。"

许久之后许日清才回复。

"你说得对，明天又是崭新的一天。也请你不要为我担心。"

最后一个小分句带有一点点自作多情，然而无疑是自信而可爱的。洛枳难以不喜欢这样的许日清。

却也必须要承认，她丝毫不曾担心过对方。

一个拥有那么耀眼的笑容的女孩子，跌倒了，哭一哭闹一闹，还有很多人哄她爱她。

她还有很多明天。

洛枳抬头，晚上的天空有些阴沉，暗红色，低垂着，像是不断迫近的末日，压抑着说不清道不明的疼。

明天。洛枳生命中的每一天，都和它的前一天与后一天，毫无区别。

第18章　死局

洛枳刚刚和许日清道别就立即给张明瑞发了信息，问他有没有时间出来见个面，有东西要给他。

洛枳拐个弯望见自己的宿舍楼时，张明瑞的短信钻进了手机，说："你如果在宿舍的话，现在就下楼吧。"

她远远看到张明瑞等在楼下，手中拎着的塑料袋正往外冒着热气。腾腾白雾，浓郁的食物香气让她感觉到胃里一阵绞痛——一整天只吃了些冰凉的酸奶和奶酪，现在饿得受不了。

"好香。"她从背后叫他。

张明瑞吓了一跳，转过身，先是咧开嘴笑，忽然想起初见的往事，又疑心地闻了闻身上的羽绒服："红烧牛肉味儿？"

洛枳失笑："我说煎饼。"

"别提了，我们的懒鬼老大，整个就是一株长在宿舍床上的蘑菇！我刚从自习室回来，他就发短信让我给他捎煎饼果子。的确很香，你没吃饭吗？要不你等我把煎饼给他捎回去，一起去吃饭吧，反正我晚上也没吃多少，正好也有点饿了，没办法，煎饼太他妈诱人了……”

洛枳愣愣地看着他，直到他自己也不好意思地挠挠后脑勺：“对不起啊，今天一整天在图书馆复习法导，都没说话，憋成话唠了。那个，你要给我什么东西？”

她笑起来，把手中的袋子递给他：“你的衣服。”

洛枳没有解释衣服的来历，为了避免尴尬，她在张明瑞接过衣服的那一刻立即问起：“法导复习得如何了？正式考试都结束了，双学位非要拖后一周，我都没有心情复习了，气数都散掉了。”

“不是还有三四天吗？其实我知道，就跟马原一样，我现在背书的话肯定考试的时候都忘记了，还不如考前那天通宵一夜狂背，然后趁热上考场！”张明瑞一边说着一边掀开袋子看了一眼，脸上的笑容没有一丝变化，将袋子换到拎着煎饼的那只手里面。

“也对。”洛枳松了口气，点点头。

“去吃饭吗？”

“好。你先回去给室友送吃的吧。”

“那一会儿我给你打电话吧，天冷，你先回宿舍等着吧。”

“你尽快，都七点多了，食堂都快关了，一会儿就只剩下麻辣烫和包子铺了。”洛枳从口袋中掏出手机看了一眼。

“那就出去吃呗，我请客。为了法导考试，一鼓作气把剩下一半的人品攒全。”

“剩下一半的人品？”

“当然，前一半已经攒够了，”张明瑞苦笑起来，“我自行车丢了。估计是卷入隔壁学校的黑车市场，进入流通环节了。”

洛枳忽然想起第一次见到张明瑞的情景，不自觉地眯眼睛笑出声。张明瑞看到她眉眼弯弯嘴角上扬的样子，有点慌，结结巴巴地问：“笑什么？”

“你自行车骑得不错。”她点点头。

张明瑞反应了一会儿，确定自己认识洛枳之后都没有在她面前骑过自行车，才慢慢地问：“你看见过我骑自行车？”

洛枳点点头：“我还看见过你吃泡面。”

“你火星人附体了吧？”张明瑞站在原地思索了半天，才想起某个秋光明媚的下午，因为跟老六他们打牌输了，他只好捧着康师傅牛肉面边吃边骑车，同时见到迎面路过的每个女同学，都要大声问对方“饿吗，一起吃吧……”

他很窘迫地挠挠头，正想着应该怎么解释自己当初的怪异行为，头顶橙色的路灯突然灭了，他们一起抬头，张着嘴愣了一会儿，洛枳却茫然地看向张明瑞，目光的焦点落在远处，仿佛他凭空消失了一般。

“……张明瑞……你在哪儿？”

他想都没想，迅速伸出一只手卡住了洛枳的脖子——“我有那么黑吗？！”

洛枳眉开眼笑，却在这一刻听见背后淡淡的一声：“张明瑞，老大都快饿疯了。”

张明瑞收回胳膊，不再笑，说：“正好我俩要出门吃饭，你要是回宿舍，帮我把煎饼捎给老大吧，刚买的，还没凉呢。”

轻松的语气中暗含机锋，让洛枳略微睖睁。

“我不回宿舍。”背后的声音一丁点温度都没有，却也听不出愠怒。

洛枳想要撤离这个尴尬的场景。她没有回头，把手伸进裤袋，暗中作业，无比熟练地翻开手机按了几个键，一串华丽的铃音就响了起来。她连忙假装接起来，朝张明瑞歉意地点点头，往拐角处的花坛走，边走边说：“喂？哪位？”

还没走出多远，贴在耳边的手机猛地振动起来，把洛枳吓得差点没直接扔出去。

她还是保持了冷静，急忙按下接听键，生怕后面的两个人发现自己的窘境，却没想到手机中传来的是个无比熟悉的声音，“太假了吧，看不起我的智商吗？你一向都用震动的，刚才的铃声是怎么回事？”

不知道是出于愤怒还是羞愧，太过突然，反而没什么感觉了，她回头盯着那个示威一般高举着手机朝自己微笑的人，竟然也笑了出来。

盛淮南站在不远处，因为路灯罢工，只有手机发出幽兰的光，照着他冷冰冰的笑容。

洛枳站了一会儿，三个人谁都不讲话，等腰三角形的站位在地上勾勒出了孤零零的灯塔形状。

她突然不耐烦起来，大步走回去，对张明瑞说：“快把煎饼送回去吧，一会儿就全凉了。等你下来再一起去吃饭吧。”

张明瑞点点头，呼出一口白气，抬腿朝着路的尽头走过去了。

背影的确很黑，又穿了黑衣服，在沉沉的天幕下分不清正面背面。

“真不给人面子，”洛枳笑笑，扬扬手机，“我撒谎不也是为了躲避尴尬嘛，你何必这么犀利。”

黑暗中对方只有一双眼睛晶亮亮的，模糊的轮廓勾勒成沉默的剪影。洛枳出门时候衣服穿得太单薄，此刻微微刮起一阵风都让她浑身起鸡皮疙瘩，手也攥了起来。她跺了跺脚，然而就在这一瞬间，跺脚声仿佛声控开关，头顶的路灯不治而愈，一瞬间橙色灯光从天而降笼罩了他们，仿佛冷清舞台上仅有的追光，将他们和周围安静的黑暗隔绝开。

洛枳仰起头，灯光落入她的眼中，点亮了两盏橙色的温暖的圆灯笼。魔法般的一刻让她忘记了刚刚的落荒而逃与此刻的沉默对峙，她真心地笑起来，圆灯笼慢慢弯成两瓣月牙。

从她看见盛淮南和叶展颜在一起之后，就暗暗猜想他会不会为了女朋友所受的“冤屈”而冷对自己。事实证明，他的确一直阴阳怪气。

“我也回去了。”她说，睫毛投下阴影，敛去了无可奈何的神色。

晚上终究没有和张明瑞一同吃饭。张明瑞发来短信，告诉她，宿舍老六突然肚子抽痛，怀疑是急性阑尾炎，他们急急忙忙把他送去校医院了。她回复一条“祝早日康复”，自己下楼也买了香喷喷的煎饼。大约晚上十点，她再次收到张明瑞的短信。

“拍完片子，出结果了。”

“怎么样？要转院吗？”

“转个头！丫只是岔气儿了！”

洛枳笑起来，身子往后重重地一靠，组合书桌震了一下，有什么东西从柜子的顶端掉下来，她急忙闪身，差点被砸个正着。“咣当”几声，东西先是掉在桌子上，然后又跌落至地面，最终滚到她脚边。

一瓶午后红茶。

震荡得太猛，瓶子里金棕色的茶汤都泛起了白沫，洛枳捡起来，拂掉上面的灰尘，许久没有动。

时间定格。

她仰起头看向柜子顶端，想起当初自己是怎样小心翼翼地踩在椅子上面踮起脚尖把它高高地摆上去，又站在下面傻看了很久，稀薄的落日余晖穿越窗子照进来，透过金色的液体在墙壁上折射出异样动人的光斑。她努力回忆着当时是怎样地抓起它，他的手指又是怎样地拂过自己的手背，还有那声潦草到听不真切的道歉，默然抓起另一瓶迅速转身离开的背影……

命运的齿轮咔嚓咔嚓转得嘲讽，只是那时候她竟然丝毫没有听出来。她再次试了试，手心攥得通红，终于听到塑料断裂的响声，瓶盖拧开了。洛枳踱步到窗边，刚刚想喝，忽然如梦初醒般停下，仔细看了一眼保质期。

保质期仍然没过。她小口小口地喝着，目光懒散地望向楼下。橙色的路灯下，早已空无一人。

蓦然回首，那人不在灯火阑珊处。或者说，他从来就不曾在她背后等待过她。一直以来独自站在灯下的都是她，只不过这一次，连她都离开了。如果他回头，会不会失望于背后徒留下一地光芒？也许不会吧，她想，他从来不回头的。即使回头，他也从来不知道自己曾经以怎样的姿态守望和等待过，自然不会失落。

其实她原本想要和他和解的，就像是给自己一个结局，一个真正的结局，庄重的形式能够让她好受许多。她不敢想自己是否仍然喜欢这个人，但是至少，很多事情她想通了，也真心认输了。她知道他牵着叶展颜的手，自然已经是作出了选择，而她所作的一切既然是自己乐意，就不可能再对他有更多怨言。那些诬蔑则是她和叶展颜两个人的事了，她问心无愧，总有一天会真相大白，也没有兴趣穷追不舍去讨一个公道。

他的沉默和拆台，她只能理解为替叶展颜和他们被中途打断的爱情抱不平。他不会知道，她才是真正被打断了爱情的那个人。

对方这样看待自己，她刚刚那些话自然也没能说出口。

手中的瓶子不知不觉已经见了底，洛枳不知道是不是刚才煎饼里面甜面酱刷得太多，让她渴成了这个样子。

她扬起手，瓶子“刷”的一声，进了垃圾桶。

第19章　人间烟火

洛枳在图书馆看了一整天的法律导论，闷得额角青筋一跳一跳，下午四点左右她收到了江百丽的短信：“说到请客，今天还有效吗？”

其实距离专业课的最后一门考试已经过去了两天。江百丽连续爽约两次，每次都是神秘失踪，只是发了条短信要求改天再说。洛枳无奈地一再更改海底捞的预订座位。

“嗯，还有效，那就今天晚上吧，你要是再敢爽约，就等着吃糕饼寿桃吧，我每年七月十五烧给你。”

她们两个快要到达海底捞门口的时候，江百丽的手机响了起来。她低头瞟了一眼屏幕，迅速地看了一下洛枳，有些不好意思地别过头去，轻声接起来，“喂？喂？”

洛枳笑笑：“我先进去吧，里面太吵了，你在外面打完电话再进来找我。”

海底捞的服务员一如既往的热情，笑容璀璨真诚，丝毫没有程式化的感觉。别处服务员的微笑让你觉得他们很礼貌，而这里服务员的笑容却让你诧异——他们为什么这么开心？

期末考试时被冰封住的心一点点活动起来，被火锅飘香的气息融成碎冰，现在看到一张张如此鲜活的笑脸，她终于觉得自己的心脏开始缓慢地、试探性地跳了起来。

结束了呢。

收起旧的教科书，打扫房间，买车票，然后去看看半个月没见的Tiffany和Jake，把兼职的资料通通翻译完毕，错过的动画更新通通补全，新年时候买回来却尚未来得及拆封的《历史研究》终于可以一点点读下去了……

多么充实的生活，好像轻易就和遇见盛淮南之前的日子毫无痕迹地拼接起来了，中间半年的辗转反侧牵扯纠结，都从来没有发生过。

很多事情，可以想通，可以看破，然而却不能放下，不能忘记。

那么就算不能放下，不能忘记，她也可以不再提及，不再想起。

来来往往健步如飞的服务员，还有过道上甩着功夫面的小伙子，火锅沸腾的响动，氤氲的热气，潮水般涌动着的欢声笑语，还有空气中辣丝丝、油腻腻的人间烟火的香气。

洛枳的笑容一点点放大。

质朴的年少时代曾经历过的那些赤裸裸的贫寒与卑微，尚且可以咬牙扛过，因为憧憬着以后的“更好”，因为知道自己可以变得强大，大步越过一地险阻。然而此时此刻心灵浅滩上缓缓流过的酸涩，却只能用时间来中和。

爱情的求而不得，是她无论怎样努力去变得“更好”也无法改变的现实。

不过，洛枳知道，只要还活在热闹的人间，哪怕坐在鼎沸的人声中感受到的只是浮夸的虚热，久而久之，终究会把记忆蒸发得一干二净。

她正发呆，服务员走过来询问她是否要点菜，她告诉对方，正在等人。

正说着，有人敲了敲桌面，洛枳只看到敲桌面的手指上戴着银戒指，知道是江百丽回来了，头也不抬地扔给她一句：“慢死了，正好回来了赶紧点菜。”

“洛枳……”江百丽欲言又止。

她疑惑地抬头，看到满脸通红地把脖子缩进羽绒服里面的江百丽，以及她背后那个穿着黑色大衣笑得很温柔的顾止烨。

洛枳思考了两秒钟，迟疑地说：“相煎何太急啊……当初说好了不能找外援也不能打包带走的，你是真心实意要吃穷我啊，太没素质了！”

背后的男人笑得很明朗，看来挺开心：“这顿我请，你们俩放开了肚皮吃，怎么样？”

洛枳轻轻地捏了捏羞涩的江百丽的脸蛋，朝顾止烨笑笑，说：“我早就知道你是个好人。”

“我觉得你的气色越来越好了。”

洛枳闻言抬了一下头，不小心将竹筐中所有的菜一股脑都倒进锅里，溅了她自己一脸。

“没事吧？”百丽急忙从桌上把消毒过的毛巾递过去，洛枳接下之后轻轻在脸上擦了几下：“没关系，就溅上几滴而已。”

她用筷子把麻辣锅中过剩的蔬菜夹到奶白色的骨汤锅里，笑起来：“可能因为已经考完试了吧，心情当然好。”

饭吃得有些闷，还好周围喧闹的背景音让沉默显得不是那么尴尬，吃火锅这个行为本身充满了参与感，面对着热气腾腾的水面，三个人还是很开心的。

顾止烨几乎没怎么吃，一直在帮她们往火锅中下各种菜品。百丽吃到一半才想起来问对方一句：“你不是说没吃饭吗？怎么不吃？”

“不是很饿。”

“那你为什么……”为什么非要过来？她说到一半，停住了，“还是吃点吧，睡觉前会饿的。”

“也好。”

百丽从骨汤锅捞出很多青菜，注意到洛枳带着笑意的目光，不好意思地对顾止烨说：“那个，我记得你说过不吃辣，对吧？”

“嗯，你还记得啊。”

洛枳低头笑得更灿烂，感觉到百丽在桌子底下踢了自己一脚，连忙站起身说：“我去洗手间。”

当她正对着洗手间的镜子笑出十二颗白牙的时候，背后蹿出一个身影狠狠地勒住了她的脖子：“你想死是吧？活腻味了是吧？你舍得死我就舍得埋，信不信？”

透过镜子，洛枳看见自己背后的江百丽脸上那半笑不笑尴尬万分的表情，笑意不断加深："我死不死不重要，反正我知道你肯定舍不得死。"

百丽放开她，靠在镜子前叹了口气："不是你想的那样。"

洛枳也不再笑："我什么都没想。只是觉得你紧张的样子挺有趣的。"

百丽不好意思地低下头，把碎发拢在耳后："其实我也不知道到底是什么样子。只不过，洛枳，如果现在跟我们一起吃饭的是周杰伦，我也会脸红的，这跟喜不喜欢没关系，我是说……"

江百丽还在兀自纠结措辞，洛枳已经了然地笑起来，摸摸她的头，说："顾叔叔比周杰伦帅，嗯？"

百丽立刻抬头龇牙，洛枳以为她要为周杰伦讨公道，没想到她张牙舞爪地大喊："什么顾叔叔？！他哪有那么老？！"

洛枳浅笑。喜欢离爱还有一段距离。但是，看样子，至少有点喜欢吧。

洗手间里负责帮顾客递送擦手纸巾的服务员一直低头抿嘴笑，百丽叫嚣到顶点的时候才发现自己成了洗手间一景，慌忙拉着洛枳跑出了门。

顾止烨开车送她们回学校，不出意外地堵在了西直门。"西直门的这个桥……"顾止烨说了一半，无奈地笑了起来。

"听说没有人不抱怨这座桥的。到底为什么啊？建了桥居然比不建还要堵？"百丽身子一歪倒在洛枳身上。

"听说是因为这座桥的设计，从空中俯瞰的时候是一个中国结。"洛枳说道。

百丽扑哧一声，戳了戳洛枳："喂，当初这座桥是不是中国联通投资的？"

这个极为无聊的笑话却让顾止烨笑起来，洛枳透过正前方的倒车镜看到这个男人眼角眉梢的暖意，那是盛淮南、戈壁他们这些年轻男孩尚且无法拥有的气度和魅力，有种说不清道不明的踏实和危险，交织在一起，绵延成他嘴角恰到好处的弧度。

顾止烨说已经是晚上了，担心不安全，坚持要送洛枳和百丽到宿舍楼。路过超市的时候百丽偷偷跟洛枳嘀咕了一句卫生巾用光了就急忙跑进去了，剩下一头雾水的顾止烨和反应慢半拍的洛枳站在原地。

"她去做什么了？"

"一件很重要的事情。"洛枳嘴角抽筋。

"百丽真的挺有趣的。"

洛枳停顿了一下，慢慢地说："是，很好的女孩子。"

她有些想念火锅店，因为此刻的沉默太过刺耳。江百丽不在的时候，顾止烨也不再特意找话题寒暄，拿出手机开始看。洛枳呆站了一会儿，打了个哈欠，把头偏向背离顾止烨的那一侧。

她看到了盛淮南，双手插兜闲庭信步，经过校医院，一步步靠近超市门口，然后不经意间抬眼，瞥见了并肩站在这里的自己和顾止烨。

洛枳一路注视着他走近，那个人闲适地融入了浓重的夜色之中，口中呼出的白气让他看起来像一列减速的小火车。她被自己的想法逗笑了，猛然发现东门小超市这个地方竟然是自己第一次鼓起勇气冲过去帮他和许日清解围的地方。

盛淮南的眼底写满了诧异，他站住愣了一秒钟，然后恢复了笑容，落落大方地走过来，点点头说："顾总。"

然后转头问她："怎么在这儿？"

声音亲切自然，甚至有几分做作的热情和熟稔。

很像他，又很不像他。

洛枳虽然早已熟悉，每一次和盛淮南尴尬闹翻或者冷战过后再次见面，对方都能将场面粉饰得歌舞升平——然而这次有点过了头。

其实自己不也是一样。即使嘴角酸涩下垂，拼了命也会让它上扬到最大弧度。可以关上门咬牙，可以躲起来切齿，人前只能笑。

是不是应该庆幸，自己和他，从来都是同类。

"我等人。"洛枳也礼貌地笑。

"哦，和顾总一起等？"

顾止烨一脸憋不住笑的样子，说："对啊，我们等同一个人，"他说到一半终究还是笑了出来，问，"洛枳，这位学生会的干部，是你男朋友？"

洛枳和盛淮南同时开口："不是。""还不是。"

"还不是"是什么意思？洛枳瞪圆了眼睛看他，盛淮南的表情里没有作弄她的故意为之，反而有点较劲的意思。

她忽然被激怒了——玩什么暧昧？！你有完没完？

洛枳冷下脸，努力调整着呼吸让自己胸口的起伏能够平息下来。她偏过头不讲话，顾止烨竟然也没有打圆场。

盛淮南站了半分钟，三个人的沉默远比两个人难熬，他再开口的时候声音略微喑哑：“我晚上还有事，那我先走了。”

“再见。”洛枳点头作别。

“跟我第一次见你们的时候，感觉不大一样了呢。”

洛枳想起那天告诫自己“不要沦为援交女大学生”的霸道而孩子气的盛淮南，有些心酸，长叹一口气，却看到顾止烨脸上高深莫测的笑。

“我说，感觉你变得不大一样了。”他又重复道。

“可能酒会的时候比较瘦一点。”她淡淡地说。

顾止烨沉默了一会儿：“这话接得好冷。”

江百丽许久还是没有出来，他低头点了一颗烟，有些含糊地说：“你好像很戒备我。”

“哪有。不过我们两个又不要交朋友，想那么多做什么。”她笑。

“百丽最好的朋友，自然应该是我的朋友。”

这样的姿态和立场让洛枳心情复杂起来，她低头整理了一下外套的口袋，郑重地说：“尽管我知道这话是废话，但还是要说，请你善待她，哪怕你并不是想要追她。”

“如果我是呢？”

“那就更要真心地对她好。我希望你是个好人。”

“说得好像你根本不相信我是个好人似的。”

“可能因为我的确不大相信。”

“凭直觉？”

洛枳抬头平静地看着他：“就凭第一次见面您搭讪我时的样子。”

第20章　乱

顾止烨很久没说话，仿佛在斟酌用词，不一会儿才轻描淡写地说："那天可能是个误会。"

她笑起来："我想我没有误会你。但是恐怕，你现在正在误会我。"

洛枳不是没有想过，她此刻冷淡地说起这些，也许会让顾止烨误以为自己在吃百丽的醋，毕竟她才是第一个被搭讪的人。但是对她来说，相比被顾止烨误会，更要紧的是，如果顾止烨的确是个四处狩猎的登徒子，她至少可以在百丽尚未沦陷之前，给这个人一个警告。毕竟，当时的新年酒会，即使称不上美女如云，洛枳和百丽在其中的打扮都毫不起眼，甚至百丽和戈壁、陈墨涵的那场闹剧，顾止烨也从头看到尾。究竟是什么原因让他在一开始死皮赖脸地搭讪洛枳，转头又追出去结识江百丽的？难道真的是被她们俩所谓的"独特的气质"所吸引？洛枳自然不相信这种鬼话。

说是警告，由于眼前的男人让她感到了年龄和阅历造成的巨大差距，所以即使字斟句酌，洛枳仍然觉得自己的每句话都稚嫩得好笑。她知道自己的脑子绝对转不过他，想要探听他真实的想法恐怕是徒劳，贸然劝诫百丽，效果更会适得其反。

即使担心，也只能选择观望。洛枳一直相信，在感情问题上，凡人自作聪明的举动不但无法力挽狂澜，反而极有可能推波助澜。

顾止烨只吸了前半支烟就掐灭了，顺手扔进了身边的垃圾箱。他饶有兴趣地看了洛枳半天，才点点头，说："我懂了。"

百丽终于走出来了，塑料口袋中装满了零食，洛枳猜到她一定是用这些遮掩着最中央的苏菲夜用。

"你这么着急跑进去，就是为了买吃的？你没吃饱？"顾止烨一脸的难以置信。百丽窘迫极了，支支吾吾半天，洛枳连忙插嘴："啊，我想起来了，咱们辅导员让你明天一早帮她看孩子对吧？"

百丽把头点得像捣蒜："对对对，哄孩子，所以买了好多吃的。"

正当她长出一口气的时候，洛枳却看到顾止烨眼底一丝狡黠的笑意，低头发现，大包的苏菲不知怎么已经被挤到乐事薯片的旁边，硕大的 LOGO 让睁眼说瞎话的她们俩看起来很蠢。

洛枳也憋住笑，把手搭在百丽肩膀上把她向前推，说，"走吧，回宿舍。"

顾止烨的手机却忽然振动起来，他摆摆手示意她们稍等，就走到稍远的绿化带那边去接电话了。过了两三分钟才走回来，笑着问她们："好歹最后一门结束了，你们回宿舍之后会狂欢吗？"

百丽摇头："又不是第一次期末考试结束了，狂欢什么啊。其实也没什么好做，就是上网闲逛呗，看看电视剧，BBS 灌水什么的。"

"那不如去唱歌？"

洛枳看到百丽的眼睛闪亮起来，刚想出声阻止，百丽就拉着她的胳膊跳起来："好呀好呀！不过现在……学校附近这几个 KTV 肯定早就满了，都快九点了，又是周末，考试一结束好多人都去唱歌，社团期末聚餐什么的……"

顾止烨被她一会儿兴奋一会儿沮丧的样子逗笑了："没事，反正有车，我们就去远一点的地方看看，唱完了我把你们送回来就好。你们学校附近就有个钱柜……对了，我知道雍和宫那里有一家很不错，去看看？"

洛枳发现友情果然是一种麻烦的东西，比如她此刻面对着百丽一脸期待的表情，"算了吧"三个字无论如何也说不出口。

出发的时候，洛枳接到了洛阳的电话。他特意打电话来告诉她，不知道什么原因，今年的火车票很难买到，劝她不要像往常一样优哉游哉的，提早准备为好。

洛枳忽然想起陈静，于是在洛阳询问过自己的期末考试情况之后，没头没脑地问起：“哥，你很爱念慈姐吗？”

她看到顾止烨略微偏过头朝坐在后面的自己看了一眼。

洛阳失笑：“你考试考傻了吧？这都哪儿跟哪儿啊？”

“回答问题！”她只有在洛阳面前才会撒娇一般佯装发怒，这一面却吓到了坐在前面的江百丽，对方索性回过头半倚在椅背上注视她。

“爱，当然爱，爱得要死要活的，我这辈子就爱四个女人，我妈、陈静、你、还有我未来的女儿。”

洛枳不知道自己异样的心慌来自哪里，听到洛阳略带调侃的再正常不过的回应，也无法放下心来。

“唔，很好。我没事儿了。”她闷闷地说了一句，准备挂电话。

“……陈静跟你说什么了吗？”

在洛枳“再见”二字即将脱口的瞬间，洛阳忽然抛出这个问题。看似不经意的语气，却有那么一点点紧张，仿佛有人揪住洛枳的一根头发轻轻地扯了一下。

洛枳没有说话。密闭的车厢内，自己的呼吸声和心跳声都能听得一清二楚。

“陈静想多了。”洛阳淡淡地说。

洛枳仍然没有讲话。

“我只是替她觉得可惜。没有别的意思。小姑娘太鲁莽了，我觉得不值得，就是这样。你们都想太多了。”

洛枳听得满腹疑惑，但是仍然保持沉默。

沉默是最好的逼问。

“好了好了，你也别跟着凑热闹了，女人就是多事儿，小八婆，考完试就好好休息吧，听见没有？”

洛阳估计仍然在加班，电话另一边是写字间里含糊的对话声，键盘的敲击声，电话铃声和洛枳这边一片寂静清冷形成鲜明的对比。

那样的环境里，的确不适合细细地谈感情。

洛枳点点头，又想起这样对方也看不见，才连忙说："哥，其实念慈姐什么都没说，我就是突然想起一个笑话，想学着吓吓你，没想到的确诈出点内容。我需要封口费。"

洛阳在那边安静了几秒钟，才笑出来，说："行，这周末一起吃饭吧。"

合上电话，洛枳才看到一条新信息。是盛淮南，说："你今天气色不错。"

洛枳皱起眉。顾止烨也这么说，盛淮南也这么说，一个两个都成老中医了吗？她按键的声音滴滴答答的，很好听。

只不过不是回复信息。

删除短信，删除联系人。她发现自己在按下删除键的时候并没有哪怕一秒钟故作姿态的迟疑和犹豫。很干脆。

"喂，你跟你哥打电话啊？"

"嗯。"

百丽翻白眼想了想："我见过一次，他来咱们宿舍，你拿了一本书给他。我当时就想你哥好帅啊，气质很好，他怎么会是你哥哥？你看你长得这么平民。"

洛枳几乎吐血，半晌才想起来："你当时没睡觉啊？"

"我趴床上看小说呢，大气没敢出。"

"我哥长得也就一般吧，看起来挺顺眼的，我觉得可能是因为他工作了，打扮和气质有点变化，你身边的男生都是邋邋遢遢的半大毛孩子，对比当然很强烈。"

"我一开始还以为是你男朋友呢。后来我才发现，你的目标是更帅的，因为我又看到了盛……"她忽然停住，吐吐舌头，很慌张地看向洛枳。

洛枳本来想甩过去一句"帅帅帅，你以为我是你啊，找男朋友只看脸"——突然觉得在顾止烨面前讲这些很没意思，更担心对方会误解这些玩笑，觉得江百丽肤浅。

索性闭嘴。

快到门口的时候顾止烨又接了一个电话，车里还算安静，只有百丽一边看杂志一边轻声哼歌，电话另一端却非常吵闹。一个女孩子不得已大声地对着电话用吼叫的方式说着什么，洛枳听不真切，但模模糊糊的几个字还是能辨识得出。

"你们先下去，在前台等我，我去停车。"

霓虹灯下，洛枳看到江百丽的脸上色彩流转。

“原来是‘糖果’啊。我来过的。”她笑笑。

洛枳愣了愣，本能地感到有什么地方不对劲，但还是拉紧了她，穿过门口等客的出租车队朝里面走。

顾止烨很快赶到，对服务生说：“有预订。”

“请问先生贵姓？”

他愣了一下：“哦，免贵姓顾。”服务生皱眉低头去查阅记录，他转过身朝洛枳和江百丽做了个手势，示意她们到远处沙发上坐着。

过了几分钟，服务生走过来笑着说：“两位里面请。”

穿过流光溢彩的走廊，在包房渗漏出来的混乱的音乐声中，洛枳听到了一声细细的呼唤，“江百丽？”

江百丽没听见，依旧噙着笑，毫无反应。洛枳却透过镜面看到了站在她们后面不远处的陈墨涵的侧脸，一瞬间决定假装失聪，拉着她快步向前走。

“百丽？”

这次是男声，洛枳感觉到江百丽的身体僵了一下，不由得心中哀叹，完蛋了。

江百丽惊讶地转过头，戈壁和陈墨涵站在洗手间门口，戈壁一只脚已经踩在了门口的台阶上，此时侧过脸，带着难以置信的表情看向她们。

“百丽，怎么不走了？”

顾止烨从后面追上来，话音未落，戈壁就先笑着打招呼：“顾总，好巧啊。”

洛枳叹口气，这下可热闹了。

陈墨涵带着假笑看了江百丽一眼，就推着戈壁往洗手间走：“你不是着急要去吗？还傻站着干什么，人家几个人还要去唱歌呢。”

戈壁看了一眼江百丽，又看了一眼顾止烨，头也不回地推门而出，陈墨涵紧跟其后，走廊里只剩下他们三个人，而服务生早已经消失在了走廊拐角处。

“怎么了？”顾止烨一脸不明就里，百丽勉强撅起嘴角，说：“同学而已，走啦走啦，去唱歌。”说完就一个人大步朝着走廊尽头走了过去。

洛枳疑惑地观察着顾止烨脸上的表情，想要找出一丝破绽——这个人在酒会上将江百丽和戈壁的闹剧从头观摩到尾，就算江百丽不清楚，旁边还有自己这个知情者，然而他此刻那一脸无辜竟浑然天成。

“我都知道，”他看到了洛枳皱眉凝望的神情，笑起来：“不过，好歹也是一件丢脸的事情，你就让我假装不知道吧，省得百丽难过。”

洛枳点点头，心中稍觉宽慰。

江百丽是绝对的麦霸，麦克风就像生在她手心里一样。洛枳坐在一旁负责帮她点歌，也私心发作，擅作主张点了几首滥大街的情侣对唱给他们俩。她不知道自己想要做什么，好像刚刚的一幕让她瞬间作出了一个决定，宁肯将百丽推向这份前途未卜的新感情，也誓要阻挠那份旧的。

然而在顾止烨点了一首《独家记忆》的时候，洛枳敏感地发现江百丽又有点不对劲了。

我爱上你，是我独家的记忆。

不管别人说得多么难听。

江百丽站起身说了句：“我去洗手间。”就急急地出了门，甚至还没跑出房间的那一刻就捂住了嘴巴。

不用说，又是一首背后有故事的歌。

屋子里只剩下顾止烨和洛枳，顾止烨也不再唱，靠在沙发背上，双手枕在脑后不说话。这样呆坐了一分钟后，洛枳嫌背景音乐太恼人，索性按了静音，她坐在音响下，嗡嗡的音乐声早就让她的耳朵发痛了。

静下来，却凸显了尴尬。

顾止烨忽然站起身，说：“我去抽支烟。你唱吧，刚才到现在，都快一个小时了，你还没唱过呢。”

他说完就推门出去了，留下洛枳一个人坐在昏暗的包间里。她伸长双臂，舒服地仰头靠在沙发上，轻轻闭上了眼睛。

记忆是盖棺论定。不论曾经多么甜蜜或者痛苦的经历，变成记忆的时候，总是需要最终的结果来为之上色的。结果美满，曾经的艰涩苦楚也都能裹上蜜色；结果惨烈，曾经的甜蜜芬芳也必然蒙上尘土，时时刻刻提醒着自己，早知如此，何必当初。

洛枳此刻终于想起了这首《独家记忆》，也想起了“糖果”。小镇姑娘江百丽大学一年级时兴奋地和洛枳说，戈壁带她去了一家好大的KTV，离学校很远。戈壁给她唱的第一首歌是《独家记忆》，陈小春的。

“戈壁唱歌可好听了。真的真的，特别好听。”

那首歌真的是唱给你的吗？

我爱你，是我独家的记忆。

不管别人说得多么难听。

戈壁爱陈墨涵，才是他的独家记忆。估计此刻江百丽才终于明白。

也恭喜她，这首歌从今天开始属于她，戈壁也成了她的独家记忆。

“一个人来KTV，而且还不唱歌，你真是有个性。”

门被推开，门外乱糟糟的音乐也趁虚而入。洛枳睁开眼，半晌反应不过来。

眼前倚在门上探进半个身子的男生，正是几小时前在超市门口和她尴尬分别的盛淮南。

她张了张口，端正了坐姿，最后还是笑了一下，不知道说什么。

盛淮南毫不见外地走进来，回身关好门，就到她身边坐下。洛枳下意识朝旁边挪了挪，心想这个包房怎么这么小。

“那个顾总把你一个人扔在这儿了？”

洛枳皱眉正看着点歌屏幕，不悦的表情直接挂在脸上。

盛淮南刚说完就立刻急急地摆摆手：“不是，我不是那个意思。我……我经过了好几次，看到你们三个人在唱歌。我是说……”

这种语无伦次的致歉连他自己都觉得无奈，盛淮南停顿了一会儿，就不再讲了。

洛枳眉头渐渐舒展开，终究还是缓和了语气问他：“那你怎么在这里？这里距离学校很远的。”

“我……我被朋友叫过来唱K。”

他手肘拄在膝盖上，笑得有点紧张。

“来了才发现挺无聊的，包房里面很闷，空调温度太高了，喘不过来气。”

洛枳点点头，没搭腔，也不知道应该说什么。

“出来上洗手间，路过这里，从玻璃门正好看到你。我还在想呢，你跷着二郎腿，双臂打开，很大爷的样子嘛，让人很想给你在左右各PS一个性感女郎塞进怀里。”

哪儿跟哪儿啊。盛淮南的玩笑像硬挤出来的，十分无趣，听着尴尬得很。

你怎么了？你今天被谁附体了？怎么一点都不像你？

不适感造成的疑虑差点让她脱口而出，结束了独白的盛淮南却突然转头看她。

即使已经挪开了距离，她仍然还是被他和点唱机夹在中间，灯光洒下彩色的星星图案，在他脸上身上游走。他们离得太近，她忽然语塞。

即使她已经不再对每次偶遇都欣喜若狂并将它赋予丰富含义，此刻仍然舍不得开口赶他走。智慧和理性交战，胜利的永远都是情感。

无论靠近还是远离，最后结果都是难过。

这时候口袋中的手机振动起来，是一个陌生的号码。洛枳连忙接起来，顺势站起身朝门口的方向走过去，脱离了他的包围。

“洛枳吗？我是顾止烨。我陪着百丽，带她兜兜风。暂时先不回去了，真不好意思。你继续唱歌吧，或者叫几个朋友过来一起，我请客。真的很抱歉，把你一个人留下。”

兜风吗？洛枳有点欣慰地笑了一下，也好，尴尬的偶遇和故地重游虽然让百丽失态，但对他们来说不失为一个契机。

不过她忽然想起另一件事：“那个，这里应该是离开的时候才结账吧？你怎么请客啊？”

对方似乎是惊讶于她居然在关心这个，而且如此直白，不禁失笑。

“是啊，对不起，我疏忽了。一小时180块，你要是现在就离开，估计也就360块，你现金带够了吗？有信用卡吗？百丽回学校的时候，我让她捎给你，真是……是我考虑不周。不过你直接就问出来了，还真是……还真是挺有趣的。”

“嗯，我有学生信用卡。那么我就唱通宵了，你说的，钱你来付，我不会忘记管你要的。”

顾止烨在电话另一端爽朗地笑起来。

“好，你自己小心点。”

在对方要挂电话的瞬间，洛枳差点就开口问：“顾总，您是认真的吗？”

转念一想，问不问又有什么意思，感情的事顺其自然，即使他只是随便玩玩，即使江百丽饮鸩止渴，你情我愿的事情，何必畏首畏尾。

这就是爱情理论，你可以搓扁揉圆，颠过来倒过去，怎么说都有道理。

她放下电话，回过头，看向阴影中那个好像凭空出现的男孩。她印象中千百个他的形象，背影，侧面，正面，拎着书包的，夕阳下追赶捡垃圾的三轮车的，在冰场上滑行的，大雨中撑着伞的，怎么叠加都无法把颜色涂抹得更深，深得和此时眼前的他相提并论。

这个故事就像裹脚布，糟糕的电影无一例外有一个糟糕的结尾，每一刻你都觉得它好像要上字幕了，下一秒却又出现了一个新的镜头，交代着一些毫无意义的细节。

但反过来说，也是件好事。她的表现一直很糟糕，所以上天给了她不断练习的机会，一次又一次地修正。磨平她的骄傲，舒缓她的紧张，消灭她的期待，抚平她的愤懑。

这么长时间以来的拉扯，纵使是毁掉了她想要利落洒脱地给这段感情画上句号的希望，却也缓冲了痛楚。太漂亮的收尾等于另一重意义上的美化，与其让人念念不忘，不如用平庸来摧毁。

“你到底想做什么呢？”

她走过去，坐下，双手放在膝盖上，做出放松而真诚的姿态看着他。

第21章　迷魂

盛淮南避开她的目光："来唱歌啊。什么做什么？"

"那你唱吧，"她皱皱眉，忽然站起身，把话筒塞到他怀里，"我还一首都没唱呢，今天你付钱好了，反正你很有钱。今天本来是别人请客，这样我还能再白赚一份。"

"贪小便宜吃大亏。"他尴尬地笑。

"亏已经吃了，再不贪点岂不是更亏？"她眯起眼睛。

盛淮南握着话筒张张嘴巴，还没想好说什么，洛枳已经站到点唱机前弯下腰："你要唱什么？我帮你点。"

"洛枳……"

她偏过头看他，目光炯炯，竟然盯得他眼神闪躲。

他背后就是镜子，或者说，其实四面墙都是镜子。他垂眼回避的时候，她的目光就被镜子中的自己吸引了。她以为自己的眼睛里会是懒散和释怀，然而镜中人明亮的视线中却写满了愤怒和嘲弄。

恶狠狠的，刺得她自己都难受。

回想起刚才的对话，她尖酸又无聊的戗声，实在无味。这场时光的默片，他玩票装蒜，她演技太烂，结果才如此难看。

洛枳的手指停在点唱机屏幕上的“返回”键上许久之后终于收回来了。

如果说这样的纠缠证明了他们之间的确是有缘分的，那么红线上也是被打了太多的结，疙疙瘩瘩，伸出手却不知道应该先解开哪一个。将就着继续，谁看着都难受；一刀剪断，她又舍不得。

“你到底，想要怎么样啊，盛淮南？”

他牵着叶展颜的手，却对顾止烨说，目前“还不是”她的男朋友。

他指责她背地里恶毒捣鬼，却跑到一教去碰运气寻找可能在自习的她。

他讥笑着问：“你喜欢我？”却又把羽绒服温柔地披在熟睡的她的肩上。

盛淮南，你到底在想什么呢？

话说出口的瞬间，洛枳甚至决定，如果他还装傻，她就像三轮车夫说的那样，大耳光抽过去，然后拎起包就逃跑。

做好了准备，她略微紧张地攥了攥拳，满怀希望地看着他——自己也不知道是希望他坦白还是希望他装傻，好让自己抽个痛快。

“洛枳，你……生我的气？”

“这话听着真耳熟，”她用灿烂的笑意掩盖心底的寒气，“你能不能有点长进？”

他似乎并不打算跟她在这近乎于一团乱麻的问题上纠缠，而是偏过头，有点不自在地说：“不过有件事，我希望你别介意，我是为你好。不管你们是怎么熟识起来的，你还是应该离那个顾总远一些，这个人在某些方面的口碑……”

洛枳讶异地张大了眼睛，但是并没有跟他解释那天自己和顾止烨一同出现在超市门口的原因，她生硬地打断他：“好，我明白了。”

带着一种“这个话题适可而止”的拒绝。盛淮南突然无奈地叹口气：“洛枳，你知道吗？我倒是希望你能气得满脸通红地对我说，‘我跟谁在一起跟你没关系，你凭什么管我’一类的……”

洛枳哑然失笑。

“我总是觉得，你如果能失控一次，埋怨我几句，或者干脆指责我，不要总那么滴水不漏，也许我就能离你近一些，也许……你明白我在说什么吗？”

一句愤怒的“你凭什么管我”其实带着几分委屈和撒娇的意味，所以就能更亲近，是吗？洛枳在心里画了个问号，抬头明媚地笑：“那么为什么是我而不是你呢？”她问。

“什么？”

“为什么不是你来抓着我的肩膀气得满脸通红地说，‘你说，你和那个顾总到底什么关系，我不是说过让你离他远点的吗？’”她学着他的语气，挑着眉，笑得很讥讽，眼底却有泪光闪过。

盛淮南安静地低着头，双手握着麦克风，两只拇指交叠，来回摩挲。

他就是不说话。

洛枳觉得自己要火山爆发的瞬间，他突然站起身，说：“那就唱歌吧，我请客。”

说完就走到点唱机前认真地选起歌来。白光打在他的脸上，洛枳看到他微蹙的眉头，万分郑重却又有些不情愿的别扭神情，一时也不知道应该作何反应。

洛枳觉得自己被他摆了一道，像一颗哑弹。

下一秒响起的前奏竟然是 James Blunt（詹姆斯·布朗特）的 *You are beautiful*（你最美丽）。

“这首歌不大好唱……”她喃喃自语。

“反正对我来说都一样。”盛淮南一副豁出去了的懒散样子，猛地倒向背后的沙发，优哉游哉地跷起二郎腿，在熟悉的旋律响起来的时候，唱出了第一句，My life is brilliant（我的人生缤纷灿烂）。

洛枳完全惊呆了。她终于理解了“对我来说都一样”是什么意思了。

盛淮南闭着眼睛放开了唱歌，旁若无人，微扬着头，那种浑不吝的样子让她惊讶，即使如此，她目光所及，仍然是一张极美好的侧脸。

洛枳僵硬的表情面具开始慢慢崩裂。

There must be an angel, with a smile on her face, when she thought that I should be with you.

But it’s time to face the truth.

I will never be with you.

不知何处一定有个天使，脸上挂着笑，暗想着我应该同你在一起。

但，该是面对现实的时候了。

我知道不可能再拥有你。

一曲终了，他挑挑眉毛，一副喝多了的样子，粗声粗气地问她："怎么样？"

洛枳咽了咽口水。

"真……真他妈难听。"她低下头，觉得自己也喝多了。

盛淮南开怀大笑，笑得仰过头去，把麦克风扔在一边。洛枳一开始木木地看着他笑，看着看着，却也跟着笑起来。

"我没想到你唱歌这么难听。"

"有多难听？"

"不能更难听了。"

她话音未落，他就又开始笑，然后一跃而起，好像忽然禁欲多年之后忽然爱上了音乐一样，越过她接着点歌。

"不，还能更难听的。"他声音轻快地说。

洛枳傻傻地坐在一旁，一边赞叹他的涉猎广泛，一边惋惜，自己喜欢的歌几乎被他糟蹋了个遍。

后来竟然也渐渐习惯了，沉默地任由他跑得不知东南西北，然后在 Free Loop（自由循环）到副歌部分的时候一把拉过另一只麦克风和他一起吼。

他惊异地看了她一眼，然后眉开眼笑，一把抓住她的胳膊，拉着她站起来，更加忘情地号着高音。

洛枳被拉了个趔趄，但没有挣扎。她也不知道自己在做什么，热血直往脸上涌，总之不要扫兴就对了。

如果有酒就好了，她想。

没想到盛淮南比她直接得多："要不要去喝酒？"

她被说中心思，吓了一跳，看向那个面颊红红、眼睛明亮、意气风发的少年。他紧紧地攥着她的左胳膊，摇了又摇，还没喝呢，似乎已经高了。

手心出汗。

其实她还有太多问题没解决，她有太多疑惑没有答案。这次开怀也许是下一场伤怀的序幕。

洛枳你要冷静。

她点头，说："好。"

他扔下麦克风，拽起她的包，说："走！"

洛枳叹了口气。

其实她唱歌很不错。可是谁也没给她机会唱。

这样想着，于是也扬起笑脸，说："走。"

他仍是拉着她的左手臂，疾步行走在富丽堂皇的走廊中，混乱的音乐穿耳而过，她一路小跑，脑袋还有点昏昏沉沉的。

谁来泼我一头冷水吧。洛枳心想。

就在这时前方包房的门向内拉开，两个女孩三个男孩一拥而出，高个子男生一边打着电话一边四处张望："操，谁知道他跑哪儿去了，这小子不接电话我有什么办法……"

然后盛淮南就停了下来，前面的五个人也陆陆续续转过身看着他。

洛枳先看见的是挂着两只夸张的白色耳环的胖女生。许七巧的面部语言一如既往的精彩丰富，滴溜溜乱转的眼睛把在场的每个人都扫了个遍，依次上演了惊讶、愤怒、兴奋等多重表情。

高个子男生放下电话，咽了好几次口水，才尴尬地笑起来："你丫跑哪儿去了，我打了好几个电话你都没接，怎么出去上个厕所这么半天，我们以为你掉进去了，正想去捞你呢……"

洛枳安然地躲在盛淮南身后，嘴角噙着一丝笑，并没有挣扎着将手臂从他手中抽出来——她的右手四指却弯起来，用中指和无名指指尖轻轻地搔了搔掌心。

你如果撒手。

盛淮南，这一次，你如果敢撒手。

"洛枳也在啊，真巧，"叶展颜轻轻地拨了拨头发，缓缓闭上眼，笑了笑，才又慢慢张开，却不看她，“真巧，一起来唱歌吧？”

洛枳被盛淮南挡着，只能看到叶展颜的半张脸，橙黄色的灯光下，完美的妆容遮掩了对方所有的情绪，依旧是笑容明媚，语气温柔，却少了一丝活气。

“不用了。”盛淮南说。

洛枳感到他攥紧了她。

“我们得回学校了，太晚了。改天再一起吃饭吧，谢谢哥儿几个叫我来。”他笑着，拉了拉她，示意她跟上。

她沉默无语地经过他们身边，目光没有朝身边的几个人偏离一分，只追随着左前方那个人的背影，后脑勺昂扬的发丝和记忆中分毫不差。

“淮南！”

叶展颜的呼唤终于还是如洛枳所料想的一样在背后响起。盛淮南停了一下，回过头先是看了一眼背后的洛枳，然后目光飘向叶展颜。

“真没想到今天能在这儿碰见你。不过有机会再聚吧，你们几个女生也别玩得太晚，你和永乐他们几个的学校是相反方向，晚上如果自己打车的话小心点。”

洛枳这时候才回过头去看了一眼背后的群像。

场面静默了几秒钟，那个高个子男孩笑着开口打圆场：“不是，今儿个不是故意，都是碰巧的。对了那边那位同学是……盛淮南你看你也不介绍一下！一起来唱歌吧？”

盛淮南笑起来：“唱个鬼啊，得了吧，你们几个光顾着自己唱歌，从来不考虑我的感受。我唱歌跑调，你们谁都没注意过。我最烦唱K了。”

他拽着洛枳边走边喊：“永乐，下周末考完试一起吃饭吧，今儿我们俩先闪了哈！”

我们俩。

洛枳觉得好像被灯光晃瞎了眼。

兜头冷水没泼成，却灌了满肚子迷魂汤。

结了账走出门，冬天冰冷的空气涌入肺里，洛枳好像突然醒了过来，她低头拉上外套的拉链，一不小心夹到了下巴，疼得嘶嘶吸凉气，这更加剧了她清醒的过程。

她却有些留恋迷糊些的自己。

洛枳抬起头去看店面巨大的霓虹墙，由衷地觉得“糖果”这个名字实在是很可爱。

她不自觉地一直仰着头盯着眼前的流光溢彩傻笑，过了好一会儿才发现盛淮南没动静了，左看看右看看，望见他正站在右后方盯着她，一脸严肃。

她不知说什么。周围的出租车都等着接活，密切地关注着任何一个刚出门的客人，她也被盯得发毛，迟疑着挪到他身边，发现他也是一副有点不知所措的样子。

“你结账时候帮我问了没？”

“问了。姓陈，怎么了？”盛淮南疑惑不解。

洛枳若有所思地点点头说：“谢谢你。”

两人无话，过了一会儿，她看到他的目光飘向了门口。

洛枳皱眉，犹豫还是后悔？

不知道哪儿来的勇气，她伸出双手抓住他的肩膀，微微扬起头，深深地看进他的眼里。

先开口的却是他。

“对不起。”盛淮南垂下眼睛。

第22章　夜奔

洛枳的心就像太阳神车俯冲而下，抓着他肩膀的手也滑了下来。

盛淮南却急急忙忙地反手抓住了她的肩膀，按得很用力："我是说，之前所有的事情，对不起。你你你……你耐心听完！"

她失笑，歪头说："你结巴什么？"

盛淮南挠了挠后脑勺，也笑了："我也不知道，我就是觉得……好像说慢了一步你就会揍我似的。"

"对。"

盛淮南瞪圆了眼睛，洛枳严肃认真的表情让他笑出声，许久才收敛了表情，说："我也觉得你应该揍我。"

洛枳饶有兴致地看他一点点地变回她所熟悉的那个盛淮南——表面上并没有太多区别，可是她就是能感觉得到，那一丝慌张已经不见了。

见到她和张明瑞在一起的时候，见到她和顾止烨一起站在超市前的时候，KTV 里面僵持着不点歌的时候，他身上紧绷着的一根弦，上面挂着他无法掩饰的妒忌和孩子气。她感觉得到。

男人的孩子气是让女人安心的理由。

然而这一丝孩子气带来的紧张慌乱已经不见了。他重新控制住了场面。

也许是因为她毫不犹豫地和他走了。她的不拒绝让他优越而笃定。一直不就是这个样子的吗？

“盛淮南？”

“你先听我说，”他郑重地看着她，“整件事情我都错怪你了。我很后悔。但是，关于叶展颜的事情，如果我不愿意说，你可不可以不要问我？”

洛枳看了他很久，刚刚抓着他双肩的手已经滑到了腰，她索性收回来，也不再倾向他，站直了身体。

她甚至都没有就这个问题提出疑问——叶展颜的哪件事？过去的还是现在的？日记本的还是牵手的？我为什么要问？我为什么不问？

“好。”

盛淮南如释重负地笑了。他长出一口气，紧抓着她双肩的手也放了下来，插回口袋里面，环顾周围，耸耸肩，语气轻松地问：“走吗？打车回学校？”

洛枳低头笑了。

“我改主意了。你自己回去吧，我想回去唱歌。”

反正是顾止烨请客嘛，她想。

不用看都知道此刻盛淮南脸上会是什么表情——一定是无辜地瞪圆眼睛，神态好似一只面对弓箭时候歪着头不解的鹿。

洛枳迎着风大步走回去，刘海儿被风高高扬起，吹凉了一脑袋的迷魂汤。她好不爽。心里像堵了一大坨棉花。

她猛地推开玻璃门，门口的侍应生甚至都没反应过来，伸手要帮忙拉门的时候她已经目不斜视地冲着前台走了过去。

“小姐几位？”侍应生赶紧追上来。

洛枳刚要开口，忽然被大力地向后一扯，后背撞进了一个怀抱中。

“老婆别闹了，闹够了没有？”盛淮南一边说一边朝侍应生道歉，得到对方见怪不怪的笑容回应后，硬是把她架出了大厅。

洛枳大力挣脱开来，回过头怒视着他：“你干什么？”

"我知道你心里不舒服。"

"你又什么都知道了？你是不是觉得，我的所有反应都在你意料之中？"

"什么？"

"这件事情不明不白地折磨了我这么久，可是你一拉我我就跟你跑了，你只要说一句话，我就答应你前因后果什么都不问——现在一切又尽在你的掌握了，可以按照你的步骤慢慢来了是吗？你现在确定了我果然还是喜欢你的，之前冷淡不理你，包括和你道别，都他妈是在演戏，是在矫情。现在好了，你有充分的自信和自由按照你自己想象的方式来操作，我肯定会贱兮兮地配合你，不是吗？"

洛枳的语气很温柔，讲话时候身体却微微地颤抖。她用尽力气压制自己，结果却用力到脖子开始痛。

"对啊，"盛淮南刚刚一直低着头听她讲，现在终于抬起头，目光炯炯地看着她，"你说得特别对，你口才多好啊！你们都很有能耐。叶展颜喜欢我就像喜欢名牌包。你呢？你喜欢我什么？你就是喜欢你那点记忆而已，你又知道我的什么？！"

洛枳知道她此刻也一定是无法控制地目露凶光。

"这就是你讽刺和践踏别人的理由了？因为我爱得太肤浅，没喜欢到你的深层本质？没看到你灵魂的闪光点？我怎么喜欢你是我的事，是我的私事，你用不着跑来帮我规划我应该怎么去喜欢一个人！"

"我凭什么不管？！你喜欢的是我，大活人，不是充气娃娃！"

她怔了怔，实在难以想象这四个字从盛淮南的嘴里冒出来，不远处几个的哥都靠在车门上笑得前仰后合，就差给他俩叫好了。洛枳霎时大窘，低声叫道："你胡扯些什么？"

盛淮南却红着脸强词夺理："充气娃娃就是充气的洋娃娃气球，你想哪儿去了？"

洛枳冷笑："是嘛，您真是童心未泯。"

脑子里面却是不相干的念头——男生就是男生，表面上再王子也不过就是男生。她又想起充气娃娃，想笑，却怕那一腔积蓄已久的怒火悉数泄尽，再也找不到矫情的机会与理由。

意难平。

他说错怪了她，一句对不起就要弥合之前的一切，什么都不解释，还希望她不要问。她可以不问，但她不爽。

宁肯像许日清和张明瑞，一个要解释，另一个大叫我不听、我不听、我不听，好歹够痛快。

盛淮南却恰好用双手箍住了她的肩膀："你听我解释……"

我不听！洛枳还没开口，突然因为这时机来得过分巧合而破功，哈哈笑了起来。盛淮南脸更加红，大声地说："那个东西我只是听说过，我也没有见过！"

洛枳一愣，怒目而视："谁要听你解释这个？"

他看着她，慢慢地弯起嘴角，眼睛里是一片温柔的海，连接着灯红酒绿和远空那轮渺远的月。

"还去喝酒吗？"他微笑着问。

洛枳低头："充气娃娃解释完了？"

"走吧！"盛淮南完全忽略了她刚刚的挑衅，长长地呼出一口气，在袅袅白气中很霸道地大声说，"走，我们去夜袭圆明园！"

第23章　我听说的你

他们打车到101中学，偷偷摸摸地穿过操场，找到了BBS夜袭攻略中提到的守卫薄弱地点。

洛枳小心翼翼地高抬右腿跨过去，终于骑坐在了高高的墙上。夜风吹乱了她的额发，她深吸一口气，清冽的刺痛感在胸口膨胀，这种摇摇欲坠的感觉让她心里发空，脚下的夜色仿佛深沉的暗河，她一不小心就会跌落进去，被时间冲走。

盛淮南也几下就翻了上来，动作比她轻巧利落得多。刚刚洛枳笨拙又胆怯地往上爬的时候，盛淮南一直在围墙下面扶着她，最后推着她的屁股使劲向上一托，洛枳脸一红就启动了超能量，坐火箭一样冲了上来，脱离了他的帮扶。

“骑在墙上的感觉不赖嘛。”他狠狠地拍打了一下背后鼓鼓囊囊的书包——里面装着提前买好的几听啤酒和一瓶红星二锅头。

当时在“7-11”里，洛枳拿起Rio和磨砂瓶子的日本清酒朝他晃了晃，盛淮南不屑地摇了摇头，直接拎起了一瓶二锅头：“要喝就喝烈性的，那些算什么。”

洛枳心里冷笑，不动声色地将清酒放回冷藏柜。

喝烈性的？你就嘴硬吧。

在“7-11”白亮得过分的灯光下，她把啤酒取下来的时候窥见了酒瓶后面的镜子，那里面的女孩子，唇色苍白，两颊和鼻头却是红彤彤的，一双眼睛闪耀着兴奋而又执拗的光芒——她赶紧偏过头。

她害怕这样冷静的灯光嘲弄自己不长记性，晒干胡闹的勇气。

“喏，”盛淮南刚刚走出“7-11”就递过来一罐啤酒，“你要是没问题，干脆先喝一罐热热身，暖暖胃。”

洛枳迟疑了一下，然后一把接了过来，抠开拉环。

他们站在“7-11”门口相对而立，仰脖咕咚咕咚各自干掉一罐，洛枳斜觑到玻璃后面一脸惊诧的店员，赶紧闭上了眼。

“我先下去，”盛淮南伸出一根指头在发呆的洛枳面前晃了晃，“下去可能比上来要难一点，所以我先下去在围墙下面罩着你，你要是真的掉下来顶多砸死我，所以……所以你不要趁人之危，千万手下留情。”

洛枳被他气乐了：“你小心点。”

“这点高度算什么。”话没说完他已经一转身撤回左腿往下爬了，洛枳还没反应过来，离地一米多的时候他就松手跳了下去，稳稳落在了地上。

“下来吧，”盛淮南拍了拍手上的灰，“慢点，别擦伤了手掌。你又没戴手套吧？”

洛枳闭上眼睛咽了一下口水，硬着头皮先将左腿跨过围墙，面朝圆明园坐了一会儿，发觉这样跳下去会面朝下栽倒，于是又费工夫将坐姿变换成了背朝圆明园，两条腿搭在了围墙外面，想了想才明白这样更不对。她有点心急，不知道墙下的盛淮南是不是已经不耐烦了，冷风袭来额头上冰凉一片，才发现自己出汗了。

最后她背朝圆明园跪在了围墙上，脚勾着围墙边，手紧紧抓着石头保持着微弱的平衡。

“洛枳，你就保持这种姿势，脚踏在墙面上，慢慢滑下来，支撑不住了就直接跳下来好了，我在下面呢，别怕。”

她眼里已经急出了泪花，慌乱地点点头，想到对方看不见，才压抑住哭腔，说：“我知道了，我不怕。”

才滑了半秒钟就因为手臂力量虚弱而直接掉了下来。

“唉，你上辈子真是笨死的，”盛淮南从背后紧紧架住她的胳膊将她拥在怀里，确定她没事之后狠狠地揉了揉她的头发，“好了好了，总归是下来了。”

洛枳不好意思地低着头嘴硬：“我没翻过墙，出去的时候再翻就有经验了。”

盛淮南大笑起来：“出去的时候我可不翻了，我看还是带着你去找保安自首吧。”

洛枳咬紧牙关抱着他的胳膊，就像落水的猫抱住一截浮木，恨不得把爪子抠进去。

他们一前一后，默默地沿着狭窄的湖岸土路向园子的更深处走。若不是一轮圆月挂在当空，这种黑黢黢的荒园怕黢是伸手不见五指。小路左侧是宽广的湖面，右侧是杂乱的灌木，张牙舞爪的秃枝在夜色中平添几分恐怖的气氛。

倒是湖面，因为结了冰，被月光照得一片莹白，一路绵延到看不见的远方。

“你确定你能找到大水法？”她将外套背后的帽子罩在头上，耳朵已经被冻红了，不禁有些担忧地抬头去看走在前方的男孩，他耳朵被月光照着，也是红彤彤的。

“那是什么东西？我要找的是电视上常常用来做布景的那几个西洋风格的断壁残垣。”

“那东西就叫大水法，谢谢。”

“……记住这些有什么用啊！”

这样强词夺理气急败坏的样子——有种奇异的感觉升腾在心间，洛枳歪头一笑，不自觉地带上了几分促狭的口吻。

“喂，高中的那些传闻，都是真的吗？”

“什么传闻？”

“比如，你从来不背古诗词，每次语文考试那五分的古诗词填空都白白丢分，一个字也不写，是吗？”

盛淮南后背一僵，咕哝了几句才说：“投入产出比太小啊，背了好半天，才五分，而且那么多篇，我背的那部分还不一定中标，何苦呢？还不如多睡一会儿。”

那语气让洛枳不由得想要伸出手去揉他的脸。

“那……那他们说你们老师逼迫你背新概念的课文，你一个星期不到，就把第四册倒背如流……”

“谁说的？太能扯了吧，老师只是开玩笑而已。我从来没有背过新概念，对它的印象就停留在‘Pardon（请重复一遍）’上了，哦，还有第三册第一课的标题，什么‘A puma at large（在逃的美洲狮）’的……”

洛枳怔怔地听着，不觉失笑。

她不知道是否该继续问下去。即使她清楚他只是血肉之躯，可日复一日的描摹和想象中，他仍是她造的神，照耀在据说和听闻中。

但是，她更喜欢这样的他，不是铜墙铁壁，不是惊才绝艳，只带着小小的嚣张，却将自己说得平凡而不重要。

她真心喜欢他将自己说得平凡而不重要。

“其实我有好多好多问题要问你。”

前面的人脚步一滞，然后继续向前走：“什么？”

“不用紧张，只是些无关紧要的事情而已。”

无关紧要的事情。她徐徐地在他身后问，问他高中一共有几次坐122路回家，问他是不是在比赛后被兴奋的同学们抛到空中却没有接住，问他摔得痛不痛，问他是不是经常逃避扫除……

他没有不耐烦，柔声一一回答，有时候也会羞赧地大吼不要问了我不记得了……

“最后一个问题，你身上怎么总有洗衣粉的味道？”很好闻呢。

“可能是……因为宿舍楼下的洗衣房总是漂不干净吧……”

她一愣，然后就傻笑起来。竟是这样。

“这都是你当初听说的？”

洛枳低头笑，心里不知道是什么滋味。

“其实高一的时候我听说过不少你的事情，很大一部分拜我的后桌所赐。对了，你认识她吗？她叫张浩渺，曾经和你上过同一个补习班，还坐同桌呢。”

盛淮南微微侧过脸向后看，一脸茫然：“谁？”

洛枳哑然。

后桌那两个唧唧喳喳的女孩子，总是将自己对盛淮南的喜爱之情张扬而坦率地铺展开来。洛枳何尝不知道，对暗恋的人来说，彻底封口不言固然是一种自我保护，然而将一颗真心藏在戏谑夸张的示爱中供人玩笑，其实更是一种安全的宣泄。

大家都当她们是玩笑。谁也不知道，其实她们是认真的。

唯独高一末尾的一个上午，翘了体育课的洛枳看到后桌张浩渺趴在桌子上安静地出神微笑，那笑容温柔羞涩，却发着光。她不由得也愣住了。张浩渺抬头看到她注视着自己，羞红了脸，突然间开口说："我跟你讲一件事情，你不要告诉别人哦。"

她们其实不熟，洛枳也对这种"不要告诉别人"的秘密并不十分感兴趣。然而那天直觉告诉她，这件事情是她想要了解的。

"好，你说。"

"你别笑我哦，我只是突然发现，盛淮南果然是个很好的人。"

洛枳甚至还挑起眉头做出从迷惑不解的"盛淮南是谁啊"再到恍然大悟的全套表情。她也不知道自己在伪装什么。

"昨天晚上我们一起听英语课的时候，我有点走神，就在那里玩橡皮，可是一不小心橡皮就飞了出去，掉落在他脚边，然后他笑了一下，就是那种……就是那种很无奈又很温柔的笑容，弯腰给我捡了起来，说，小心点。"

洛枳静静地等着，发现张浩渺已经讲完了。

"完了？"

"完了。"

"……这有什么啊？"

张浩渺恼羞成怒地白了她一眼，"呼"地站起身出门去了，把洛枳一个人尴尬地留在原地。她心里的确是这样想的，这有什么啊——却又很想叫住对方，说，其实我了解的。

其实我了解的，真的。

"怎么了？"盛淮南停住脚步，回头去看磨磨蹭蹭的洛枳。

洛枳正在神游，此刻赶紧补上一个笑容："没什么，走吧。"

他不记得张浩渺，补课班坐在他身边的胖女生，那个整整一年都在哀叹那个竞赛补习班讲课像天书，却一直舍不得退课，硬着头皮穿越大半个北城去上课只为了坐在他身边的花痴女孩……

她叫张浩渺。他不记得。

曾经，她叫洛枳，他也不记得。

但是这又有什么好难过的呢？这些隐忍的喜欢，如果只是为了自娱，那么已经得到补偿；如果目的是得到，那么各凭本事，各凭缘分，又为什么要他来承担呢？

从相识之初到此刻，她那颗跌宕起伏的心终于如身边的湖泊一样，在月光下凝结成了一片雪白。

洛枳突然笑了起来。

“到底怎么了？”盛淮南终究还是停下脚步转过身，他逆着月光，在她眼前只化作一个剪影。

“我发现我自己好像有些改变了。”

她大步走到他前面去，然后转过身倒退着走，这样就能借着月光看到盛淮南迷茫又有些紧张的神情。

“我好像想通了，或者说，以前我一直都能想得通，但是心，”她抬起右手用食指在左胸口画了个十字，“心里始终是堵着的。我不知道我为什么难过。”

“但是现在，”她微笑起来，“我发现我既不惋惜，也不生气，也不憋屈了。”

他安静地看着她。

“我是不是喝多了？”她揉着鼻子。

“应该不是。”

“我觉得我好像是喝多了。”

他背过手拍拍身后的书包：“太好了，那赶紧再喝点。”

洛枳被逗笑了，一口白牙在月光下闪着柔和的光泽。盛淮南伸出手去揉她的脑袋，动作慢下来，目光渐渐凝结在玉带一样的湖面上。

“怎么了？”

盛淮南半晌收回目光，看向她：“有时候我真的很害怕，害怕我和你听说的不一样。”

洛枳抬起眼，忽然意识到他们并不是这里唯一“偷渡入境”的人，远处天空飘起一盏盏孔明灯，星星点点的火焰渐渐融化进幽暗的天空中。她不知道要从何说起，那些听说并不只是肤浅的、对传奇的崇敬和仰视。然而她又本能地觉得自己懂得他的害怕。

她却不知道要如何让他明白她不只是听说。

在他们仍然是“好朋友”的时候，在他们频繁互发短信的时候，在他们去后海的时候——或者说，在她使出浑身解数，让他了解他们是多么相似的时候——他曾经在她面前激动地感叹命运的巧合让他们遇见。

她用笑容来表达一切不快乐的情绪；她喜欢阿加莎·克里斯蒂多于福尔摩斯；每次坐公车都选择坐在同样的位置；喜欢玩《逆转裁判》；讨厌肥肉，会把肥肉摆在凳子横梁上；用三根筷子吃饭；高中时，每周五晚上放学会带着很多练习册回家过周末以减轻愧疚感，但是会很快沉迷于在线漫画以至于周一还会一笔不动地带回来……

她让他觉得他们这样像，她让他觉得，自己也是因为这些巧合而欣喜地喜欢上他。然而他又如何知道，很多相见恨晚都是假的，真正触动她的，从来就不是这些。她知道通过这些愉悦的对话制造的烟雾，自己能够切切实实地触摸到盛淮南心底的不快乐。那是一种微笑着的不快乐，不信任任何人也不关心任何人的寂寞。纵使她不了解这其中的缘由，但从她第一眼见到车站上和几个同学一边聊天一边假笑的男孩开始，她就是知道。

然而她不想谈论这些。

“我听说的，和别人听说的，恐怕不一样。”

洛枳看向邈远的孔明灯，不知道那里面究竟承载着谁的希冀，柔软地飘向夜空，熄灭、飞散。她自己的愿望不在纸灯里，却不会熄灭。曾经小心翼翼却怎么都到不了的目的地，在放弃的当口，昏天黑地作了一番，竟看见他站在面前——她不会再退缩一步。

“我只想听你自己说。哪怕说假话，我也能听懂真相。”洛枳郑重地直视盛淮南的眼睛。

他看向她，铺天盖地的动容，在目光中怦然而生。

第24章　每朵云都下落不明

盛淮南放弃了寻找大水法的想法，在湖边找了一块平整的大石头拉着洛枳坐下来，想了想，将书包中所有的酒瓶都掏出来立在地上，把扁平的空书包递给她："垫着坐吧，就在这里一醉方休好了。"

洛枳轻笑："好。"

他拿起一瓶红星二锅头，折腾了半天才发现打不开。苦笑了一下，拎起一听啤酒，"啪"地扯开拉环递给洛枳。

他们碰杯，却不知道该说点什么祝酒词，只是相视一笑。洛枳觉得冷，心里却是暖和的，好像住进了荒原的温柔乡。

"你知道我是什么时候第一次看见你吗？"他仰头灌了一口酒，再开口的时候，声音有些涩涩的。洛枳直觉她将听到的也许是些他讲起来很艰难的事，下意识抓住了他的衣服下摆，抬起头，给了他一个宽和的眼神。

盛淮南感激地一笑。

洛枳知道他第一次当面认出自己是那一天在超市门口，他与许日清拉拉扯扯，她出手解围，犹如神兵天降。

“其实这样说来，我真是庆幸自己对人过目不忘。”盛淮南长出一口气。

上大学前的那个暑假，他去叶展颜班级聚会的饭店接她，叶展颜突然指着前方一个有点脱离众人的白衬衣女孩，说：“喏，那个就是传说中的洛枳，你看怎么样？”

传说中的，我怎么不知道？什么叫我看怎么样？

盛淮南闻到叶展颜身上的酒气，心想她果然糊涂了，只能笑着揉揉她的头发，匆匆朝她指的方向瞟了一眼。正好此时有人喊“洛枳”，那个女孩转过头。

他耸耸肩说：“还行啊，问这个干吗？”

叶展颜忽然笑了。那个笑容和他之前熟悉的笑容完全不同，不知怎么，居然很悲哀。

“很好是吧，我也觉得很好。”叶展颜说完，潸然泪下。

他一头雾水，忘了纠正她，他只是说还行，隔这么远连鼻子眼睛都看不清，他能说什么？盛淮南赶紧掏出面巾纸帮她擦眼泪，她只是反反复复地说一句话，“的确很好，的确很好……你看，你马上就要去那么远的地方了，离我那么远。”

那副脆弱的样子让他觉得陌生而心疼。他从背后抱着她，却不知道说什么好，只是用下巴在她头顶蹭了一下，说：“傻瓜。”

洛枳沉默不语，心中肃然，一阵冷风拂过她的脸，好像命运那只看不见的手，冰凉却怜惜。

那天，超市门口，盛淮南叫出洛枳的名字给自己解围的时候，想起的就是莫名落泪的叶展颜。他当时并不知道那会是他最后一次见到叶展颜。之后的一个月，他们只能通过短信和电话联系。妈妈彻底控制了他的闲暇时间，先是把他打发到香港去五日游，又命令他陪表弟去马尔代夫玩了一个多星期，紧接着爸爸在上海的朋友发出邀请让他去给自己家的孩子辅导高三数学，他的爸爸妈妈更是一口答应。他无奈，但同时也觉得离家前还是顺着父母的心意比较好。然而一转眼就到了要去北京报到的时候，家里人去机场送他，叶展颜自然不方便出现——很荒谬也很无奈，他居然再没见过她。

大一上学期寒假回家之前，他们就分手了，此后再无联络。

洛枳哭笑不得。

他最后一次见到叶展颜，冥冥中竟然好像是专门为了引荐洛枳。而和洛枳的第一次见面，他却满脑子都是叶展颜。

她心里有她的不为人知，他脑子里也有他的辛酸曲折。

"你第一次和我喝咖啡，就看出来我，我对你，有意思了吧？"

洛枳还是说不出喜欢你三个字，只能结巴两下，用不伦不类的"有意思"含糊过去。

盛淮南的啤酒停在嘴边："你想听实话还是假话？"

"假话。"

"我哪有那么自作多情。"

洛枳放声大笑。

平心而论，和洛枳在咖啡馆第一次聊天让盛淮南很愉快。

"其实，我很少能遇到这么有趣的聊天对象。"他很真诚地说。

可他就是觉得无聊，和女生的对话他都觉得无聊。

那时候他努力打起精神看着对面的女孩子，突然有点恍惚，自己怎么就坐在这里和人家聊上天了？

值得庆幸，在他看来，洛枳没有流露出那种让他厌烦的、故意用清高来遮掩的热切。相反，她很自然，毫无痕迹。

"你都是装的吗？"

"嗯，大部分，"洛枳越发感觉到了自己的变化，似乎这段时间的磨砺教会了她真正的坦然和自信，"重来一次，我还是会选择假装。"

"了不起，"他赞赏地笑，眼神牵连着遥远的夜空，淡淡地问，"你说，这种心态算不算我自恋？"

洛枳摇头："可是你并没有猜错。"

盛淮南仰头灌下最后一口啤酒，晕晕乎乎地又拿起一罐。

当年他用短信表白，然后到文科班门口找叶展颜。她问："你怎么知道我一定能接受你的表白？"他笑，说："我一看就知道你喜欢我啊。"

我一看就知道你喜欢我。这句话，他以前对着各种找借口搭讪的女生皱着眉头腹诽了许多次。虽然他的感情经历是空白，然而就像他不需要偷过东西就能分辨出来火车站里哪些是扒手一样，有些事情看一眼就够了。

然而终于认真地对叶展颜说出这句话时，他居然有一点点不自信和恐慌。对方一下子红了脸，说："你……别那么自恋。"

那时候她们班级的同学趴在门口八卦兮兮地张望着他们俩，间或起哄，盛淮南破天荒没有一点厌烦。他从来都讨厌自己的事情被别人插手，那天围观的人群，因为他心情好，都当成是幸福的见证者了。

“是啊，我几乎没有猜错过。”他呵呵笑起来，说的是几乎，心里想的是全部。

洛枳也灌下了最后一口啤酒，呛了一下，沿着嘴角流下来一点点，她还没抬起手，盛淮南已经用手背帮她抹了下去。他好像有点醉，脸很红，眼神飘忽，动作没轻没重的。

洛枳的脸腾地烧起来，不自觉地朝旁边挪了挪。

盛淮南不让她问叶展颜的事，他自己却不断地说。她知道他一定是因为叶展颜而不痛快，却一丝妒忌的感觉也没有。

“喂，我问你……”洛枳说话间抬起眼睛，突然看到晴朗的夜空里，月亮边缠着一抹洁白的云彩，很高、很远，薄如面纱。月色隐藏在云的背后，周身发出琉璃般的华彩。

日晕天将雨，月晕午时风。

那么一瞬间，好像一切都不存在了，她怔怔看着天上这片孤零零的云，仿佛一头扎进了如烟的往事。

就这样吧，她答应了不问，就再也不问。

他们沉默地喝着酒，渐渐也就暖和起来了，直到盛淮南有些迷迷糊糊地垂下头，晃了晃，就往她肩头一靠。

洛枳心中温柔地叹息。

这点酒量怎么靠得住啊！

她早就听说过，他酒量极差，那些关于高考之后各种同学聚会的小道消息，只要与他有关，她都听说过，所以才会在他要买烈性酒的时候心中哂笑。虽然他说害怕自己与她听说的不一样，然而这件事情，她总归没有听错。

这样想着，她还是解下自己的围巾，往他的头上缠了几圈，像不善包扎的护士，将他通红的耳朵保护起来。

“你不知道，我收到那个丁什么的女孩子的短信时，心里有多生气。”

他含含糊糊的语气，像个孩子。

“彼此彼此，你也让我很生气。”她边说边喝，想起那个雨衣，不觉有点咬牙切齿。

“可是，”他眼神涣散地抬起头看她，“那天晚上我跟踪你，你在路灯下，特别坦然地说，我的确喜欢你。我发现你说的是真的，真的对我……有意思，”他也避开了每每让她勃然大怒的“喜欢”和“暗恋”这种字眼，抬起手轻轻地、反复地敲了敲胸口，“这里，这里就像一瓢温水直接浇了下来。”

洛枳哭笑不得，想起他对语文课的厌恶，心知这种形容真的是难为了他。然而每一个字都敲着她的鼓膜，手指微微地抖。

“我当时觉得，叶展颜虽然爱耍脾气，但她一定不会说谎害人。”

洛枳静静地听着。

“但是我舍不得你。”他钝钝地说。

其实只是舍不得。

舍不得那个曾经眼神明亮地看着他微笑的女孩子消失不见，擦肩而过的时候像对待陌生人一样疏离冷淡。

哪怕她恶毒狡诈深藏不露，哪怕她手段卑劣，只要她爱他。

洛枳心里面有一块冰哗啦一下瓦解，忽然就红了眼眶。

她终于明白自己一直以来错在哪里。原来她独自一人在这场旷日持久的沉默暗恋中耽搁了太久，对每种难过和伪装驾轻就熟，却从未懂得，在两个人的感情世界中，一锤定音的，不是心有灵犀的睿智，不是旗鼓相当的欣赏，更不是死心塌地的仰望。

是心疼，是怜惜。

是两难境地里，那一点点无可奈何的舍不得。

正如她曾经掷地有声地讽刺他：“死无对证的事情，怎么与亲疏无关。”

“还真是不分好歹呢，自恋狂。”她心中温热，声音却很冷淡。

“才不是，”他挣扎着起来，大着舌头纠正，“我理智上绝对是非分明。”

感情上却不知好歹。

她含着眼泪的笑声被风裹挟带走。

盛淮南靠着她慢慢地睡着了。他们到底没有找到那些“不重要”的断壁残垣，洛枳也并不觉得可惜。左肩沉沉的，摇摇欲坠，她犹豫几许，终于还是轻轻地抬起左手，揽住他的肩。

怎么好像颠倒过来了。她心中发笑。

时间像夜风一样呼啸而去，她搂着他，看着湖面尽头那一抹云，心中安然。

他们聊了什么，还有多少疙瘩没解开，她已经不在意了。

灵魂回到了身体里。

不知道过了多久，肩膀酸痛的洛枳听到盛淮南咳嗽了两声，努力坐直了身子，迷蒙地望着前方："几点了？"

洛枳揉了揉肩膀，艰难地站起身子，拎起屁股底下的书包，拍了拍交给他："不知道，我们回去吧。"

她死活不肯走正门，也不愿意去挨园子里保安的训，宁肯再翻一次墙。盛淮南睡醒了之后，清醒了不少，大手搭在她的肩膀上，愧疚地帮她敲了敲。

他们原路返回，依旧是盛淮南推着她的屁股把她送上了围墙。

她安稳地坐在上面，像个骄傲的女皇，任凭风吹乱她的头发，也不去管，反而高昂着头眺望东方的鱼肚白。盛淮南很快也翻了上来，紧挨着她的右手边坐好，两个人谁也没讲话，两双腿在高空晃来晃去，像喝醉了的船夫在摇桨。

他的左手小指碰到她的手背。洛枳的心跳忽然快得过分。

下一秒钟，他的气息铺天盖地倾覆了她。牙齿撞在牙齿上的时候，她笑场了，目光越过他微红的脸庞和气急败坏的眉头。

第一缕阳光从她背后伸出手，温暖了少年的脸庞。洛枳从他镶着毛茸茸金边的头顶望过去，西边的天空明亮得一片空白。她已经找不到那蒙着云彩面纱的月亮了。

每朵云都下落不明。

每盏月亮都不知所踪。

第25章　相见恨晚

洛枳坐在商厦一层的咖啡店角落，边打哈欠边等待周六仍在加班的洛阳。她点了一杯白巧克力摩卡，然后就托腮坐在桌边，用调羹将上面的奶油抹来抹去，时不时微笑。

也不知道在笑什么。

那天她回到宿舍时已经是早上七点。打车回学校的时候路过麦当劳，盛淮南让她在车上等，几分钟后捧着两杯热饮和一个纸袋走出来，递给她说："冻坏了吧？"

她想着，像当时一样，将咖啡杯贴在脸颊上，好像还能感觉到那天清晨的温度。

推开宿舍门的时候，江百丽竟没有睡，像个女王一样坐在上铺，睥睨众生，在洛枳小心翼翼踏入房间的那一刻，笑得奸诈万分。

洛枳知道之前的几个晚上她推迟海底捞的约定，都因为和戈壁一起出去了；而她从"糖果"落荒而逃之后，顾止烨陪她到深夜，虽然没什么承诺，可也足够暧昧。

"恭喜你啊，"洛枳吐掉漱口水，抬头仰视沐浴在晨光中的女王，"前几天还哭哭啼啼呢，现在就在两个帅哥中间左右为难了。真是三十年河东，三十年河西。"

百丽笑了，普通女孩子的虚荣和羞涩背后，却有一丝丝无奈。

洛枳钻进被窝，迷迷糊糊渐入梦乡的时候，忽然听见上铺传来江百丽有些沙哑的声音。

"昨天晚上，我们在包房里的时候，戈壁也和陈墨涵的一群大学同学在唱歌，我猜他一定还是唱得那么好听，一定让陈墨涵在同学面前很有面子。"

洛枳在清浅的梦中叹息。

"在顾止烨唱那首歌之前，我忽然收到了他的短信。他说，他还记得第一次和我去KTV，点了一首《独家记忆》。他当时很想把这首歌唱好，狠狠地震慑一下我这个土包子，哈哈。"

百丽干巴巴地笑了几声，许久才慢慢地说："他说后来好可惜，不知道怎么就迷上了胡乱飚高音，秀难度，唱小众摇滚，却忘记了认认真真给我唱一首口水歌的感觉。"

"抱歉，终于把材料都送上去了。越到过年前越忙，来实习的三个学生一个比一个没用，交代的事情办不好，就知道坐在那儿刷网页挂QQ。"

穿着黑色羽绒服的洛阳从远处跑过来，坐到洛枳对面，长出了一口气。

"实习生不是常常抢着干活吗？"洛枳有些疑惑。

"我们部门的这几个不是走正常招聘程序进来的。都是主管的亲戚或者朋友的孩子，来这儿干活只是为了开个实习证明，以后简历上好看点。"

洛枳点点头："去哪儿吃饭？这顿饭可是我无意中敲诈出来的。"

洛阳笑了，表情有一点尴尬和无奈："你想吃什么？"

洛枳仰头想了想："我听说南锣鼓巷有家蚵仔煎，你看怎么样？"

冬天的锣鼓巷有些冷清，巷子两侧的特色小店有许多都早早关门了。洛枳从岔路口拐出去，急急地跑到一扇木板门前轻轻推开，然后放松地长出一口气："呼，还好，没有打烊。"

店子很小，只有三张石桌，看起来像住家专门开辟一个小客厅做生意似的。冰柜里有许多台湾产的罐装饮料，点餐时洛阳拎着一罐嫩绿色的饮料苦着脸问洛枳："这个芭乐……是不是'香蕉你个芭乐'的那个芭乐……"

洛枳被他的绕口令逗笑了，点点头："好像是。"

饭菜上得很快。洛枳中午没有吃饭，一直忙着低着头攻击鲜嫩的蚵仔煎，也没有抬头注意洛阳许久没有动筷。她终于吃完，喝了一大口杨桃汁，才发现洛阳面前的凉面几乎还是满的。

“你不饿？”

“不饿，中午吃了两人份的工作餐。”

“拿给我吧，我没吃饱。”

洛阳笑了，把盘子推给她，自己靠着石桌旁边的书架闭目养神。很久之后他睁开眼，看到桌上的蚵仔煎、凉面、洋葱圈、鱿鱼圈一扫而光，只剩下一点点残渣。

“饱了？”

“嗯，”洛枳低头用面纸擦擦嘴，“有点撑。”

“有什么高兴事儿吗？我看你好像气色不错。”

他们都和她谈气色。洛枳抿嘴笑起来，眯着眼睛不回答。

然后就是更长时间的沉默。店主和服务员都在门后另一个房间里聊天，有些清冷的小屋里只有他们两个相对无言地坐着，死盯着面前的几张盘子。

“票已经定了吗？”还是洛阳打破了沉默。

“明天直接去火车站碰碰运气，学校附近的订票点没有卧铺。”

“我大年初一的时候才能回家，上个月订了机票。如果你明天买不到票，赶紧给我打电话，我帮你联系一下我们公司用的那个代理商，实在没办法就坐飞机回去吧。”

洛枳点头，歪着脑袋忽然笑了。

“笑什么？”

“没，”她笑眯眯地摇头，像只善良的小狐狸，“这个气氛……没什么可说的，我还是回学校吧。吃人家嘴短，拿人家手软，我会闭紧嘴巴的。”

洛阳有些啼笑皆非：“那你原本想问什么？”

“你当时电话中提到的‘她’。”洛枳索性直视他，不再东拉西扯。洛阳还是笑，笑得越来越淡，最后望着天花板上的吊灯出神。

上午在印刷间签字赶制材料的时候，他闻着复印机独有的那股奇怪的味道忽然很想吐，有些眩晕。想起下午即将见到洛枳，那个还在校园中纯纯的妹妹，低头再看看自己一尘不染的皮鞋，洛阳突然有些恍惚。等待材料送达的五分钟里，他用代理IP登录了Z大的校园网，只是工作半年，曾经的学生时代就恍如隔世。BBS上面因为校园热点事件盖起的口水高楼，在他看来无异于过家家的小朋友垒出的沙堡。

洛阳回过神，苍白的灯光下，洛枳清澈的眼睛正不依不饶地紧盯着自己。

“一个小师妹，以前关系不错，不知道因为什么原因退学了。你嫂子对我们有点误会，不过后来澄清了，就这么简单。”

洛枳并没有回话，低下头微微思考了一会儿，笑着点点头：“算了，我不问了。不过，哥，我希望你能珍惜念慈姐。”

她自己也觉得这种嘱托肉麻而无意义，洛阳却并没有笑她。

她说让他珍惜陈静，却不敢问，他是不是真的如自己一直以来所想的那样深爱着她。

“还用你说？傻丫头。”

“那就付账。”

洛阳无奈地笑，伸手摸摸她的头，喊了服务员结账，一边掏钱包一边顺口问：“上次在牛排店门口，那两个人是谁？一男一女。”

洛枳愣了一下，旋即摸摸鼻子：“没谁，都过去了。”

洛阳也不再追究。所有一言难尽的故事，他们都学会了不再刨根问底，也没有时间和心情再去聆听细节。很多时候彼此所需要的不过是询问时表现出的关切而已，所以干巴巴的一句简介，就已经足够。

洛阳看着洛枳消失在学校门口，才转身钻进了等在一边的出租车里。

连着几天加班连轴转，他终于可以好好休息一番。刚打开公寓的门他就看到顶着黑眼圈的室友从厨房端出泡面，端坐在客厅一边吃一边看中央六台的国产电影，他疲惫地打了个招呼就回到自己的房间，倒头便睡，连衬衫都没有脱。

一觉就睡到早上八点，他竟然连睡了十二小时有余。

而且，竟然梦见了她。

洛阳梦见丁水婧在接到第四个电话的时候终于下定决心关手机的样子，嘴角带着乖乖女的笑容，手指却坚决地按下了关机键。这个画面持续的时间很短，只是一个片断，夹杂在其他乱七八糟的梦中间，显得很突兀。

可他醒过来的时候，不记得所有连续不断的乱七八糟，唯独记得这个短暂的瞬间。

冬天的阳光洒在被子上，浮尘在空气里招摇。

那时候，讲台上的老田正在十分投入地讲着三位一体。

“圣父、圣子、圣灵，这三者的关系会有多种不同解释，其中也产生了很多的矛盾和纷争，也最终导致了基督教的一次分裂，我们常常谈起的天主与东正的分歧之一就是对这三者关系的不同理解。一会儿我们的讨论课就从这个话题和宗教战争开始说起。”

丁水婧在纸上面随手画了一大一小两个人手牵着手，大人吐出一个烟圈一样的东西，她给它加上了个尾巴，在边上写上“Hi, holy ghost（你好，圣灵）”。正要给大人的头上画上光圈，描了一半，本子就被老师抽走了。

“大家看，丁水婧同学的画充分揭示了东正教的观点。”

底下有善意的笑声和掌声，洛阳看了看丁水婧的侧脸，她的嘴角微微地上翘，眼睛里满是俏皮的得意。

洛阳窝在温暖的被窝里面不想起床，闭上眼睛就好像听到了老教室里面空荡荡的笑声。

几乎每一堂课，老田都会拿丁水婧的画来当辅助讲义，大家习以为常。中世纪史是一堂公共选修课，主讲的田学平是历史系有名的包公脸，因此选课的学生并不多。

丁水婧为大家所熟悉，只是因为第一堂课里，她坐在第一排正中央，居然在本子上画老师的漫画。老田一招“空手夺白刃”把画纸抽走，对她怒目而视，然而丁水婧只是淡淡地笑一下，平静地问：“老师，您看，我画得像吗？”

回想起来真的很奇怪，这堂课开设了多年，课堂气氛一直死气沉沉，那天竟有几个同学起哄说展示一下看看吧。一直都板着脸讲课的老田自己偷偷看了一眼，扑哧一声乐了，大家就更壮着胆子说展示一下展示一下。

果然很像，老田的招风耳、黝黑的脸膛和招牌的歪嘴笑容——底下笑成一片，居然还有掌声。老田说：“要不是你画得像，我都懒得管你，来，上讲台来自报家门吧。”

“大家好，我叫丁水婧，是外交学院国际法专业的新生。”

老田扬扬眉毛说：“哟我还以为小才女是艺术学院的，下次别画得那么好，我就不会注意到你了。有时候天赋也是一种负担呢。”

丁水婧有一瞬间的失神，然后耸耸肩膀说谢谢老师。洛阳现在也不知道自己当时是怎么了，在丁水婧回到座位上的时候从后面递给她一张字条，上面写着：你好，我是数学系的洛阳，已经大四了，就在你身后，认识一下。

十分轻浮的搭讪。

一年之后的毕业生酒会，洛阳站在台上敬酒发言，底下的同学忽然起哄让模范情侣洛阳和陈静讲述恋爱史，从刚认识的时候开始讲。洛阳并不喜欢闹哄哄的场面，底下熟悉不熟悉的种种面孔看得他头皮发麻。不过也没有什么难以忍受的，毕竟在别人眼中看来，他和这种热闹温馨的场面再契合不过了。

“就那么认识了呗。”他随口说。

“高中同桌而已，”陈静在一旁温柔地接上，“高一时还是我先跟他说的第一句话。”

“什么啊，原来是嫂子主动啊。我们大家误会了这么多年啊，老大太不像话了。”宿舍的老三在底下起哄。

“你以为我像你啊，搭讪漂亮小姑娘是我干的事吗？”

洛阳自己刚说完，就在大家的哄笑声中愣住了。

那一刻他好像又看到丁水婧转过身来，好看的脸上是慵懒的笑容。“嗯，我最讨厌数学。你好。”

和丁水婧这样打过一个招呼之后，两个人就再没有说话，下一周的中世纪史课前，洛阳走进教室的时候看见丁水婧坐在第一排朝他招手，脸上是落落大方的笑容。于是他走过去和她坐在一起。

丁水婧的桌子上面有两本书，一本是老田指定的教材《中世纪简史》，另一本实际上是她漂亮的涂鸦本。丁水婧听课很不认真，总是在书上面涂涂画画，有时候老田不知道说了什么触动了她，她会很快地翻开涂鸦本乱写乱画一阵子。

丁水婧永远都坐第一排，画的画永远会被老田发现，被发现后她也不怕，仍然懒洋洋地在下面接老田的话茬，一老一少、一唱一和的样子让人觉得很温馨。洛阳脑海中对于中世纪史那门课的知识已经所剩无几，然而他始终记得丁水婧频繁振动的手机。她似乎有那么多的朋友，短信不断，噼噼啪啪的按键声像冬日柴火烧得正旺。

那天正好是期中课堂即兴辩论会，法学院的学生和历史系学生争先恐后地站起来慷慨陈词，老田也意气风发地参与评论，好像岁月倒流，皱纹都舒展开了。最后老田终于想起了丁水婧。在下课前，他带着一脸饶有兴味的笑容看着丁水婧说：“我们的画家同志想说点什么吗？”

当时的丁水婧刚刚推了洛阳一把说你看你看，冷不防被点名，发出了很响亮的“啊？”

洛阳听到了笑声，很善意的笑声。大家都把这个小妹妹当成迷糊而又搞笑的角色，她是课堂的吉祥物，所有人都很喜欢她，常常会有人在进教室的时候与她打招呼，洛阳问起，丁水婧往往会恢复一脸懒懒的表情说，其实我不认识。

丁水婧慢慢地站起来，先是看了洛阳一眼，然后朝老田笑笑，像个孙女一样讨巧的笑容。大家都因为她奇怪的安静而把目光聚焦在她的身上，等待着她说出和以前一样卖乖的笑话。然而丁水婧温柔的声音，流畅的语言和脸上天使一般的笑容让气氛来了一个逆转。

那天丁水婧的侃侃而谈让老田很高兴，洛阳却很困惑。老田作总结的时候，洛阳问水婧：“你刚才推我想要说什么？”丁水婧连忙翻开涂鸦本，指着上面的一个人头说：“你看，这个人像不像刚才说‘信仰是思想懒惰的一种表现’的那个男生？”

大大的鼻子和善良的眼睛，还有一头乱发。

洛阳冲本子上的男孩子无奈地笑笑：“嗯，像，当然。”

丁水婧很得意地笑，又在本子上面涂了两笔：“你看，现在他像不像老田？”

洛阳差点一口水没喷出来，果然，丁水婧的这个举动让洛阳一瞬间怀疑发言的男生是老田的私生子。

让洛阳欣赏的是，她并不是没有注意到大家对她发言的赞赏——毕竟，能做出那么精彩大方的即兴演讲的人不可能是不懂得体察观众的人，可是丁水婧就像习惯了一样，并不是出于羞涩和谦虚而与洛阳避而不谈，只是因为习惯了，所以才懒洋洋地没什么兴奋和骄傲。

因此洛阳没有夸她，没有像对其他的女孩子一样笑得很温和地说，啊，谁说美女肚子里面没有墨水？

洛阳从来都不是喜欢计较输赢和气势的人，他心里通透做事稳当，人缘也极好，自然不会在她面前自卑。可是不知道怎么，他就是不想夸奖她，不想让她像对待别人一样，诧异地看自己一眼然后淡淡地说，哦，谢谢，也就那么回事没什么了不起的。

好像这样自己就会在丁水婧心里被划归为某类俗人，再也没有变得特别的可能。

特别。洛阳在那个旧教室里盯着琥珀色的光影，慢慢地、慢慢地，开始感觉到胸腔中的心脏格外有力地跳动起来，怦，怦，像强劲的水泵，连带耳边也开始轰鸣。他回过头看她，发现她也正侧过脸看自己，笑得俏皮，里面包裹着一丝过早显露的默契和随之而起的欣喜。

她笑得很好看。他想。

生活总是深深浅浅、光影交错，有人得到浓墨重彩，有人轻描淡写地经过，有人在你生命里屡屡划过却留不下痕迹；而有些人，一面之缘就嵌入大脑回路深处，走进记忆里，仿佛不请自来，过期居留。

“你画画真的很有灵气，”他拿过那张涂鸦仔细地端详每一笔的走向和纹路，突然转头看她，“你画一张我的画像行吗？”

他们离得有点近，洛阳转头的时候意识到了这一点，不动声色地将脖子向后缩了缩，又煞有介事地举起纸，朝着另一边有光线的方向抖了抖。

他听见丁水婧在背后笑。转回头的时候她已经拿着本子在画了，只是用左手挡着，不让他看见涂鸦的过程。

“别人看着我就不好意思。”她没有抬眼，嘴角却弯着。

然而洛阳看到的却是两个人的画像，半身，并肩站着，分别靠近纸的左右两侧，中间留出了一个人的空白。

“这是……”

“我觉得，人的特征和神韵，还是在与别人互动的时候最容易表现出来，我没看见过你和别人在一起时候什么样子，所以就画了我们。”

洛阳定神盯着，画中的自己不知道为什么，好像活泼得过分，像个大一新生。

“这幅画哪里有互动？”

“当然有，”丁水婧的炭笔另一端在纸上画了个圈，顿了顿，却又抬起头笑，笑得洛阳不敢直视，“你看不出来吗？”

“好吧，那这幅画送给我吧。”

“不行，我觉得画得很好，我要自己留着。”

女人无理取闹起来真是奇怪。还好陈静不是这个样子。

当然有时候，奇怪点也没什么不好的。他想。

下课的时候陈静忽然出现在门口，朝他招招手指指右手拎着的外卖，温柔地歪头一笑。

洛阳余光看到丁水婧狡黠的微笑，八卦得恰到好处。

“女朋友？”她问。

“是。”他朝丁水婧点点头，拎起书包先一步离开了教室。

“学妹？”陈静问。

“是。”

回过头，他看到女孩伏在桌面上望着地面上的某一点，美好的侧面仿佛安静的油画，正午的阳光从厚重的酒红色窗帘缝隙漏进阶梯教室，正好打在她身上。就像上帝偏爱的追光。

她恰好也偏过脸看他们，嘴角向上一勾，若有所思地打量着。

洛阳心中悚然一动。

世界上很多事情，都开始于那一眼若有所思的打量。

“学妹吗？”他回过神，身边的陈静依旧温柔地笑，像时间打了个旋儿。

“你刚才问过了。”他笑，左手接过外卖，右手轻轻牵住她。

裤带中手机“叮”的一声，提示新信息。

是丁水婧说：“你和你女朋友的关系真有趣。”

他不知道这句话是什么意思。

第26章　偶然

洛枳是早上五点钟被江百丽的手机铃声吵醒的。然而手机的主人却在上铺睡得酣熟，翻了个身，硬是将那个又吵闹又振动个不停的炸弹从缝隙砸在了下铺的洛枳肚子上。

她咬着牙爬起来，正要敲床板，忽然瞥见屏幕上闪烁着的“陈墨涵来电”五个字。

洛枳思考了两秒钟，还是决定把江百丽弄醒，让她自己来面对这一事实。然而拿着手机爬梯子的时候拇指不小心碰到了接听键上，手机并不是扬声器免提状态，可她还是隔得老远就听见里面几乎是撕心裂肺的一句：“你自己和她说，和那个贱人搅在一起相提并论，我都为自己丢脸！”

“你别闹了！”

洛枳呆呆地听着江百丽旧手机兢兢业业地用那不怎么灵光的破喇叭播放着陈墨涵和戈壁机关枪一样的争吵声。她连忙再爬上去两级，狠狠地推着江百丽的肩，用气声喊着她：“喂，醒醒！”

电话却在此刻断了。

洛枳听见的最后一句话并不完整：“江百丽你给我听好了——”

她猜是戈壁将电话摔了。

江百丽此时才睡眼惺忪地坐起来："干什么？"

睡意全无的洛枳将手机塞到她手里，"未接来电，你……"话音未落，江百丽却身子一歪，靠着墙斜斜地躺倒，就这样睡了过去。

她静默了一会儿，将手机轻轻地揣进江百丽睡裙胸口的兜里，然后爬下梯子，钻进被窝，拿起自己的手机，熟练地拨通了百丽的号码。

又一阵让人心悸的响铃加振动划破了黑沉沉的空气，不同的是，这次伴随着江百丽心悸的尖叫声。

洛枳的心里终于舒坦了不少。

江百丽听洛枳讲述了刚才那个短暂的电话的全部内容后，好长时间没说话。

"看样子前女友复仇计划进展得很顺利嘛。"洛枳打趣道。

她已经彻底清醒了，那个被打断的梦境像急速退去的潮水一般，无论她如何努力伸手挽留，梦中的情景已然模糊得不可救药。

可她始终记得，她梦见了火葬场的那个红衣服的女人。

她的五官就像退潮时遗落在沙滩上的贝壳，在淡褪的薄暮中，竟然越加清晰。

洛枳正在魔怔，突然听见上铺江百丽的鬼哭狼嚎。

"反正我烦死啦！"江百丽不断地踢着被子。

"矫情。得了吧，我知道你心里欢喜得很。"

江百丽急急道："不是，真的不是……虽然……但不是！"

上铺安静了好一会儿，才声音低落地说："其实，是我在找碴儿。戈壁他应该是可怜我吧，所以才主动找了我好几次，也许是希望和我做朋友。但我从来没给过他一句好听的话，总是用各种方式刺激他、讽刺他。我没想到他不像以前那样脾气暴躁地和我翻脸，不管我说了什么。你别笑我，我从没见过他那样服软，我真的……"

洛枳盯着头顶棕色的密度板，手指轻轻地敲着床沿。

"我觉得，分手之后，只有不甘心的那个人，言谈中才会总带着机锋。"

江百丽止住抽噎。

"而他让着你，也许是因为还爱你。不过我倒觉得，这只是代表，他早就不需要再通过言语上的胜利和压制来彰显他的优势地位了。和谈恋爱的时候不一样，他早就赢了。适当服软，可以让你不要给他太多麻烦，缓和关系，甚至能让你再多爱他一会儿。”

洛枳也不知道自己是不是应该继续，狠狠心，还是说了：“我不知道对他来说，这种多一会儿的爱到底有什么作用，可是对你来说，肯定没意义。”

“洛枳，”江百丽有些底气不足地说，“有时候，你把戈壁想得太坏了。”

“没，”洛枳笑，“我只是对你的魅力有正确的认识。”

“滚！”江百丽从床沿探出头，气急败坏地将手机像手榴弹一样朝洛枳砸了过去。就在这时候，手机华丽的铃音再次响了起来，江百丽脸色煞白，不安地盯着下铺正在打量屏幕的洛枳，头发倒垂下来，像个女鬼。

洛枳抬头朝她冷笑了一下，直接接起了电话。

“对不起，您拨打的用户正在耍脾气。”

江百丽差点一头栽下来。洛枳听了几句之后，对电话另一端说道：“我会告诉她的。”然后就挂断了。

“谁？”

“你家顾叔叔。他说希望没有打扰到你，他现在在巴黎，午夜时分，刚和客户吃完饭，窗外就是埃菲尔铁塔，忽然想起你很喜欢巴黎，就很欠考虑地打给你了。不过没想到是我接的，跟我说不要吵你了，转告他的话就好了，保重。”

江百丽有些呆，迅速地将头缩了回去，不知道是不是脸红了。

“真浪漫。”洛枳眯着眼睛，愤怒地盯着江百丽那只贴满了 hello kitty 贴纸和水钻的手机，心想早上五点钟打电话的精神病竟然都和自己的上铺有染。

“我们没什么的，”江百丽表白道，“顾止烨他什么都没说过。”

洛枳反应了许久，才明白“什么都没说过”的含义。

她以为他和江百丽打得火热，也亲见他对百丽的呵护与关心，但追根究底，仍然只是恰到好处的牵肠挂肚，百分之百的游刃有余。

只是暧昧，轻轻地吹着耳边风。

“这就是老男人的魅力吧？”江百丽干笑。

“三十几岁，名字骚包的家族企业阔少而已，”洛枳翻了个身，“比你多活了十年，自然段数高。这不是你前阵子特别喜欢的成熟类型吗？”

“其实，我没那么坚贞啦，”百丽的声音温柔如水，“可是我觉得我搞不明白他，就在眼前，却不知道怎么接近，我又担心是自己在自作多情，所以全都是他在主导。”

“你以为小说里面泡上阔少的女生都是吃素的啊？”洛枳被她逗笑了，“光记着贼吃肉，没看见贼挨打。”

江百丽尖叫起来，没有手机可扔，就把眼罩扔了下来。

“不过，”闹了一阵江百丽沉寂下来，“我承认我有点喜欢他，但也没那么喜欢。可能是条件太好了，我从来没想过这种诱惑会降临在我头上。”

然而她此生的怦然心动，被确确实实的喜欢铺天盖地地砸中的心动，永永远远地与路灯下倚着车微笑的少年连在一起。

不是不会再遇见爱情。只是长大了，见识得多了，再也不会用那样的方式遇见爱情。

洛枳想到了盛淮南。

“你知道吗？戈壁和我说，说他和陈墨涵在一起，没有想象中快乐，反而没有和我在一起的那种……感觉。”

“那还不简单，让他和陈墨涵分手啊！不分他不是男人。”

江百丽再次将头发垂下来：“你吃炸药了？”

洛枳愣了愣，她也发现自己格外兴奋，一大早睡不着的原因或许不全是电话的错。

“其实我也觉得他在说谎，”江百丽轻声说，“你知道吗？顾止烨告诉我，当你觉得男人可能在撒谎的时候，他就一定是在撒谎。我说他不认识戈壁，不了解他。他说认不认识都不会有错。”

怎么不认识。洛枳皱皱眉，却不得不承认顾止烨这话很有趣。

“为什么呢？”

“他说，因为他就是戈壁。”

洛枳心跳漏了一拍，她也不知道自己在担心些什么。明明只是一句蛮有道理的、善意的警示。她正在思考的时候听见上铺江百丽没心没肺的笑声。

“不过洛枳，我现在觉得挺开心的，考完试了，最难熬的分手初期也度过去了，马上要过年，还有顾……总之啦，我觉得我应该开心点，其实人生挺美好的，什么都不缺。”

洛枳翻了个白眼：“能这么想的人，至少缺心眼。”

这次连枕头都扔了下来。

洛枳走进法导考试教室的时候，发现平时只坐了寥寥数人的最后一排此刻已经满满当当，甚至最后三排都已经被瓜分完毕，一群人隔位就坐，正低着头狂翻书。

正在这时她看到阶梯教室中部有个黑人正朝自己夸张地挥舞手臂。

“给你留位置啦！”

张明瑞占了一整排位置，洛枳这才知道他在这个课堂上竟然有这么多熟人。

“这位是文科生姐姐，抓紧时间，快点拜！”

旁边几个五大三粗的男生闻言赶紧做出熊猫烧香的动作对着她念念有词地拜了起来。洛枳哭笑不得地放下书包，转身看着张明瑞说：“复习得怎么样了？”

张明瑞耸耸肩，“他要是敢挂我，我就废了双学位，不学了。你没看见吗？”

他说着，指着自己的下巴，睁大眼睛：“我都复习得瘦了两圈，你看你看，瓜子脸！”

“……瓜子尖朝上还是朝下？”

在一群大汉对着表情扭曲的张明瑞捶桌狂笑的时候，洛枳感觉到一只手搭在了自己的肩头。她回过头，盛淮南站在比自己高一级的台阶上，像高中时候一样单手拎着书包，微笑着看她。

“复习得好吗？”

洛枳定定地盯着他拎着书包的手，脱口而出：“我写过好多次了。”

他的习惯，在日记里。

“什么？”

她回过神，笑着摇摇头。盛淮南也不追问，揉了揉她的头发，走下来把书包挨着她的放下。另外几个男生纷纷起哄道：“原来是你的妞啊，太好了能不能借我们抄一下……”

你的妞。

洛枳看到张明瑞咧着嘴，又合上，又咧开。她偏过头避开他的无措，放下折叠椅坐好。盛淮南坐到了她左边，张明瑞原本坐在她右手边，此刻忽然站起来，拿着书包，带起一阵风。

然后又坐下。

他摸索着拉开书包拉链，从里面掏出一袋花花绿绿的乐事薯片。看到洛枳注视着他，笑了笑说："早上没吃饭。特意来占座的。你可得靠谱哦。"

洛枳默默点头，深吸一口气，咬着嘴唇什么都没说。

张明瑞费了半天劲才打开，吃了两口，突然毫无预兆地无声笑起来。

"为什么呢？"

"嗯？"

张明瑞认真地看着洛枳，慢慢地说："为什么，每次打开黄瓜味薯片的一瞬间，我就忽然很想吃番茄味的。"

洛枳点点头说："是啊。"

我也是呢。

考试波澜不惊地结束，被起哄说要肩扛大任的文科生洛枳最后什么忙都没有帮上。六道主观题，满卷子的空白，所有人都奋笔疾书，不会答的题也长篇大论，誓要乱中取胜，看花阅卷人的眼睛。

只是考试进行到一半的时候，后门忽然被推开，两个戴着红袖箍的五十岁左右的女老师长驱直入，直直地走向倒数第四排坐在最外侧的一个卷发男生，动作利落地从他的桌洞里掏出一本书，摔在了桌面上。

男生的卷子留在桌面上，本人垂着头收拾好书包，跟着那两个不苟言笑的女老师离开了教室。

"他完蛋了，"盛淮南看向讲台，用很轻的声音说，语气中有些惋惜，"按规定，只要一次就没有毕业证了。"

惊心动魄的小插曲很快被大家抛在脑后。洛枳有些心慌，更加规规矩矩，写到手酸。

考场的前门被锁住了，考试结束之后，洛枳随着浩浩荡荡的人群往后门走去，她低头专心系着外套的扣子，一抬眼就在眼前看到了郑文瑞，一张脸浮肿的白，在她看过去的瞬间转回了头，就在他们一群人前面，走得庄重。

一级一级宽台阶，一级一级迈上去，在嘈杂的人声中，郑文瑞的身躯晃在她眼前，好像一抬鼻尖就会撞到。

盛淮南却在这时候从手机上翻出一条笑话，伸到她眼前让她看："我刚开机时收到的，你看！"

她翻了个白眼，他却笑出一口白牙，说："目测了一下，还有七级台阶就结束了。"

洛枳听懂了，也转过脸朝他微笑。

下午盛淮南去上GRE课，洛枳拉着江百丽在她离校之前做最后一次大扫除。从她桌底下扫出不少满是灰尘的小物件，都是她平时大呼小叫到处找不到的。

洛枳捏着一盒还没拆包的万宝路问她："你也不抽，有害健康，给你扔了吧。"

江百丽正蹲在地上饶有兴致地看一本刚扫出来的脏兮兮的言情杂志，头也不抬就"唔唔"地答应下来，过了一会儿才大叫一声从垃圾桶里将烟捡了回来。

"好不容易鼓起勇气买的，虽然没怎么抽，也别扔了呀，多浪费。"

"你抽烟的方式才叫浪费。"

"就你懂。"

"本来嘛，"洛枳放下扫帚，"真正会吸烟的人，都是真的吸进肺里面，然后鼻子嘴巴一起吐烟圈的。你只是在嘴巴里面过了一遍而已。"

"你吸过？"

"我看电影的。"

洛枳这样说着，心里想到的却是洛阳。半年前的那个暑假，她结束了大学一年级的生活，而洛阳刚刚到北京安家落户。回乡的火车是洛阳去站台送她的，列车缓缓开动的时候，她看到洛阳低头点了一支烟，深深地吸一口，吐出来，被风拉扯成一条白线。

那是她第一次看到洛阳吸烟，也是第一次看到他的眼睛里波涛汹涌，他没有看她，却和他的烟一起注视着铁轨的尽头，不知道在想什么。

陈静并不知道洛阳吸烟。洛枳也再没见过洛阳在她们面前吸烟，甚至从未闻到过烟味。

可他低头点烟的样子，熟练而自然，好像烟已经是他不离不弃的老朋友。

五点半，洛枳准时出门去三食堂，绕过门附近那个窗口排队买烧烤的人群，她停在了距离面包饼窗口几米远的地方。

张明瑞穿着上个星期她代许日清转交给他的外套，只露出一段黝黑的脖子。

她想起初遇的那天，在DQ（Dairy Queen冰雪皇后），他们看到邻桌夫妇抱着的十四个月大的小娃娃，张明瑞大呼可爱，还大言不惭地说，自己以后一定也会有这么招人疼的儿子。

洛枳当时用小勺挖着暴风雪，笑得邪恶。

“你可别找长得太白的姑娘啊。”

“为什么？”他果然愣头愣脑地追问。

“会生出斑马来的。”她还没说完就开始哈哈笑。

洛枳回忆起一幕幕，心里五味杂陈。她不知道盛淮南在面对无以为报的喜欢的时候，究竟是什么心情。

也许不会像她这样心软而酸楚。

所以才会有很多人因为这份难为而做蠢事，比如藕断丝连地“做朋友”——给对方渺茫的希望和无用的安慰，看到那短暂的缓解，自己也会减轻心中的愧疚吧？

她固然知道张明瑞未必需要她的同情，正如她拒不接受盛淮南的怜悯。

想想你自己，想想你自己，这没什么。她不停地在心中默念。

洛枳在张明瑞刷了饭卡端起盘子的瞬间闪到了柱子后面。

她想等张明瑞找好地方坐下来吃饭了，再沿着他视觉死角的方位找路线离开。

然而张明瑞却一直端着盘子走来走去。这个时候的食堂人并不多，空位到处都是，可他抻着脖子看来看去，似乎怎么也找不到一个赏心悦目的座位似的——洛枳迷茫地偷看了许久，忽然心中雪亮。

“以后你不想吃三食堂的面包饼的时候，千万记得告诉我。”

张明瑞说过好多次。

他不是在找座位。他是在找她。

洛枳闭上眼睛，让眼皮和黑暗一起阻击滚烫的泪水，竟然真的硬生生地忍了下来。

那个男孩已经找得有些疲惫，失落的神情挂在脸上，眼睛却没有放弃搜索。洛枳猜不出，她不来三食堂的时候，他到底需要找多久才能认命地坐下来吃饭。

张明瑞看着大门口的方向，忽然笑了，男孩端正的脸上仍然是倔犟的神情，嘴角却翘得勉强。那个自嘲的神情只持续了一秒钟，他就低下头，将盘子里面的面包饼倒进了旁边的残食台，大踏步地离开了。

他也许从来就没有喜欢过面包饼吧，洛枳想。

她记得自己高中的那本日记，最后一篇的最后两句话。

那是已经记不清出处的摘抄。

Two strangers fell in love.

Only one knows it wasn't by chance.

两个陌生人坠入爱河，只有一个人知道这不是偶然。

再也不会有男孩端着面包饼，“偶然”地出现在面前，说，好巧啊。

她也不会再出现在面包饼窗口的队伍里了。

第27章　红玫瑰与白玫瑰

洛枳与江百丽一起将硕大的箱子搬到宿舍楼门口，帮她刷卡撑开了电子门。

“一路平安！”她摆摆手。

“提前拜个早年哈！”百丽笑着招手，拖着红色行李箱的单薄背影隐在薄薄的晨雾之间。顾止烨送她去火车站，因此一大早将车开进了学校，停在不远处的十字路口，人站在车尾吸烟，遥遥地对洛枳点了个头。

洛枳并没有在学院统一订学生票，她每次都是回家前一个星期自己跑去学校附近的订票点，因为只有这样才可能买到卧铺。然而这次春运的情况比往年更加紧张，订票点悉数告罄，洛枳在送走百丽之后，也不得不一大早赶赴北京站碰运气。

从地铁口走出来的一刹那，她又有些恍惚。每次来到北京站，她都会觉得胸口处有种不知名的感慨，跟着心脏一起跳动着。站前广场乌泱乌泱的人群，仿佛是上帝失手泼下的墨迹，所有人都面目模糊，却在广场上空蒸腾起一片交织着焦躁恐慌的烟云。

洛枳的目光瞥向三五成群紧搂着大包小裹挤坐在灯柱下面的农村女人，视线在她们的头巾和饱经风霜的眼角嘴角打了个结，迅速转开脸。

她深吸一口气，朝着售票大厅走过去。大厅里面倒还算是井然有序，票务信息屏下面有十几个窗口，后面排着一列列的队伍。洛枳研究了一下信息屏，赫然发现近几日去 R 市的各种卧铺票已然售空。

碰碰运气吧，她想，于是挑了最短的那列队伍站在了最末尾。随身听里面的音乐极大地缓解了她的无聊，黯淡的售票大厅似乎也被旋律上色，宛如通过摄像机滤镜，她也成了电影的一部分——配乐永远跟着她，随着歌曲的情绪起伏，面无表情地在心里演绎各种悲欢。

洛枳等了一会儿才发现队伍纹丝不动。她往旁边走了几步，向前面张望，才看到窗口处堵了四五个人，还不时有人晃过来妄图加塞。很快队伍中就有躁动的气息。

规矩是一种最容易被破坏的东西，不遵守规矩会带来额外的利益，利益不均又导致因为不公平而产生的愤懑，对于公平的追求恰恰又会打破平衡，最终被踩得一地渣子的，就是形同虚设的规矩。

比如现在。她嘴角上翘，一脸讥讽地看着姗姗来迟的工作人员在队伍里面进行调解，已经有四五个人吵了起来。

“洛枳？”

她从看热闹的心情中被唤醒，回头时，竟看到盛淮南的脸。

白色羽绒服的挺拔少年，短发清爽笑脸盈盈。仿佛是上帝泼墨时不经意遗留下来的空白，在人潮涌动的售票大厅，有种不真实的光彩。

她眼里的他，总是蒙着薄纱。

洛枳恍然：“你怎么在这里？”

“我刚刚去送团委陆老师的小儿子上火车。今天团委有活动他脱不开身，让孩子自己坐动车又不放心，所以让我来送送他。刚才本来想直接坐地铁回去补一觉，又觉得正好来了火车站，不如到售票大厅参观一下春运盛事，结果居然遇见了你。”

他喘了口气，然后用无可奈何的眼神看她：“你为什么不告诉我你要一大早来买票？我陪你过来不好吗？”

自从那天夜袭圆明园之后，她除了在法导考试之外，就没有见过他，只是通过电话短信联系。盛淮南的短信不再回复得时快时慢，飘忽不定，然而洛枳却担心打扰到他的 GRE 课程，很少和他聊个没完。

“我是你男朋友啊，你应该叫我的。”

排在队伍前面的中年女人闻声回头，肉色套头毛衣，绣花牛仔裤，衬得人又黑又胖。她龇着牙花，一边笑一边用指甲剔着牙。

洛枳一愣，下一秒钟就被盛淮南拉出了队伍，排在她后面的大妈也不客气，赶紧上前一步将她的位置顶替了。

拜她所赐，半天不挪动的队伍终于向前面移了移。

洛枳惋惜地回头看着队伍："我好不容易排了半天……"她脱口而出，转回来果然看到盛淮南耷拉下眉毛，一副恨铁不成钢的表情。

"排什么排啊，显示屏上都说了没票。"

"万一我排到的时候，有人退票了呢？"

被盛淮南用"你是白痴吗"的表情看得洛枳耳朵发烧，洛枳认命地垂下头："好吧，那我只能坐飞机了。"

"坐什么回去交给我，"盛淮南把双手压在她肩上，"你先告诉我，为什么不和我说你今天要一早赶过来？"

洛枳被他近在咫尺的直白的眼神逼迫得六神无主，目光渐渐下移到他的嘴角，又想起做梦一样的翻墙经历，第一缕晨光中的亲吻，以及自己在酒精作用下放肆的笑场，心就突突地跳得剧烈。

她从来没有在清醒的情况下，和他这样近。

许久终于决定讲实话。

"我习惯了一个人。不想麻烦你。"

"可我是你男……"

"这个我更不习惯！"她急了，就喊起来，惹得旁边不少人侧目而视。

盛淮南定定看着她，脸上的表情不是困惑，也不是愤怒，她看不懂，只能用软软的语气，继续实话实说："我的确，从来没有想到过在一起以后的事情。"

和日记本相依为命的少女时代，她有时候会用第二人称来与假想中的盛淮南对话，一边在心中鄙视这种行为，一边无法控制地脸红心跳，像孤零零在太空遨游的卫星，日复一日地将来自地球人的信号传送给不知在哪里的外星人。

倒也渐渐习惯和平静。

然而，即使她高中一直在和他"对话"，即使她曾觉得冥冥中自有定数，即使某一刹那听见心中坚定地说“最后我们一定会在一起”——她却从来没有想过，在一起后，应该怎样，又会怎样。

和她处心积虑全副武装的接近不同，现在他们真的接近了，毫无伪装。

“我也不知道谈恋爱该是什么样子，你轻轻松松地就能说是我……男朋友，可我真的不知道女朋友要怎么做，是不是所有事情都要一起做，是不是能自己解决的事情也要折腾你，是不是……”

盛淮南忽然在人满为患的大厅哈哈笑了起来，眼睛都眯成了一条线。

他一把将洛枳拉进了怀里，她也跟着他的胸腔一起共鸣。洛枳一下子蒙了，旁边人的目光让她赶紧闭上眼，深深地将头埋进他怀里，埋进她一直喜欢，却被他说成是漂不干净的洗衣粉清香中。

“没谈过恋爱啊，没关系。我谈过，我教你。”他的声音满是笑意，坚定而温柔。

洛枳一愣，先是羞涩的笑，反应过来却狠狠地踩了他一脚。

她瞪着他：“谈过恋爱了不起啊？”

盛淮南笑得更开心：“吃醋？这就对了，恭喜你进入角色。”

他们离开了售票大厅，坐进旁边的肯德基，好不容易在大包小裹的旅客离开后抢占了一个双人桌，盛淮南把洛枳按在座位上，然后站起身说：“吃早饭了没？你要没什么特别想要的，我就做主咯。”

“好。”她点点头。

盛淮南坚决不同意她去买站票，说十几小时站在春运人满为患的列车上，一定会死。洛枳想了想觉得也很成问题，索性也不坚持了。

“别喝可乐了，给你点的热可可，今天可真够冷的。”

他坐到对面，衣料摩擦发出窸窸窣窣的声响，在嘈杂的人声中竟格外清晰。

“我还是让洛阳帮我问他们公司的票务经纪吧，那就只能坐飞机走了。”

“洛阳？”

洛枳笑着解释：“哦，我哥哥。舅舅家的孩子。”

“舅舅家的孩子，为什么和你一个姓？”

洛枳失笑：“从来没有人问过我这个问题。理科生真严谨。我随外婆姓。我家这一代，都随外婆姓。”

洛枳看到盛淮南“为什么”三个字的口型都摆出来，却仍然吞下肚子，她也没有善解人意地为他主动答疑。

或许还没办法一下子走到那么亲密的境地。

但他说要教她，反正慢慢来。

“那这次，你能不能不要让你哥哥帮忙？”

她正在撕开上校鸡块的糖醋酱包装，听到这个问题，歪头看他：“那要怎么办？”

“给我点时间，我帮你问问我爸妈在北京的朋友，看能不能想想办法。D字头、Z字头和T字头的车不少都留作了内部票，也许能有办法弄到一张，让我试试。实在不行的话，身份证给我，我帮你去问在国航工作的哥哥，等我GRE课程结束了，你和我一起回家。”

洛枳抬眼看他：“为什么？”

“什么为什么？”盛淮南的声音让洛枳蓦然想起那天电话里拒绝还她行李箱的无赖男孩，“我是你男朋友，这些事儿自然要我解决。而且我想跟你一起走，你居然问我为什么？”

洛枳连忙解释，盛淮南愤愤不平地大口吞下一块汉堡，佯装不理会她。

洛枳大窘，直接掏出身份证拍在桌子上：“给你，我们一起飞回去。”

盛淮南这才眉开眼笑地接过来，看了一眼，脸上的表情变得很古怪。

“小姐，请问这真的是你的身份证吗？”他指着上面猪头一样的照片问，“我要怎么跟我哥说这是我女朋友啊？等他见到你本人，会觉得我在劈腿。”

洛枳飞起一脚踢在他小腿上。

他们并没有直接回学校，薄雾散去，天气正好，于是搭着地铁换乘到了王府井去逛图书大厦。

进门就看到张爱玲的作品又多了某个版本，海报贴在扶梯旁鲜艳的位置。

盛淮南也看到了，虽然脸上带着洛枳意料之中的迷茫。她又想起古诗词填空的事情。

“《红玫瑰与白玫瑰》是她写的吧？那个米饭粒和蚊子血的。”

“哟，你知道啊。”洛枳忍着笑，下一秒钟却想起了洛阳。

她一直不敢去验证自己的猜想。洛阳也一定知道她发现了什么。同样的事情发生在别人身上，她一定为陈静鸣不平。然而现在她知道，她不懂洛阳，不懂陈静，也不明白感情。

却本能地维护和理解自家的哥哥。

盛淮南在她脑门上弹了一下，唤回了她的胡思乱想："我还是懂点文学的好不好。除了这个，我还知道另外八个字。——'现世安稳，岁月静好'。"

眉目中满是"快来夸我"的自得。

洛枳晃神，她没见过这样的盛淮南，即使去后海那段时间他们熟识，他也曾这样放松地展露幼稚而亲昵的一面，但那时她却不敢有所回馈，总是沉沉的，像背着什么。

他这样也好看。她忽然很想走过去亲亲他。

洛枳被这个念头惊到了，慌张地低下头。

这种感觉，就是恋爱吗？

曾经她喜欢他，却不会被这种念头突如其来地击中。

"你怎么了？"

她连忙转移话题："这八个字并不是她说的。"

"那是谁？他们都说是张爱玲。"

洛枳笑："他们是谁？是叶展颜告诉你的吧？"

那八个字曾经令她的高中同学们如此心折而惆怅。带头的就是叶展颜，那时他们热恋，然而对于除了课程表之外什么都无法确定的高中生来说，这八个字，只能是触不到的镜花水月。

盛淮南的表情有点尴尬和自嘲，却没有伤感。洛枳看在眼里，揪起的心也平静下来。

"我和你讲前女友的事情，你不会生气吧？"

洛枳笑："你说要教我谈恋爱，自然要你告诉我该不该生气。"

"……这次不能生气。"

"行。"她脸上满是狡黠的笑意。

那是高三第一次月考家长会的事情。

他的一个高二学弟林杨慌慌张张地给他打电话说："哥，你可千万别骂我，我也不知道我妈是怎么知道的，可能因为她老是偷听我讲电话吧，总之今天我们也开家长会，我妈遇见你妈妈了，特三八地把你和叶学姐的事情告诉你妈妈了，大人讲话我在旁边也不能说什么，你妈妈回家可能要审你，你千万作好心理准备！”

洛枳莞尔。那时候很多成绩好的学生家长常常都会互相联系，互通有无，协同监视，出了这样的事情倒也正常。

盛淮南对此并不是毫无准备，这样的事情，因为叶展颜的高调和自己的坦率，早晚都会被老师和家长知道。

然而他妈妈回家的时候什么都没有说。

他知道自己的母亲永远习惯于在背后为他“扫清障碍”。他告诉叶展颜，如果他妈妈给她打电话，希望她谅解，同时什么也不要理会，只需要说“我知道了”就好。无论他妈妈说什么，一定要全部告诉他，他来处理。

他平静地告诉她，他会保护她。

家长的干预是让所有早恋的孩子都心慌恐惧却又兴奋不已的。叶展颜先是眼泪汪汪地说自己连累了他，然后又扑到他怀里说谢谢他这么“男人”地保护自己。几出戏后就恢复了神采飞扬，大大咧咧地坐在走廊的窗台上笑得阳光灿烂。

剥离了所有当时当地的感情色彩，那一幕此刻看起来就像小孩子办家家酒一样无趣和幼稚，无论是眼泪汪汪但是却透露出兴奋的叶展颜，还是那个故作镇定表情淡然而又心潮澎湃地说“我会保护你”的自己。

盛淮南的语气平淡，洛枳却不免听出了其中的怅惘。

“可是，那才是青春吧。”她安慰他。

心里却酸了起来。

盛淮南听同学说自己的妈妈坐在老师办公室里面的时候，飞奔过去敲门，面无表情地问他妈妈为什么干涉他的事情，在班主任面前伤了他妈妈为人母最要紧的面子。他妈妈阴沉着脸看着他，终于勃然大怒——没有喊叫没有训斥，而是径直走出办公室要去找叶展颜。

他将他妈妈堵在半路上。

盛淮南至今仍然记得自己手心出的汗。他并不是喜欢对父母唯唯诺诺的乖宝宝，但是从小到大都没有和他们起过冲突。

他妈妈终于还是离开了。

这件事情不知怎么被传出去的，他突然成了英雄。叶展颜每天看到他时，笑容绽放得好像早春的桃花。

但是他记住的却是母亲回家之后对他说的话。

“盛淮南，”她叫他的全名，“不是我故意为难你们。”

“你记住今天，记住你当时说的话和你背后的女生，也记住所有围观看戏的人，不管他们是为你叫好还是说你愚蠢。一年以后你就知道我为什么要你解决掉这种不合时宜的关系。你长大了，但是还没有成熟。”

洛枳无言叹息，像她记忆中那个冷厉的妇人。可自己却从这居高临下的话中，听出了深深的灰心和无能为力，包裹在强硬的态度之下。

或许是错觉吧。

盛淮南在和叶展颜分手之后，难堪得不愿意面对自己的母亲。然而，他那消息灵通的母亲在他寒假回家之后轻描淡写地说：“给你报了旅行团，签证的事情你自己联络他们吧。”

丹麦、挪威十日游。

“去散散心吧。”她说。

可能，传说中的人物都是这样，在创造了让后人津津乐道的壮举之后，就退回到了他人所不知的琐碎中，渐渐发现自己的生活其实也逃不脱那些无聊的老路，然后，就不再冒傻气。

他踏过哥本哈根街道上古朴的小方砖，一瞬间陶醉在时间静止的童话世界，再一抬头，旅行团里面一个一直很吵闹的大婶正在面包店门口吵吵嚷嚷地照相，摆出万年不变的V字形手势——他哑然失笑。

才想起，叶展颜用看英雄的眼神看他的时候，曾让他记住两句话。

现世安稳，岁月静好。

来之不易，我们一定要幸福。

她写给他看，于是他就稀里糊涂地念了许多遍，竟然真的记住了。

“其实这句话是胡兰成说的，”洛枳微笑着说，“他们结婚的时候撰写了四句话，‘胡兰成张爱玲签订终身，结为夫妇，愿使岁月静好，现世安稳’。前两句是张爱玲写的，广泛流传的后两句，其实是胡兰成想到的。”

只不过后来的故事，同样事与愿违。

她正兀自感慨，突然听见旁边盛淮南声音低落地说："其实，我真的一直不大明白这两句话到底什么意思。"

却被逼背了好多遍。五分的填空题他都放弃了，却为这根本不是张爱玲说的八个字，背了好多遍。

洛枳眼神突然软下来，一点点妒忌凝成的酸意被心底温柔的暗河冲淡，她破天荒主动地上前一步，伸出双臂拥抱了他。

他回抱她，用力地。

"你知道我在售票大厅的人群里面看见你的背影时，是什么感觉吗？"

洛枳不说话。

"你做什么事情都不叫我，也不主动联络我。我看着你在那里排队，忽然觉得我离你特别远。"

"从我问你高中是不是……暗恋我，到现在，你的反应，都让我不知道该怎么办。你总是让我觉得，这一切都跟我没关系。

"除了那八个字，我还知道一句话，也是很多人都在说的，世界上最遥远的距离，就是我在你身边，你却不知道我爱你。我不知道你是不是这样想，但我却觉得，更遥远的是，我知道你喜欢我，却不知道你喜欢的到底是不是我。

"所以你不想黏着我。也不需要我陪着你。我只是个你想象出来的假人而已。"

"充气娃娃吗？"她终于插话，想要缓和气氛，却没有等到他的笑容。

这个家伙。她不知道怎么样告诉他，他的担心和恐慌，却让她不再恐慌。所有的欢喜都终于踏踏实实地落在了心底。

于是她也敛去眼中的戏谑，仰起头，踮起脚。

他一愣，然后将她抱得更紧。

下一秒钟却被她狠狠地咬到了下嘴唇。他吃痛，却没松手，反而更凶狠地回敬了过去。

"我们到底还是成了以前我最鄙视的那种，在公共场合搂搂抱抱的情侣。"半晌，她松口气，低笑着说。

"再说一遍。"

"……我们到底……"

"只要最后两个字。"

洛枳笑，被他搂得太紧，连笑声都闷闷的，像咳嗽。

"情侣。"

第28章　时间的罐子

“在写什么？”

盛淮南头刚凑过来，洛枳就慌忙掩上扉页：“记点事情而已。”

“从上飞机开始就低着头写啊写，什么事情那么急着记下来？”

正在这时飞机开始缓慢地朝着跑道行进，大家纷纷将桌板收起来，洛枳也合上笔记本扣上安全带。

她只是重新开始记日记了而已。

那个只写了一篇日记的笔记本在书架的角落被挤得可怜巴巴的。洛枳从图书大厦回来的那天下午，终于将它抽出来，拂去灰尘，坐到书桌前。用了多年的钢笔在接触到纸面的那一刻，仿佛有了灵性，流畅的一字一句轻易地将中间空白的岁月弥合得毫无瑕疵。

曾经有个作家说过，他会不断地把自己最美好的时光转移到文字中去，借以逃避时间的流逝。

洛枳深切地懂得这种感觉。高中生活乏善可陈，然而看着自己厚厚的写满了字的日记本，会觉得每一天都有了清晰的面孔。

没有白过，没有浪费。一千个日日夜夜都在手里握着，沉甸甸的，像某种证明。

但此刻她的日记却不再充满了各种眼角眉梢的细节，要么是没头没脑的场景片段，要么是谁都读不懂的、飘忽而逝的心情。

那些滑稽而伤感的对话，那些将盛淮南称为“你”的只言片语，那些被日记本收纳起来的岁月，最终还是被倾倒进了时间的洪流中，无可逃避。

她不再对日记中的盛淮南讲话。

却可以在日记中记下和他讲的话。

她失却的某种情怀，换取了温热的、有着心跳声的快乐。

“他刚刚将头凑过来要看，头发都擦到了我的耳边，痒痒的，像只好奇的小狐狸。”

不过真是肉麻。洛枳尴尬地将日记本收了起来。

飞机平稳飞行的时候，盛淮南站起身从行李架上取下笔记本电脑，“看电影吧？”

“好，看什么？”她随手帮他放下桌板，一眼瞥见桌面上有个文件夹，名字叫“她喜欢的”。

心里有一瞬间的狂喜，好像发现了恋人偷偷收集的自己的东西，却又不动声色，窥视到了对方对自己的一腔爱意然后佯装不知——

直到盛淮南轻轻松松地直接点开了那个文件夹，还回头朝她笑了笑，一副讨表扬的贱表情。

她笑惨了。

那部电影的名字叫做《岁月的童话》。

吉卜力工作室作品。

小学五年级的妙子。

晴天阴天下雨天，你喜欢哪一个？

时间不可阻挡地向前，好的故事却可以让过往的碎片回光返照，精心挑选，细细打磨，把那些不该被遗漏的统统带回来。洛枳靠在盛淮南肩上，分享一半的耳机，惬意地眯着眼，看影片中的火车将成年的妙子送回过去。

“你知道吗？我喜欢这部电影，并不仅仅是因为怀旧的情怀。”

“还因为什么？”他轻轻地亲了亲她的头顶。

“好东西仅仅有好的意愿是不够的，还要有好的形式，才不辱没了故事。比如你看，他们排练舞台剧的时候，妙子在练习的时候自己加了一句台词，‘乌鸦先生再见’，被老师批评为出风头——你注意过吗？当时妙子身边的一个女孩子的神态刻画得极为传神，就是……”她出神地想着怎么样措辞，“就是，略带同情又有些‘让你出风头，活该’的那种幸灾乐祸的表情。非常棒的细节呢！”

他搂紧她的右肩：“对，只有好的意愿是不够的。”

“明明是很少有人会注意的地方，他们依旧这样敬业而细致。”

“因为真的喜欢自己在做的事情啊。”

洛枳看向他，舷窗外的阳光照在他脸上，近得几乎能看清细小的绒毛。

“那你喜欢的事情是什么呢？”

盛淮南沉默了。电影的片段不断闪回，妙子依旧在成年和少年之间行走。她回忆起刚刚开始学习分数除法的年纪，让人沮丧的数学成绩，和天书一样的除法法则。

2/3÷1/4 的算法始终让人搞不懂。妙子的姐姐生搬硬套除法法则，硬要她记住用 2/3 乘以倒过来之后的 4，然而妙子一直试图用切蜜瓜的办法来演示 2/3 和 1/4 相除，怎么算都是 1/6，终究还是失败了。

盛淮南这时候笑笑说：“她只是需要一个办法来把它具体化。”

“有什么办法吗？”

他很得意地刮刮鼻子说：“我一定能讲明白。假设你把一个盘子平均分成四分，每份就是 1/4 个盘子，在每一个 1/4 盘子上面都放上 2/3 个蜜瓜，那么一整个盘子上面有多少个蜜瓜——这样就很简单了啊。她只是有些混淆概念而已，而她的姐姐却只是给她硬套公式不解释为什么，当然会让她沮丧。”

“盛老师果然很厉害。”

“那当然，我以前总是给别人辅导数学，包教包会哦。”

奇变偶不变，符号看象限。

洛枳忽然想起叶展颜。

单位圆，三角函数——其实后来的课堂上，洛枳发现叶展颜果然还是不懂，却可以在他面前不懂装懂。她们在伪装这一点上倒的确是很像，她不知道如果自己有机会，是不是也会哪一些蠢问题去问他，在那份小心翼翼的后怕中，体会一份自己制造的甜蜜。

如果是以前，一定会的吧。

可她不希望直到最后，他喜欢的也是一个虚假的洛枳，哪怕他因为不好的那部分而不再喜欢她。

“可惜啊，”她笑起来，“我数学还可以的，以后也用不着你辅导了。

她迷迷糊糊快睡着了的时候，听到他合电脑的声音。

“谢谢你当时给我推荐这么好看的电影，不过高中的时候，讲实话我看了两遍，甚至还觉得有点无聊，不过现在我发现，的确是部好片子。”

高中。她心中叹息。

“其实，我当初以为窗台边那个人是叶展颜。”盛淮南一边往包里装电脑一边状似不经意地说。

洛枳诧异：“当时你感冒了，我可没有，我和叶展颜讲话声音差很多啊。”

“你以为男生和你们女生一样，对细节那么注意啊，什么指甲鞋子头发颜色的，看一眼就都记住了。我第二天就想不起来窗台边那个人的声音了，又去了几次那个窗台，都没见到人，也就不再碰运气了。后来遇见叶展颜，因为喜欢她，所以就特别喜欢讲起自己的事情，寻求点共鸣。我提起我喜欢在那个地方看夜景，她立刻说她也是，高一开始就常常在晚自习溜出去，到行政区窗台坐一坐。”

盛淮南把书包扔在座位下面，收起桌板，像讲述无关人的故事一样，语气平淡地说。

“后来我就跟她讲起，我是不是高一时候在那里遇见过她，她是不是那个跟我推荐《岁月的童话》的女生。现在想来，她的确很聪明，没承认也没否认，当时就脸红了，看着鞋子傻笑，然后抬起头问我，那要不要现在再去窗台坐坐？”

洛枳却仿佛能从他平凡无奇的叙述中一眼看到叶展颜当时娇憨的样子。

“我自然就以为她是害羞，但一定是她。当然，我跟你说这些并不是想要表示我是被骗了，如果她不骗我我们就不会在一起什么的——我那时候早就准备对她表白了，这些细节，是与不是又能怎么样，我不是因为高一的偶遇而对她有感觉。”

你能不能不要这样肆无忌惮地跟我讲前女友……洛枳心中有些奇怪的感觉，却并不是吃味，相反，竟然很有探听的欲望，甚至为他能够平心静气地讲述这些而高兴。

“不过，这的确让人激动，因为她的默认，那段感情就给人一种命中注定的感觉了。”

爱情产生的原因千奇百怪，青春期激素躁动的时候撞上一个女孩若有所思的眼神，如坠冰窟的人生低谷拉住一双温暖的手，谈婚论嫁的当口遇见一个条件合适的人——爱情来者不拒，只要它合适地嵌入彼时你心中的缺口。

“巧的是，我怀疑整件事情是她说谎，也是因为圣诞节那天晚上，我得知窗台边上的女生原来是你。”

命运奇怪的循环。

盛淮南推起桌板，手指按在旋钮上，停了许久，慢慢地说，“从那一刻我才开始回想以前的很多事情，我才发现，我可能从来就没有了解过叶展颜究竟是一个什么样子的人。”

他突然转过脸，看向洛枳：“我之前问你，如果高一时候没有绕这样一个大圈子，我们就因此而认识了，大家的命运会不会都改变——当然，我还没说完，你就拿雪球砸我了。真剽悍。”

洛枳有点尴尬地咧咧嘴：“可你当时的确很欠打。”

“那你现在能回答问题了吗？”

洛枳微笑着想了想说，“这个问题恐怕只有平行世界的洛枳能回答了吧？也许我们高中就早恋了，现在正好是我们分手一整年；也许你高二遇上叶展颜就把我甩了；也许……”她顿了顿，也转过脸看他，“也许我的生活会很明朗，很普通，很多秘密和压抑的感情都不复存在，我也不再是今天这个样子的洛枳。”

洛枳觉得，相比所有未知的可能，她还是喜欢今天这个样子的自己。

时间偷走的选择，总会在未来用它喜爱的方式还给你。

她微笑着沉入梦乡。

等行李的时候，洛枳接到了她妈妈的电话。看着屏幕上闪烁的名字，她望了望正在不远处的传送带旁边认真盯着每一件过路行李的盛淮南，退后了几步，按下接听键。

“妈妈？”

“洛洛，下飞机了？坐机场大巴回来吗？”

“嗯，我正在等行李。”

“本来说让你陈叔叔来接你的，结果今天厂里面有事儿，要用车。”

“妈妈没事啦，本来也是厂里的车，这么用不好。”

“唉，哪里不这样。”

洛枳苦笑，忽然耳边炸起一句：“这个行李是你的没错吧？”

“洛洛，你和同学一起回来的？”

“啊……对。”她看着一手一只行李，正指着出口的方向朝她微笑的盛淮南，心突然沉了下去。

“男朋友？”

洛枳沉默了许久，在是非题中盘桓，终于下定决心点头说：“对。”

电话另一边的安静不知道是出于惊讶，还是出于对她隐瞒至今的怨气。

“……叫什么名字啊？能不能带来让我见见？”

盛淮南拖着两只行李箱，在她前方慢慢地走，时不时回过头看她是否跟得上。每次回头，都带着一个微笑。

洛枳怔怔地看着，高中光影交错的走廊和此刻明亮宽阔的机场大厅重叠在一起，她觉得自己也和妙子一样，走进了时间的回廊。

唯一不同的是他。

“洛洛？”

她回过神。深吸一口气，心下坚定。

“刚认识不久，见什么啊见，以后再说吧。我回家和你讲。”

她假装用轻快的声音回答。

“打完电话了？”他刚刚善解人意地和她错开一段距离，此刻就放慢步骤走回到她旁边。

她点点头。他习惯性地揉她的头发。

“不去坐机场大巴？”

“我爸爸的司机过来接我们，已经在外面停车场等着了。”

洛枳顿住：“什么？”

盛淮南拉过她的手：“放心啦，只是司机江叔叔而已，不会看见我爸妈的。如果你不想，我暂时也不会告诉他们你这个人的。”

洛枳任由他拉着走，心中的秘密却在咕嘟咕嘟冒泡，沸腾，争先恐后冲上来，在水面上炸裂。飞机在这个城市落地，那些盘根错节，枝蔓纵横，此刻全部都伸展开来将她束缚住。

“盛淮南！”

她看到司机遥遥地朝他们招手，忽然停步，脱口而出他的名字。眼睛有些酸，被她强行忍了下来。

正如她逃避的一切，和泪水一起，封锁在身体里，宁肯和时间一起腐烂掉。

“不管以后发生什么，你一定要记得，我是真心喜欢你。”

他似乎是惊呆了，却没有急着说些什么来安抚，更没有问为什么。

“我答应你。”他的手心温暖，轻轻地捏了捏她的手背。

爱让人是非不分。这可能是它最可贵的地方。

你要记得。你一定要记得。

第29章　针锋相对

洛枳走到升旗台前的时候，叶展颜还没有到。她默默猜测着叶展颜将自己约到这个地方的原因。

盛淮南的班级常常在这里打篮球，她是知道的。在溜冰场，他和她说，明知道会在这里遇见叶展颜，明知道会紧张出糗——“但那感觉倒也不坏”。

只是他不知道，遥远的某个角落，也有一个女孩子左顾右盼地在操场闲逛，心里装着自习室，又控制不住自己的双脚，偏偏转到太阳彻底落山，也不敢看他们班的场地一眼。

两年过去了。

收发室的值班老师竟是当年文科班的语文老师，见到她开心得很，和她聊了一阵子就放她进来了。

“不过现在快过年了，高三补课都停了，你过来也看不到别的老师了。”

“就是随便转转。”她撒谎。

老师脸上满是了悟的神情，很是体谅她的怀旧和伤感情绪。有时候教文科的老师自以为是得蛮可爱。

洛枳几步走上台子，站到锈迹斑斑的旗杆旁边。升降绳在猎猎风中抖动，她举目四望，曾经那片校服的海洋只是一闪，就在白雪覆盖的操场上消失得无影无踪。

她看到叶展颜从角落的边门走出来，玫红色的身影斜穿过雪地，美不胜收。

她们打招呼。没有寒暄。

“你猜我为什么这么着急发短信找你出来？”

“我希望是还我日记本。”

叶展颜挑眉哂笑：“我没拿过你的什么日记本。你为什么总跟我提这个？到底什么日记本？”

洛枳微微一愣：“我以为是你。否则那个谎话你是以什么为依据编出来的？”

那个宛如天方夜谭的谎话其实并不容易编造。

不了解洛枳和盛淮南当时的熟识程度，就不会掌握到好的时机；不了解洛枳的个性，就不会编出那样死无对证又让她不屑解释的故事。

更重要的是，他们没有其他途径可以知道，洛枳喜欢盛淮南。

“这种事儿自然不是我一个人能做到的。”叶展颜的笑容依旧是毫无保留的灿烂，天真无邪的笑容出现在这张初具风情的脸孔上，连洛枳都有点失神。

“我都不知道原来有这么多人讨厌我。”洛枳自嘲地笑。

“不是讨厌你的人多，是喜欢他的人太多。”叶展颜顿了顿，说，“你认识郑文瑞吗？”

洛枳叹气，果然啊。

叶展颜笑吟吟地说：“她和许七巧一样，因为丑，所以比别人离爱情远，八卦的欲望也更强，死八婆。”

“这里太冷了，进楼里去吧。”洛枳说完就转身走下台阶。

叶展颜却没理会。

她下到一半，转过身，看到叶展颜仍然站在高高的升旗台上，昂着头，迎着风，沐浴在阳光里，像个巡视国土的女皇。

不知道为什么，她没打扰，也没有出声询问她究竟在这片荒芜的白雪上看到了什么。

一定和洛枳自己看到的不一样。

学校一楼大厅竟然已经设立了自动贩卖机，洛枳走过去买了两罐热咖啡，递给叶展颜。

“谢谢你。”她这次却没再笑。

她们一同走上四楼，在文科班曾经的教室门口站了站，然后就近坐在了走廊尽头的窗台边。肩并肩。

“就是这么一个小破地方，居然关了我们整整两年，现在再让我回到这个动动胳膊肘都能碰到人的地方，还不如杀了我。”

故地总有种魔法般的压力，可以将人重新逼迫成原来的样子，可以拂去叶展颜面庞上的脂粉，让她重新像高中时候一样语气随意，嗓门洪亮。

洛枳却不怎么想和她追忆似水年华。

“那么，拿我日记本的人，是丁水婧？”洛枳捂热了手才拉开了咖啡罐的拉环，香气溢出来，随着袅袅白烟一同飘向另一边的叶展颜。

“我不知道。不过，也只有她能想得出这么离奇的鬼话，我一开始不明白她为什么尽心尽力地帮我这些，后来才知道，她这辈子就遇见过两个完全不给她面子的人，居然是一对兄妹，不整死你我都瞧不起她。”

洛枳差点呛住。

“窥视欲太强了是病，得治，”叶展颜道，“她太习惯通吃了，朋友的朋友也是她的朋友，朋友的敌人也是她的朋友。”

洛枳不该以为叶展颜当初泼辣而口无遮拦的一面已经被淑女的新形象所倾覆。

她偏过头去看那张美丽的侧脸：“你也认识洛阳？”

“哦，”叶展颜漫不经心地用手指在玻璃的灰尘上写字，“她给我看过一张照片，是一群人的合影，被她剪了下来，她和一个男孩子，并排站着，却留了一段距离在中间。”

“那时候她已经退学了？”

“对啊，”叶展颜又笑，“不过我是那天在金融街看见了你们俩，才知道他原来是你哥哥。丁水婧倒是没和我说起过这一点。我以为她那么讨厌你，只是因为被你卷了面子呢。原来她也只是利用我而已。”

“谈不上利用这么严重的字眼吧。”

"不严重，不过我的利用价值也就这一点点。"

洛枳被逗笑了，她不知道怎么了，也许从来没想到过，和叶展颜的聊天竟然也会这么顺畅而有趣。

又或者是因为，她赢得了最终的胜利。

这种想法让她不舒服，可却不得不承认，所谓淡定，所谓高姿态，所谓心平气和，不过就是因为你早就是赢家。

所以不在乎在口舌上是否占上风。

"她如果想要报复我哥哥，只需要去跟我嫂子谈谈就好了。虽然，我不知道她和我哥哥到底……"

"你以为她没有？"叶展颜啼笑皆非，"你以为别人都是吃素的？"

洛枳讶然。

"不过呢，"叶展颜幸灾乐祸的声音跳跃在晨光中，"你嫂子更不是吃素的呀。"

洛枳不想再与她谈论自己的哥哥。

"所以你今天急着把我叫过来，到底是为了什么呢？"

"跟你道个歉啊。"

从一开始，叶展颜的声音就是飘着的，洋溢着笑意，洒了一路。

"你从小就这么喜欢笑吗？"洛枳面无表情地望着她。

洛枳并不知道自己究竟是哪个字眼触到了叶展颜的神经，对方竟然真的不笑了，目光直勾勾地盯着她，竟把她看得后背上全是汗。

她跳下窗台，后退了两步。

叶展颜却忽然大笑起来，问她："我刚才那样子，是不是特别吓人？"

"是。"洛枳点头。

"是不是像精神有问题？"

她再次迟疑地点头。

叶展颜的美丽带着一点点异域风情，虽然她无论如何也不像混血儿，气质中却一直有些微的邪气，藏在童稚的笑容之下，从来没有这样明显地展露过。

"你跟张敏很熟？"

洛枳点点头，又摇摇头："算不上吧，比别人和她的关系亲近一点而已。姜敏又怎么了？"

叶展颜再次转移了话题。从一开始她就天南海北地在跑题。

洛枳自己有时候也搞不清楚姜敏和张敏，这个沉默寡言的女生高二的时候将名字改成了姜敏，听说是妈妈再嫁，她也改了姓氏。然而大家早就习惯了旧的名字，常常还会姜敏张敏地乱叫一气，反正两个姓发音也差不多，她自己也从不纠正。

姜敏是个反应有点慢的女孩子，似乎对洛枳颇有好感，有时候常会跑过来和她说说话，问几道地理题的解法，拿着饭盒找她吃午饭。

两个不惹眼的女生算不上亲密的交往而已，甚至上了大学之后就不再联络。要说真的曾经有过很特别的经历，恐怕就是在操场翻垃圾堆的那一次了。

洛枳想起来，仍然心怀感激。

"过完年，我就要飞去法国上语言学校了。"

叶展颜果然又开始东拉西扯。

"一路平安。"

"我说真的。"

"我说不出来什么舍不得的话。只能祝福你。"

叶展颜这次的笑容里面没有什么心不在焉的内容。

"我知道。"

在洛枳实在无法忍受，决定动身离开并开口要说再见的时候，叶展颜突然一把拉住了她。

"张敏有和你提起过我吗？"

洛枳想了想："只是有天中午，我没有去食堂，她拿着饭盒过来找我，坐在我旁边吃。这时候正巧你和几个朋友从前门进来，她突然和我说，你现在和以前很不一样了。"

"然后呢？"

"没有然后了。我没有问下去，她也没有再说。"

叶展颜像终于松了一口气。

"你没什么事儿，我就回去了。去法国多保重。"

她拿起包挎在肩上。

“洛枳，我能不能，请你帮一个忙？虽然我可能没资格这样讲。”

洛枳慢慢回过头，对这种根本不需要她回答的问题，她只是看了叶展颜一眼，表示愿闻其详。

“当然，我并不是想让你帮我和盛淮南复合，虽然我们当初一时冲动，因为无聊的斗气而分手，怎么想怎么亏。”叶展颜竟翻了个白眼，好像以为洛枳要误会她的请求，这句否认听起来带有一点讥笑的意味，好像一个警告“你不要太得意”的小孩子。

洛枳听了，笑起来，“今天又不是我约你出来秀战利品的，你没必要这样。”

无论如何，眼前的这个人曾经中伤她。她没有足够的宽容把此刻对方那若隐若现的敌意照单全收。

叶展颜没表情地沉默。过了一会儿，重新开口，口气不再干巴巴。

“你先听我说说吧，说一说我憋在心里好久的那件事情。”

第30章　往事并不如烟

“你知道吗？张敏的脑子是有病的。”

初二的中午，坐在右边的女生忽然用左手遮住嘴巴，眼睛滴溜儿乱转，莫名其妙冒出这样一句话。

叶展颜抬起头，愣住了，过了一会儿才把嘴里塞满的番茄炒鸡蛋咽下去。

“什么意思？”

“你怎么老是这么迟钝？！”

叶展颜低下头不辩驳什么。她早就习惯了。这个女生是自己的朋友——其实叶展颜不大清楚什么是朋友，反正转学过来的时候这个女生就是自己的同桌，指出女厕所的位置并每次去厕所的时候都会叫上自己的是她，给她介绍全班大部分同学的名字却顺带把人家的八卦糗事都放在姓名后面加以解释的也是她，中午一起吃饭的还是她。是她是她都是她，是她“拯救”了孤僻又呆板的转校生叶展颜。

叶展颜并不喜欢她，她这样的人不过就是每个班级中普通女生的大多数代表，没多少脑子，跟风，有点小恶毒又不是太离谱，没个性又八卦。

偏偏内心是自命清高的，不甘于泯然众人，所以就把身边人给“众人化”，比如叶展颜。

叶展颜你好呆啊，叶展颜这种题你都不会做啊，叶展颜你怎么老是这么磨蹭？叶展颜你连孙燕姿是谁都不知道？

但是别人又都说她是自己的好朋友，因为更多时候她会说，叶展颜我去厕所你去不去？叶展颜我那个来了你有没有带卫生巾？叶展颜你看昨天晚上的音乐盛典颁奖典礼了没有？叶展颜你是不是又忘带鞋套了今天有计算机课……

她们最大的友情危机来自于那天叶展颜穿上了爸爸的同事送给她的浅蓝色连衣裙而没有穿校服，也没有用那个俗不可耐的红色小星星发卡把刘海儿像傻妞一样别到侧面，而是让它们随意地趴在额前——于是前排那个长得像河马的、最喜欢跟叶展颜的同桌斗嘴瞎贫的男生在转身借橡皮的时候不自然地多看了她两眼。

这两眼让敏感的同桌非常不爽，看向叶展颜的眼神里面也多了几分“就你爱显摆”的鄙视。下午叶展颜又把头发别上，河马大胆地问她，你头发散下来比较好看——叶展颜惶惑地瞟了一眼同桌，说：“不不不，还是别着好，还是别着好。”

初中生的审美观不过如此，一片呆滞的眼神中，敢于把长长的头发散下来的女生，敢于利用一切班主任不在的机会脱下校服外套的女生，敢于在书包外面挂上很多毛绒玩具的女生，敢于最早涂指甲的女生……这样的女生就是美女。

至于身材，至于长相，统统没有这些喧宾夺主的外在条件吸引人目光。

所以那时候的叶展颜不是美女。

没有人会认真地看看她光洁的额头和绵长微翘的睫毛是不是显示出了潜力美女的苗头。

叶展颜在走神时发现同桌的眼神已然不耐烦，连忙讨好似的问：“我真的听不懂啊，为什么说她脑子有……有病？张敏成绩多好啊，老是考第一呢。”

“这个东西跟脑子聪不聪明没关系的好不好？今天我们几个去语文办公室看成绩，正好碰上她妈跟老师谈话。我们几个在屋里的时候他们就不说了，所以我们出门之后就留在门口听了一会儿，你猜怎么着？”

叶展颜这才想到，同桌和几个女生上课的时候一直在传字条，下课时也抓住一切时间和别人兴奋得唧唧喳喳，不知道又在八卦什么——原来是这个。

不想破坏了同桌的兴致，她装出很想知道的样子问：“怎么了，难道是张敏妈妈说她脑子有病？”

“你这才叫脑子有病好吧？谁的妈妈会这样说自己的女儿啊？”

同桌嘴角一撇，叶展颜突然有些愤怒——的确，谁的妈妈也不会这样说自己的女儿。

只有你们这些缺德的八婆才会这样说。

“那是因为什么？”

“她妈跟老师诉苦，说张敏的爸爸已经没法在家里接着待下去了，闹得邻里邻居都受不了，还总是往街上跑……”同桌说到这里，忽然煞有介事地看了一眼周围，然后压低声音说，“衣服都不穿的，就往街上跑呢！是被家里人好不容易找到绑回去的。前几天刚刚被送到精神病院里面去，否则张敏就要被打死了——她爸爸是武疯子，在家逮着谁就打谁。她妈妈说自己做护士，总是要倒夜班，照顾不过来张敏，让老师多担待呢。她希望张敏有出息，能考上振华。”

同桌自己说得兴高采烈，正在兴头上，没有注意到叶展颜已经不吃了，默默地盖上饭盒盖子。

“爸爸是精神病，她好可怜哦。成绩好有什么用呢？”同桌干巴巴地说，同时把饭盒里面的香菜都用筷子挑出来堆到饭盒盖上面。

“这跟张敏脑子有病有什么关系？”

同桌侧过头，像看傻子一样看着叶展颜：“你白痴啊！不知道这种病是遗传的吗？她早晚也会疯的啊！”

同桌刚刚说完这句话，叶展颜“呼”地一下站起身，面无表情地说：“我去上厕所。”

同桌往嘴里匆忙扒了两口饭，说：“你等会儿再去，我也要去厕所。”

叶展颜如若未闻一般径直朝门外走去，没有理会背后同桌惊异的一句：“你吃错药了？”

叶展颜从来不吃药，以前她要喂她妈妈吃药，现在不必了。

去年她妈妈就跳楼死了。

当时叶展颜从高高的窗口望出去，静默地站在那里看，想象着血慢慢溢出来，溢出来——只能是想象。故事中跳楼的人身下血流成河，会开出火红的花。然而站在十五楼的高度看下去，什么都看不清。

她心里却想着，总有这样一天，果然有这样一天，它终于来了。

报警的不是她，而是路人，一层一层将她妈妈的尸体包起来的围观的路人中的某一个。

对这个从天而降的女人的解脱，比她自己的女儿还要惊讶和惋惜的路人们。

她和以前的同学解释说，她妈妈是擦玻璃的时候从楼上不小心掉下去的。后来又变成了车祸。

她都有点不明白自己到底想要遮掩什么，可遮掩就对了——看着同学们窃窃私语的样子，她知道，遮掩总没错的。

后来父亲善解人意地帮她转学，转到一个如此遥远的新初中。这次她再也没和任何人说起过她妈妈。

于是这一次，她妈妈没有死。

他们可以说张敏脑子有病，说精神病会遗传，甚至分不清精神病和神经病——但是谁也说不到她头上来。

直到叶展颜发现自己是如此天真。北方不大的城市里面，人际关系像千丝万缕的蛛网，将她紧紧地束缚其中，动弹不得。

她看到家长会后，自己的爸爸在和张敏的妈妈寒暄。张敏妈妈高高的颧骨和瘦削的两腮充满了叶展颜的视野，她大脑还没什么反应，腿一下子就软了。

她妈妈跳下去那天，她都没有感到这样的害怕和难过。

几年前，疗养院通风不良的探望室里，她跪坐在椅子上，从铁栅栏往一个大房间望，眼睁睁地看着妈妈和另一个不认识的男人坐在近在咫尺的桌子边相谈甚欢，抓着对方的手，一脸苦楚，泪水沿着深深的法令纹往下淌。

“你不知道我为了这个家付出了多少，我根本睡不着啊，头发一把一把地掉啊，你说，佛祖为什么不救救我，我都按你说的，念了十几遍了呀……”

那个男人疙疙瘩瘩的脸一直在抽搐，不知道是不是药物起作用的原因，每说一句话，脖子就往旁边扭一下，看得她心惊肉跳。

门开了，她看到彼时仍是短发的张敏妈妈走进来。

原来那个男人是她爱人。

叶展颜避之不及的东西，却是大人不想憋闷在心中的。她看着自己的父亲风度翩翩地站在教室门口，安抚着将悲伤都摆在脸上的张敏妈妈，脑海中浮现出来的却是自己同桌那张令人生厌的脸。

原来是她，他们认识。她完蛋了。

叶展颜一步步退离教室门口的人群，落荒而逃。

“我病了两天，回校的时候以为天都塌了，结果发现什么事情都没有。张敏妈妈那张大嘴巴，张敏自然什么都知道了，她来找我诉苦，我吓得躲得远远的，转身又开始担心她因此生我的气，把我妈妈的事情都传扬出去。但是她什么都没说。”

洛枳蓦然想起，文科班刚组建的时候，有男生不好好值日，活都是张敏一个人干，叶展颜还曾经打抱不平，把几个落跑打篮球的男孩子都揪了回来。

也许是微不足道的回报。

“可是，你为什么特意要和我说这些呢？姜敏并没有告诉过我的。”

尽管在忍受了前面长时间毫无目的的闲扯之后，忽然听到这样一段与她和盛淮南毫无关系的往事，着实令人感到非常奇怪，如果是担心当年姜敏和她关系很好泄露了这些，那为什么此刻毫无保留地自己讲出口？

然而洛枳看向她的眼神仍然不觉柔软了许多。让她动容的并不是往事，而是叶展颜讲故事时的姿态，不再周身缠绕着轻佻的气息，低沉的声音像溪水般，不知怎么就涤荡了她心中的戒备。

“你不会可怜我吧？”她讲完了往事，又开始笑。

“没有。”

“有些话，我没有和盛淮南说。但我希望你知道。”

“你让我知道这些毫无意义，”洛枳下意识拒绝道，“我既不能开导你，也不能帮你做什么。”

“不要对我这么戒备，你是这么缺乏自信的人吗？”她停顿了一下，才平静地说，“其实我和盛淮南早就不可能了。”

洛枳听到噼噼啪啪的响声，不知道是不是冬天的静电，她摩挲了一下自己的毛衣。

“我本来选择的是在北京读法语班，一年之后再去法国。但是看到后来的情况，觉得，还是离开的好。所以我到底也没和他讲实话。”

“实话？你是说刚才的那些？”洛枳皱眉。

“当然不是，刚才那些和他有什么关系？”

你自己还知道啊，洛枳心中叹气。

原来盛淮南低估了自己的妈妈。他的母亲早就将叶展颜的家世调查得清清楚楚，不只是那个精神病跳楼的母亲，也包括从美院匆忙离职的父亲。

“我一点都不喜欢我妈。对，她生了我，可是生孩子谁不会呢？”叶展颜笑得戏谑，“从我有记忆的时候开始，她就精神有问题了，我到现在后腰那个地方仍然有一块去不掉的疤，就是被她烫的。”

“我爸也是个浑蛋，跑得远远地去了北京，把我扔给外婆。我妈妈天天发疯，我外婆天天骂人，把我养得像个没人要的狼崽子。”

“你说过，羡慕水晶背后的射灯。是吧，洛枳？这是丁水婧转述过的话里面，我记得最清楚的一句。”

“羡慕个屁，你是真瞧不起我，我看出来了。”

“我的一切，都是自己混出来的。包括钱，也是从我爸身上榨出来的，以前的我，做不到。”

究竟是怎样咬牙混成一个众人眼中光彩照人的、澄澈如水晶的开朗女生，洛枳不知道。

叶展颜初中的那个同桌或许对此更有发言权。

“我小学二年级的时候，我爸在北京的一个美院教国画，和一个女同学搞到了一起，骗人家说自己丧偶，传到这边，我外婆以为他要把疯女儿和外孙女都扔给她一个人，气得直接杀到北京去，把一切都搅黄了。那个女学生大着肚子退学了，我爸灰溜溜地从美院辞职了。”

叶展颜没有注意到洛枳突然灰下去的脸色。

“但他后来还是留在了北京，混得越来越好。的确，对搞艺术的来说，睡了个女学生又有什么呢？”

“但你知道那个女学生是谁吗？”

叶展颜忽然凑近洛枳，洛枳甚至能从她瞳孔中看到自己的脸，心开始剧烈地跳动起来。

“那个女同学，居然是盛淮南的小姑姑。”

洛枳震惊的神色让叶展颜非常满意，笑容中那丝悲意越发浓烈。

“有意思吧？嗯？有意思吧。”

不是所有的巧合都让人会心一笑。

然而叶展颜并没有向盛淮南的妈妈屈服。她将这件事情埋在心底，认认真真地、笑靥如花地和他甜蜜了下去。

自然，他们分手，也同这件事情毫无关系。

“记不记得，同学会上，你对我说，要我别太对分离这件事情感到难过，洒脱才像我，盛淮南喜欢的就是那样的我。”叶展颜微微仰起头，翘起的下巴上满是对洛枳的痛恨。

而洛枳终于懂得。盛淮南从来没有看懂过叶展颜，所以在两地分离的时候，对她提出的分手，这一句口是心非的胡闹，竟然简简单单地说：“好。”

其实盛淮南自己也意识到了，在飞机上，他自言自语，叶展颜的样子模糊成了一片自相矛盾的碎片。

洛枳也对曾经盛淮南和叶展颜分手的原因有所耳闻，虽然没有亲口问过盛淮南，然而从高中同学的各种网络日志中，她不难看出一些端倪——那就是没什么原因。

太过稚嫩的浪漫，对距离的低估，不同的境遇，越来越少的共同话题，像所有无疾而终的情侣。

当然，这些蛛丝马迹都潜藏在路人甲们的惋惜、遗憾、“对爱情失望了”的评论声中，当事人竟从未对此开口。

“我当初在他面前演得太过分了。我发誓绝对不要做一个俗不可耐的女生，所以那些拿分手做威胁，吃醋，妒忌，试探的种种，我都没做过，至少从来不让他发觉。结果呢，我就脆弱了一次，他就以为我真洒脱了。”

“可你为什么不让他了解你？”

“你又为什么不让他了解你？”

她知道叶展颜在说什么，被呛得哑口无言。

“所以你去北京找他，是想要告诉他这件事？”

“我想让他知道，我独自一人背负了什么。我说分手，他连挽回一下都没有就说好。当我舍不得吗？我真的一次没有联系过他，一次都没有。”

她骄傲得像个等待别人表扬的孩子。

“但是现在我想通了，我没兴趣忍辱负重，我真的想通了，我要他心疼。我凭什么把他让给别人呢？”

“所以陷害我只是顺便吧。”

“当然，你以为你多重要？”叶展颜又笑，“何况又不是第一次了。”

“不是第一次？”

“一模结束的时候，你们都哭得惨兮兮的。我和他坐在走廊窗台上正好看见你，他盯了你半天呢。不知怎的，我觉得看见你那副德行就特别的烦，回班就挑唆丁水婧和你吵了一架。”

原来是打排球的事情。

叶展颜笑得邪恶，似乎丝毫不觉得自己做了什么不好的事情。

洛枳没有计较，提醒她不要再跑题：“所以，后来你告诉他了吗？”

叶展颜忽然停下来，从包包里面翻出了一盒烟，抽出一支点着火，吸了一口才一边吐烟圈一边随意地说：“你不介意吧？”

洛枳只能摇头，却拉开了她这侧的窗。

叶展颜讪讽地一笑。

“我没有说。丁水婧告诉他我们事先编好的说辞，他问了些细节，然后就没有再回复过她。我装作也是刚刚知道这件事情，都快一年了，终于给他打了第一个电话。

“他说，他会调查清楚的。都没有问问我，我说的那个你没有转交的信里面写到的分手的苦衷到底是什么。”

“所以你去了北京也没说？”

“你怎么会不明白呢？别装傻了。他那样的态度，我还跑上去说这些，又能怎样呢？说完了只能让我自己看起来像个傻 ×。”

叶展颜悠悠地吸了一口，慢慢地呼出氤氲的白烟。细长的烟在她白皙的指间一点点燃烧，美得不可方物。

“有什么好说的呢？”风将叶展颜吐出的白烟吹向走廊另一端那扇遥不可及的窗，“关于我，他什么都不知道。他越喜欢那个样子的我，我就越演给他看，大家都喜欢那个样子的我，久而久之，我就真的是那样的人了。”

“现在说什么都晚了，有什么好说的呢？更何况，他心里向着你，真相到底如何，对我来说有什么意义呢？你以为我只是想要让他主持正义吗？”

所以有什么好说的呢。

主持正义？你哪里有正义？洛枳皱眉。

叶展颜眼中有泪光一闪而逝，并没有落下来，可能是阳光的恶作剧。洛枳看在眼里，终究还是没有出言讽刺。

“你能不能帮我把这些，讲给淮南听？我自己怎么都说不出口。”她声音颤抖，烟灰打着转掉落地面，带着慢动作的美感。

“我？”

“对，你。”

“不要，”洛枳摇头，“如果你说的都是真的，你就自己去说给盛淮南吧。我没有办法还原你想说的每句话。”

叶展颜眯起眼睛看她的样子，就像一只被正午阳光晃了睁不开眼的猫。

“那好，答应我，你永远不能告诉他，我们见过面，我对你说过的任何一个字，你都不能透露，我会自己去和他说，怎么样？答应我。”

洛枳想了想，叹口气：“好吧。”

不知怎么，她竟然一丁点都不担心叶展颜将对盛淮南倾诉衷肠。

于是洛枳也没有追问她新年那天的遇见是怎么回事，以及她和丁水婧编造的谎言最终究竟是怎样被识破的。

知道更多，已经没有意义了。盛淮南不希望她问，或许是因为自己也说不清，或许只是给叶展颜留面子。

盛淮南式的温柔。

而叶展颜踩着高跟鞋，在走廊里铿锵有力地走远的时候，阳光将她身上枚红色的大衣照得格外耀眼。

她不是水晶，也不是太阳。

洛枳也不知道她是什么，来不及懂得。

“叶展颜喜欢我像喜欢名牌包。”盛淮南曾经在气急的时候如是说。

她和叶展颜也许永远也没有机会谈论彼此为什么喜欢同一个男生，她也不会知道叶展颜爱盛淮南是否超过对名牌包的热爱。但如果说她爱他，如同水晶爱上阳光；那么他爱她，何尝不是爱上了一本封面漂亮的书。

却从来没有翻开过。

高跟鞋声音忽然停住了，她看到已经走到楼梯口的叶展颜转过身，看着她，不知道露出了什么表情。

可能又笑了吧，洛枳心想。

第31章　你给我多少时间

“你在家吗？”

洛枳正坐在窗台上胡思乱想，手机突然嗡嗡地振动起来，盛淮南的名字在屏幕上跳来跳去，像天使的来信。

“我在振华。”

她正在踌躇如果他问起自己为什么来振华可怎么办，既然承诺过叶展颜，她就不会将这段对话说出去。

短信息却很快跑了回来。

“等我。”

她下到教学楼的一楼大厅，站在光荣榜前仰头看。又一届成绩优异的尖子生的照片贴得满墙都是，放大的证件照上，每个人都面容肃穆，端正得好像印刷用的铅字。

谁能知道每个庄重得像中年人的照片主人们笑起来时候是怎样的青春逼人，谁又知道每个笑容背后究竟又藏着什么秘密，埋葬在这个学校里。

盛淮南就是这时候出现的。她听见了背后的脚步声，忍着没有回头，直到他从背后将她揽在怀里，才低下头，笑得像只偷油的小老鼠。

“我找的是她。”他却不知在和谁喊话，将她拉过去，洛枳脸上的笑容还没退去，就看到了远处收发室值班的语文老师惊讶的表情。

“啊呀原来你们两个……”语文老师的大嗓门在空旷的大厅回荡，洛枳尴尬得不知所措，盛淮南却笑眯眯地搂着她的肩膀说：“般配吧，老师？”

“般配什么？”语文老师却忽然来劲儿了，“你看看人家洛枳的成绩，再看看你自己，你当年的卷子差点没把我气出心脏病来……”

“天赋不行嘛，”他无赖的语气给洛枳阴郁的心情注入了一股活力，“所以找个语文好的女朋友，才好意思回学校来看您啊，这也算是回报师恩啊。”

她不禁莞尔，语文老师被他气得倒吸凉气：“那不也是我教出来的？！”

“所以才来谢您啊，没有您为人师表，我可到现在都找不到女朋友啊。”

洛枳恍惚，光荣榜上面的一张张脸孔似乎也都因为他的胡闹而有了笑意。

这个站在她身边，紧紧拥着她的男孩。

她只是沉默地站在一旁，看着他浑不吝地和一直以来就拿他没办法的语文老师斗嘴，竟然一点都不再可惜当年那些被他当做演算纸的作文范文。

阳光正好。

洛枳的妈妈问过她几次关于男朋友的事情，都被她用各种方式搪塞了过去，只说正在尝试着相处，还没确定关系，是大学同学，人很好，理工科，很老实。

妈妈心疑，却也渐渐不再问起。

除夕的晚上，陈叔叔也到她家来吃年夜饭。临近半夜十二点的时候她躲进冰冷的阳台，冻得浑身都在抖，哆哆嗦嗦地给他打电话。

“新年快乐！”

“新年快乐。”他的声音是喜悦的，却有些疲惫。

“怎么了？”

他笑了一下：“你听出来啦？只是我爸爸妈妈在除夕夜大吵了一架，刚才劝得累了而已。我自己没事的。”

她不知道说什么。

“过完年之后，一起去图书馆看书吧？市图书馆现在不需要借书证了，开放阅览和自习，估计这阵子人少，我想背单词，你能陪我吗？”

“当然，”她温柔地说，“早点睡吧。”

“谢谢你陪我。”

“干什么这么见外？”

“嗯，晚安。”

“晚安。”

“等一下！”

“做什么？”

“亲亲我。”

洛枳大窘：“……什么？”

“亲亲我。”他像个撒泼的孩子，幼稚却执拗。洛枳冻得耳朵发红，握着电话的手心竟然出汗了。

“mua！”她心一横，就很肉麻地发出了亲吻的声音。

她甚至不知道这声亲吻在外面震耳欲聋的鞭炮声中，他究竟能不能听见。

他应该听见了。

因为他说：“洛枳，我好喜欢你。”

洛枳最终挑了两本电影画报坐了下来，盛淮南在对面，从宽大的桌子底下伸腿过来踢她的鞋子，洛枳抬头，却看到他眉头紧锁，一副看书看得极为认真的样子。

她也不动声色地低头继续看，然后狠狠地踩了他一脚。

对面的人扑哧乐出声。

她穿着鸡心领的黑色针织衫，新外套的商标就贴在脖子后面，痒得受不了，抓了几下之后索性脱了下来，忽然又觉得冷，无计可施，只能认命地再穿上，拿了几张纸巾铺在脖子后面将皮肤和商标隔开。

“我去厕所。”盛淮南站起身。

过了十分钟，洛枳正盯着世界百大恐怖片的简介，看得津津有味，突然背后一凉，披在身上的外套被抽走了。

她惊得抬起头，看到盛淮南拿着一把黑色的大剪刀冷笑着站在背后，咔嚓咔嚓剪着空气。

洛枳垂下肩膀："想吓唬我没那么容易。你要做什么？"

盛淮南有些失望地看着镇定的洛枳，拎着她的外套回到自己的位置，然后将自己的羽绒服扔了过来。

"穿上，别冻坏了。"

说完，他就操起那把大得吓人的黑铁剪刀，低下头翻开洛枳的外套，竟开始认认真真地用宽阔的剪刀刃去一刀刀挑开商标边上那细细密密的针脚。

洛枳微张着嘴巴，羽绒服传过来的温度让她又有点想哭。

谈恋爱果然影响学习啊，她看着把GRE红宝书推到一边的盛淮南，有些哭笑不得，搂紧了他的羽绒服，只顾着傻笑。

"你哪儿来的剪刀？"

"借阅处的大妈那儿要的。大妈看我长得帅，二话没说就借给我了。"

不照镜子她也知道自己笑得贱兮兮。

她也不再看书，索性托腮呆望着他的每一个动作，笨拙却小心。她觉得自己可以这样一直看下去，看到地老天荒。

真正的幸福往往都是惶恐的。某一个瞬间洛枳突然伤感起来。她想起那天和叶展颜的对话。命运的地图早已写就，纵横交错安排妥当，因果前缘一个不落，只有他们一无所知，天真地以为可以不落窠臼。

而命运早就拿着剪刀，站在恰好的时间节点，咔嚓一刀，剪掉所有的美梦。

而她，还有多少时间？它又给他们多少时间？

盛淮南废了九牛二虎之力收拾好了外套，用一副"有什么大不了"的表情将衣服扔给她，也收起了单词书，装进书包里。

"出去玩吧！"

"玩什么？"

"比如……放鞭炮？"

"你再说一遍？"

"走！我们去放鞭炮！"

她觉得自己当初一定是认错人了。

这样想着，也麻利地收了东西，笑着摸了摸再也不刺痒的脖子，"走吧。"

可是盛淮南不敢放。

洛枳默默无语地看着他拿着从小卖部买来的烟，点着，小心翼翼地凑近"小蜜蜂"，因为不敢靠得太近，点了几次都点不着。

"你……从来没有放过鞭炮，对不对？"

盛淮南有些难堪："所以才想过来玩嘛，小时候我妈妈总是担心得特别多，死活不让我有机会接触。再说每年都有一堆因为爆竹伤残死亡的新闻，我自己也断了这个念想。"

所以现在才这么笨。洛枳走过去，从他手中接过烟头，回过头笑得很阴险："站远点，看好了！"

盛淮南点头如捣蒜。

"小蜜蜂"急速旋转着升空，又落下来。洛枳得意扬扬地看向他，不出所料，在那双好看的眼睛里面也满是单纯的崇敬。

她不觉苦笑不得。曾经，高中的时候，她那样孜孜不倦地努力，希望能有哪怕一次的机会与他平分秋色，让他知道世界上还有一个不容轻视的女孩子，在默默地看着他。

可从未成功。

她用脚尖踢了踢已经干瘪下去的"小蜜蜂"，半真半假地说："哥们儿，多谢了。"

只是很快，盛淮南点燃鞭炮的动作就比她利索多了，似乎是为了一雪前耻，他动作迅速地消灭掉了剩下的鞭炮，一脸寻求夸赞的表情，被洛枳捏了捏脸蛋。

不管多么优秀的男人，总有一面像孩子，只展现给爱的人看。洛枳从来不想扫兴，更不曾因此而诧异或者失望。

每每看到他流露出孩子气的一面，她心里总会泛起温柔的情绪，想要好好地将这一面保护下来，用自己的力量去留存这份天真，哪怕螳臂当车，也要试着去对抗残酷的时间。

他从后面抱着她，两个人一起一摇一晃地往前面走，沿着空无一人的街，踩着满地鲜红的鞭炮碎屑，不知道要走向哪里。

“有时候我真的很担心，你会发现我没有你想象的好。”

洛枳微笑，知道他在背后看不到。

“你说，如果有一天，你发现我不行了怎么办？”

她疑惑：“哪方面？”

盛淮南身体忽然一僵，半晌才说：“下流。”

洛枳一头雾水，半天才慢慢明白过来，咬牙道：“谁下流？果然是心里有什么就看到什么！”

盛淮南半天才克制住咬她的冲动，淡淡地解释道：“我是说，如果有一天，我不再是你当初喜欢上的盛淮南。”

洛枳仔仔细细地思考着，并没有急着去剖白什么。

“我记得，蒙肯说过，‘男人通过吹嘘来表达爱，女人则通过倾听来表达爱。而一旦女人的智力长进到某一程度，她就几乎难以找到一个丈夫，因为她倾听的时候，内心必然有嘲讽的声音响动。’”

她认认真真、一字一句地背诵着，盛淮南却忽然停住了脚步，将她的双肩扳过来，满眼笑意地看着她，“谢谢你，这样我就放心了。”

“为什么？”

“显然你的智力还没长进到会嘲讽我的程度。”

洛枳连白眼都没憋出来，就被他扬扬自得的样子气笑了。

“说真的，我特别喜欢看你认真地说着一些我一点都不想听的名人名言的样子。”他拉开羽绒服的拉链，将她整个人包进了温暖的怀里。

她双手环上他的腰。

“你为什么要问我这个问题？”

“不知道，就是忽然间心慌。我不知道你喜欢我什么，直到现在还是担心，如果有一天我不再是你欣赏的那个盛淮南，要怎么办。”

“只要你还是现在的你，哪怕明天因为某些事情身败名裂、众叛亲离，我可能更开心，因为这样，只有我喜欢你了。”

“真的？”

“假的。”

“假的？”

“我还是希望全世界都喜欢你，因为你也喜欢全世界都喜欢你，对不对？”

盛淮南被她的绕口令逗笑了：“算是吧，对。”

“但是即便如此，你还是只能陪着我。”

他大笑起来：“嗯，一定。”

女人谈恋爱时果然爱说蠢话。

洛枳几乎要沉睡在他舒适的臂膀中，埋着头，苍白的少女时代，那些隐忍而微微苦涩的记忆像发生在另一个世界的事情了，来不及告别，倏忽间不见。

“到底还是成了一对庸俗的情侣。”她喃喃自语，不知道是开心还是失落。

盛淮南却搂紧她。

“世界上最幸福的事情，就是和一个不庸俗的人，做一对庸俗的情侣。”

第32章　序曲

“超市里面木瓜减价，我买了三个，你要吗？我已经切了半个，桌上那半个你自己拿走吧！”

洛枳刚刚推门进宿舍，就听到江百丽聒噪地大叫。她抬眼看到百丽已经早早地换上了初夏的七分袖衬衫，却在外面披着羽绒服，正坐在上铺捧着半个木瓜用小勺挖着吃。

洛枳皱眉，将手机钥匙都扔在桌上，斜眼看她：“现在这个季节的木瓜能好吃吗？”

江百丽愣了愣：“你管它好不好吃呢，丰胸啊。”

洛枳大笑起来，江百丽的坦诚总是让人心情明朗。

“我就不用了。”她反身骑在椅子上，将下巴轻轻搁在椅背上，拿起一本《布莱希特诗选》，胡乱地翻着。

“难道你已经不用丰胸了？”

洛枳一个眼刀杀过去，盯着江百丽的前胸冷笑：“呵呵，聊胜于无。”

洛枳读到第四首的时候，江百丽的电话振动了起来。洛枳曾经苦劝她放弃那些惊悚的华丽铃音未果，新学期她换了新手机，竟然从来没有设定过任何响铃，这让洛枳万分惊诧。

后来才得知是顾止烨的功劳。

洛枳能明显地感觉到，江百丽在改变。她的心情和笑容渐渐恢复到大一初见时的样子，行为举止却越来越沉静大气，也不再逃课、不再邋遢——至少是在努力保持着整洁。

当然这些改变更多的是体现在人前，并没怎么惠及洛枳。

“跟老男人恋爱真是获益匪浅啊。”等江百丽终于挂掉和顾止烨的电话，洛枳一边看书一边感慨道。

“我们没有在恋爱！”百丽说着说着又叫了起来。

电话中确实少有当初与戈壁热恋时的黏腻，百丽的声音是快乐的，然而语气和措辞却保留距离，更像暧昧的朋友。

每一通电话的结尾，都是百丽在说：“那你忙吧。”

那你忙吧。

你要是爱我，就应该立刻笑着说，我不忙。

“你感冒好点了吗？听起来鼻音还是挺重的。”

百丽耸耸肩：“我估计怎么也得一个星期才能好吧，不过不发烧了。”

“清粥小菜的确能降温。”她没抬头，轻轻地翻过一页。

江百丽红了脸，吭哧了半天也说不出一句话。

洛枳是昨天十一点半接到的电话，戈壁，说自己此刻正在宿舍楼下，请她下去一趟，稍点东西给百丽。

猪肝菠菜粥，清汤娃娃菜，香煎豆皮，一盒安瑞克，一盒康泰克。

洛枳怔怔地看着一书桌东西，想起楼下戈壁憔悴的样子，竟然第一次对江百丽的手段生出了几分佩服。

江百丽眼睛亮亮的，盯着那熟悉得不能再熟悉的猪肝菠菜粥，脸庞通红，不知道是因为发烧还是别的。

“陈墨涵后来有没有再找你的麻烦？”

江百丽摇头。

“奇怪，她不可能没发现戈壁心猿意马啊，她那样的女孩子，怎么能咽得下这口气？”

“我当初不是也大半夜为他跑过好几趟，扯平了。”她声音有些抖，爬上床去，一口也没有动。

“说得真委屈。”

“本来就委屈。”

“得了吧，”洛枳笑，“相爱时明明是心甘情愿的，怎么现在又说得好像你多委曲求全似的？”

江百丽头蒙在被子里，许久许久都没有说话。洛枳于是关上灯，将飘香的食物扔在了漆黑的夜里。

“其实，顾止烨跟我说过，说容易动情的人，其实心最狠。”江百丽回忆起昨夜的事情，坐在上铺幽幽地说。

“当然，”洛枳点头，“因为健忘嘛。”

“但是，我觉得戈壁真的不是心狠的人。”

“唔，”洛枳掏出日记本开始抄诗句，“那就去叫戈壁跟陈墨涵分手啊。”

这样的话她不知道说了多少遍，每次她想要将百丽从旧情难忘的泡泡中砸醒过来，就会将这话再重复一遍。

江百丽自然不会真的这样去和戈壁讲。

不去讲，不试探，不追究，就不会尴尬，不需要直面现实。

而不敢去讲的原因，才是她幻灭和清醒的理由。

新的学期，一切都很平静。洛枳心中那股莫名的惴惴不安也随着时间被淡忘。

他们选了两门同样的公共选修课，一起上排球课，一起上三门在周六上午开课的法律双学位课程——张明瑞上学期的法导果然挂掉了，他也的确没有再选任何双学位的课程。每周都一起去打羽毛球，上自习、看电影、打游戏，坐车去各种久负盛名的地方吃东西……

像所有普通的情侣。

一开始洛枳羞于在宿舍里面讲电话，后来也慢慢放开了。因为办了情侣套餐，所以话费极少，她常常洗过澡之后戴着耳机坐在床上一边翻书一边有一搭没一搭地和他聊天。

间或傻笑。

直到江百丽忽然从上铺垂下头，哀怨地说："我发现，不管当初多么酷的人，一旦开始谈恋爱，就又肉麻又白痴。"

一脸"你看看你自己现在什么德行"的痛心疾首。

"你行行好，考虑考虑我的心痛好不好？"

"君子报仇十年不晚啊。"洛枳反击，手指无意识地点着 F5，忽然在新鲜事上看到了别的同学转发的叶展颜的照片。

巴黎街景。

"我说，你这不是陷我于不义吗？我之前就没给过那个盛淮南什么好脸色，结果你居然……你说我还有什么脸面见到他啊。"

江百丽还在上铺翻来覆去地絮絮叨叨，洛枳的却在那个相册的图标上面停留了一会儿，到底还是没有点击。

洛枳曾经在每天早上醒来的时候，都会怔怔地确认一下自己是不是还在梦里。时间久了，倒也不再这样对快乐和幸福诚惶诚恐。

盛淮南的短信这时候钻进了手机。

"我在篮球场，比赛刚结束，过来吧，一起吃饭。"

洛枳从食堂背后的小路绕去篮球场，边走路边想事情。太阳已经落下去，天幕被一遍遍粉刷得颜色越加深沉。她猛一抬头，才注意到就在自己前方不远处，一对情侣正停在小路中央，男生骑在自行车上，扭回头看自己的恋人，女孩子则跳下了自行车后座，踮起脚去嗅路边的丁香。

"摘下来一枝，插到花瓶里摆桌上吧。"男生建议。

"那是要做什么呀，人家开得好好地，你忍心吗？"

女生竟是许日清。

两个人笑闹了一阵子，许日清重新坐到车座上，男生确认她坐稳了才缓缓起步，慢慢消失在小路的尽头。洛枳舒了一口气，走到他们刚才停靠的地方，也不觉侧过头去嗅那凄迷的丁香香气。

那个当初结着丁香般愁怨的姑娘，已经渐行渐远。

她走到的时候，比赛早已散场，只有几个穿着球服的男孩子还坐在篮球架下一边喝水一边聊天。看到她走过去，另外几个人鬼鬼地一笑，就知趣地拎起包离开了，

盛淮南正在投篮，正跃起到半空，手腕轻抬的瞬间看见了她，于是嘿嘿地笑起来，球砸在了篮筐边上，弹到洛枳身边。

洛枳一直觉得篮球落地时的声音像两个人的心跳。

盛淮南一个接一个地投篮，洛枳扔下书包也跑到场上，将球捡起来传给他。

看男孩子打篮球，果然还是应该离得近一些，远远地观望觉得平淡轻巧无比，可是距离近的时候，就能听到衣服摩擦的声音，喘息声，脚步声，才觉得观者的心脏都跟着剧烈地跳动起来了。

洛枳的心脏就跟着他的生命力跳动。橙黄的路灯在墨蓝色的天幕之下为他们两个人撑起了一把温柔的伞，她微笑着看他运球、跳跃，听着空心进篮的声音，忽然心底生出一种难以言说的快乐。

她终于不必心不在焉地在操场上面乱晃了，终于不用在这样的时候故意把脸侧过去了。

那么多人爱过他。只有她走到了这一步。

这种快乐对于得不到的人来说自然是残忍的，可她却无法因此而强制嘴角不许上扬。

这样想着，竟然也不再为心底那点不敢揭开的秘密而感到过分恐惧了。

洛枳，加油。

她默默地对自己说。

“我哥哥，洛阳，下个月 5 号要回家乡办婚礼，我需要回去一趟。本来想要叫你一起的，可是你不是快要考 6G 了吗？我想你还是待在学校好好复习吧。”

盛淮南想了想，点头：“很可惜啊，不过那好吧，”他用小勺搅了搅碗里的皮蛋瘦

肉粥，忽然问，“上学期，我生病的那次，给我送粥的女生，是你吧？”

洛枳好不容易才挑起一筷子面，闻声抬头，面一下子又全滑落进碗里了。

“哦，你突然失踪的那次啊，是我。”她挑挑眉。

盛淮南讪讪地一笑。

“不过你怎么知道的？”

“应该就是圣诞节那天晚上，我拖着你的行李箱回宿舍，跟老大扯淡，他忽然提起来，问我上次生病的时候送热粥的女生是谁，怎么突然就没影了。”

那天，自己咳嗽得很厉害，神色阴郁地在宿舍呆了一整天。下午张明瑞给他捎了泡面和煎饼，吃得他胃里火烧一样难受。

晚上十点左右，老大接了一个宿舍电话就跑下去，然后拎上来一个袋子——皮蛋瘦肉粥、玉米饼和蔬菜。说来惭愧，他实在猜不出是谁送的，感冒来得急，除了宿舍哥们儿外没有人知道——倒也可能是院里某个看他没有去上课的女生？但是老大不应该说不认识。

洛枳也想起当时那个有点猥琐却又热心肠的男生，笑了笑。

“我当时问起老大这个女生长什么样子，老大的描述是，美女。”

洛枳得意地刮了刮自己的鼻子。

“这描述简直放屁一样等于没说。”盛淮南面无表情地继续说，无视洛枳在桌子下面踢他的腿。

“不过老大说，那女孩真是挺好玩的。老大逗她说让她别抱太大希望……”盛淮南忽然停住不说了，似乎想到什么不好意思的事情。

“我来帮你接着说，你们老大说追你的美女都能编起号码去抽六合彩了，对吧？”

那时候的洛枳，依旧笑得出来，在他问她的名字时对他说，您给赐个编号成了，等着抽奖呢。

丢盔卸甲的当口仍然能够用玩笑挽回失地，洛枳想到这里，竟觉得现在的自己似乎渐渐褪去那层锐利和骄傲，再上演一次，未必能说得出同样的话。

正在发呆，却被盛淮南用筷子另一端敲了头。

“又瞎想什么呢？我只是想说谢谢你。”

唯一没变的是，她仍然不善于应对他认真说出的感谢和致歉，连忙掏出面巾纸递给他说：“擦擦汗。”

“你帮我擦。”对面的男孩端着粥，头也不抬。

洛枳叹口气，认命地伸手过去帮他擦了擦额角。

不知道是不是她想得太多，最近的盛淮南似乎安静了许多。他待她仍然很好，却像被什么心事压着，越发沉重。

“你还好吗？我觉得你最近不开心。”

盛淮南没接茬，忽然停下来，盯着筷子说：“你以前也练过用三根筷子吃饭吧？”

洛枳愣了愣。她并未跟他坦白过自己骗他的这些事情，三根筷子、肥肉块，乃至……小皇后。她只能点点头。

“我们再试试好不好？”

看到他开心的样子，洛枳也觉得心里舒服了一些，于是站起身又拿了一双筷子，一根递给他，一根留在自己手中。

她硬着头皮上阵，面条在她的筷子上面一个摆尾，就甩了一脸的面汤。

他们一起笑起来，盛淮南拿起面巾纸，在她鼻尖上轻轻地擦了擦。

“只是最近我爷爷的情况有点不大好，”他一边帮她擦脸一边轻声说，“他是个很有趣的老头，住在乡下。我还想什么时候有机会带你去看看他呢。他年轻时曾经横渡什么江来着，养了很多小动物，什么都会，三根筷子吃饭是他最早发明的。我看了好多年，高中的时候才忽然想要学着做。”

洛枳沉默。

“外公也是，心肌梗死，已经进了重症监护室。我也不知道最近怎么了。总觉得，好像有什么要发生了。我不知道。我真的不知道。”

洛枳觉得眼前似乎隐隐约约能看到什么，却又看不懂。她只能轻轻地抓着他的手，轻轻的。

第33章　灰姑娘

洛枳对婚礼的感情一直很复杂。

她参加过不少婚礼，也亲见不少情侣商量起婚礼的细节时屡屡闹矛盾，甚至吵到婚礼搁浅，两家为面子而争闲气，不可开交，心力交瘁。

这么多年的演变，婚礼已经失却了当初那种庄重的仪式感，两个早就领完了结婚证的人，还要站在司仪面前，像模像样地说“我愿意”，在她看来简直匪夷所思。

真的会被那比结婚证的小红本还要迟到了大半年的“我愿意”三个字感动吗？

即使是她自己的哥哥嫂子，她开心归开心，对婚礼仍旧充满了抵触情绪。

不知道是不是因为人生中参加的第一个婚礼以伤心收场。虽然年幼，却记忆犹新。

洛阳打电话告诉她婚礼的日期时，洛枳还是直白地表达了自己的不解。她一直以为他们会等到陈静硕士毕业之后才去领证结婚，没有想到，求婚之后的一切势如破竹。

“反正拖着也没什么区别，结婚了，都安心。”

所以她没有继续问下去。

洛阳在电话另一边似乎是伸了个懒腰，边打哈欠边说，“幸亏是在家里办，既不在北京也不在大学那边，顶多办完婚礼之后请我的同事和我们的大学同学分别吃顿饭就好了。家里那边有你舅舅、舅妈和陈静爸妈折腾着，我俩省心不少。不过老人家的眼光真是愁人啊，他们挑的请柬都是看起来特别喜庆也特别丑的那种，还好陈静对这些事情也不在意，我俩既然当了甩手掌柜，也就不对这些小事情唧唧歪歪的了。”

洛枳笑起来：“那就好，省心最好了，我知道好多人一场婚礼下来憔悴消瘦，夫妻反目，还不如你们这样。无论如何，你们结婚我特别高兴，恭喜！”

洛阳却转了话题：“我听你妈妈说，你有男朋友了，还死活不带给她看？不带给她看也没问题，我总得看看这是何方神圣吧？”

洛枳又听见心底的秘密咕嘟咕嘟上涌的声音。

由于星期五下午她就要飞回家乡参加婚礼，所以将 Tiffany 和 Jake 的课程安排在了周三的晚上。

她站在东门口招了一辆出租车，司机一听她要去的别墅区的名字，甚至有些疑惑地看了洛枳一眼，盘算了一下才想好应该怎么走。

朱颜辞掉了两个菲佣，每天都有钟点工在中午和晚上到家里打扫卫生，给两个小孩做饭。后来到三月份，她将司机也辞掉了，所以洛枳都是坐出租车来往。

“只能这样了，我给你报销好咯，”朱颜当时在电话中抱歉地说，“我这半年很少呆在北京，留着司机也没什么用，不过得让你每周多去几次看看他们俩有没有闯祸。”

即使这样，洛枳仍然没有见到过朱颜的任何一个朋友或者亲人出现在别墅中帮她照料孩子的起居。单身女人的骄傲每每就在这样现实而简单的事情上一败涂地。

自从春节之后，洛枳只见过朱颜两面。Tiffany 说妈妈一直在美国香港和新加坡之间飞来飞去，连她和 Jake 都很少能看见她。

“妈妈说，我们可能又要 move on 了。”

Move on，离开。

她只能更加频繁地跑去看这两个小孩，像半个妈妈一样照顾她们。洛枳有时候会感慨她和朱颜之间这种毫无理由的互相信任，联想到这其中的缘分，她不觉叹息。

洛枳在玄关脱鞋子，突然听见一声久违的“你来啦”，惊喜地抬头，看到那个年轻的孩子妈妈正倚着楼梯朝她笑。

朱颜似乎又消瘦了些，但因为剪了非常利落的短发，露出修长的脖子和平直的锁骨，所以看起来反而更加精神了。她穿着围裙，手里抱着一摞废旧英文报纸，竟然有些灰头土脸。

“好久没自己打扫过房间了，做了一下午还是杂乱无章的。”她自嘲道，边说边露出奇怪的笑容。

“我可不是来帮你干活的。”洛枳连忙跳起来声明。

四月末春光正好的时候，洛枳曾经将 Tiffany 和 Jake 带出来，一起去玉渊潭看樱花，也叫上了盛淮南。两个孩子时隔大半年终于又见到他，自然开心得不得了。

“当时你也在北京啊，”洛枳给孩子上完课之后，坐在客厅帮她一起将各种 CD 和书籍装入纸箱子，“可惜你临时有事情又不能来了。我还想叫你出来看看他呢。他还说下个月天气热一点，就再带她们俩去欢乐谷玩呢，你要不要一起？”

“我可不去，”朱颜笑，没有注意到洛枳有些失落和复杂的神情，“我这么喜欢你，万一看到被你夸得天花乱坠的男孩子竟然没有我想象得那么好，间接有损你在我心中的形象。”

洛枳低头莞尔，思绪慢慢回到了春风和煦的玉渊潭公园。

其实没什么好看的，樱花林太过分散，无法形成遮天蔽日连绵不绝的美，如果要说惊喜，倒是一株株干枝上盛开的白玉兰。

在他和两个孩子其乐融融的时候，洛枳没有忘记向盛淮南讨说法。

“当初问你要不要来给两个小孩上课的时候，你的短信真是气死我了。”

“哪条短信？”他忙着给 Jake 照相，一边按快门一边疑惑地说，无辜得让洛枳差点以为自己记错了人。

洛枳咬牙切齿地翻着手机里面的短信，然而和他的短信息实在太多，她都舍不得删，翻着翻着就淹没在了过往甜蜜温馨的海洋中了。

“算了，”她锁定屏幕，“找不到了。总之是讽刺我哄小孩儿还要钱的。”

“不可能。”

“真的！”

盛淮南沉默了一会儿，才慢慢地说："那就是我太天真了。有时候我的确会说一些自以为是的话，拿自己的生活去框定别人，伤了人，自己都不知道。"

这样正经的道歉，让洛枳有些不自在。

"算了，我也只是忽然想起来而已。"

"不，"盛淮南认真地看着她，"这半年来，我一直都想跟你说，我看你打工、赚钱，很勤奋地自立，越来越觉得自己实在很惭愧。"

他转过头去看两个正踮起脚去嗅满树怒放的白玉兰的孩子："我说真的。最近越来越这样想。相比之下，我才是什么都不懂的那一个。"

"发呆想什么呢？"

洛枳回过神："啊？没，就是想起那天去玉渊潭，两个小孩很开心。"

"是想那天在玉渊潭的你男朋友吧？"

你男朋友。洛枳和盛淮南在一起之后，反而不常在朱颜面前提起他，此刻听到这句话，竟然有些害羞起来了。

"其实，"她有些迟疑地开口，"我觉得，梦想成真的感觉，真是有点虚假。一切都很完美，但好像，又少了点什么。我也觉得我改变了不少，开始依赖人，以前自己习惯一个人做的事情，现在却觉得孤独，他不在，心里就空落落。这样是好还是不好呢？以前总是嘲笑那些情侣，现在才明白，站在外围遗世独立地评判，是最简单的事情呢。"

洛枳没有在朱颜脸上看到那种"恋爱中的少女你醒醒吧"的揶揄。

"我觉得这再正常不过了。"朱颜整理东西确实是毫无头绪的，她一边讲话，一边像是赌气一样将手中的一大摞CD的塑料盒子"哗啦"一声全部塞进一个箱子里，狠狠地用胶带纸封住，然后一屁股坐在纸箱上，抬头看洛枳。头顶橘黄色的壁灯将她的脸色照得明亮，她像个少女一样伸直双腿，晃着脚丫。

像个少女一样。

三十多岁的女人，做起这样的动作来毫不做作和别扭。洛枳突然明白朱颜的魅力所在，就像那张她和陌生男人的照片一样，你从她的眼睛中看不到她的年龄，她的过往，她的未来。

看上去，永远有一份与单纯无关的天真。

虽然只是看上去。

洛枳垂下眼，“你说什么正常不过？”

“正常的意思就是说，童话故事结束了，生活开始了。”朱颜微笑，站起身走过来，弯下腰去捏她的脸。

“要不要来罐这个？”朱颜一边说着一遍朝厨房走，小心翼翼地绕过一地乱糟糟的箱子和没来得及收拢的杂物，还没走到桌边就将一个东西扔了过来，洛枳手忙脚乱地接住。

一罐冰凉的啤酒。

“不喝茶了？”

“喝茶哪有喝酒爽，而且必须是啤酒，什么红酒、洋酒都死到一边去！”朱颜似乎是被打包折磨疯了，讲话和动作都和平时不大一样。

洛枳顿觉心中快活不少。

她们“啪”“啪”两声拉开拉环，洛枳听到楼上Tiffany跑来跑去的声音，将食指比在唇上：“别让小孩子看见我们这个样子。”

朱颜耸耸肩，伸出手示意洛枳碰杯。

“曾经有一段时间，在他们还特别小的时候，我一个人带着两个孩子讨生活，有时候他们哭闹起来，我甚至有带着他们跳楼同归于尽的冲动。这样一晃，居然也十多年了。”

朱颜晃着手里的啤酒罐，眼睛亮亮的。

“你刚才说什么，童话结束了？”洛枳连忙转移话题。

“对呀，”朱颜仰头灌下一大口，冰得直晃脑袋，半晌才能开口讲话，“灰姑娘嫁给王子了，生活开始了。童话故事一般只讲前半部，因为这样小孩喜欢看，而只有大人才要面对后面的故事。”

年少时仰望的从一而终、一尘不染的神圣爱情，最终也不过就是一念起一念灭，和其他事一样，没什么特别。

大人本身就是如此复杂的动物，阴暗的内心，牵绊的关系，披着伪装的自尊心，怎么可能酿造出一份不含杂质的感情？

她拍拍洛枳的手背："欢迎成为大人呀。"

"对了，你妈妈知道……"

"不知道。"

沉默了一会儿，她们又碰杯。

"真是不听妈妈话的姑娘。"朱颜咯咯笑。

"我以前不知道我是这种爱逃避的人，走一步看一步可不是我的习惯。"洛枳摸索着一直在流冷汗的啤酒罐，一股气从胃里冲上来，一直冲到鼻腔，她竟开始流眼泪。

"哭什么？"

"我会想你的。"

洛枳抹抹眼睛，用脚踢了踢角落的纸箱："我一定会很想你。"

星期五，盛淮南送她上飞机，在安检口笑着亲了亲她的额角说："早点回来，路上小心。"

她点头，看着盛淮南那张熟悉的脸，突然涌出一股深深的不舍。

只是回去两天而已。她也不知道这来势汹汹的情绪是怎么回事，好像生离死别似的。她低下头掩盖热了的眼眶，轻轻捏他的手背："走了。"

第34章　我愿意

整场婚礼洛枳都没怎么帮上忙。她起了个大早，和妈妈一起赶到舅舅家里，然后作为男方家属随着车队一起出发，穿越半个城市去陈静家。

塞红包、砸门、求伴娘放人这种活动自然有洛阳的一群高中好哥们儿帮忙，她站在半层楼下仰头看着门口热热闹闹挤作一团的伴郎团，渐渐也被喜庆的气氛感染了。

陈静家不大，忽然涌进去这样一群人，很快就连站的地方都没有了。洛枳徘徊在楼道里面听，洛阳率领着伴郎们已经站在陈静房间外面苦求新娘开门了，里面陪伴的伴娘扔出来一道题，要洛阳说二十个夸新娘的四字成语，并交出工资卡才能进门。

洛枳微笑着听远处老哥在起哄声中绞尽脑汁地说出越来越匪夷所思的成语组合。

又过了不知道多久，完成了摄像、敬茶等一系列过程，终于陈静被她的表哥用公主抱的方式抱着出了门，在摄像的指挥之下，下一段停一段，拍着特写，走得极慢。

按照传统，新娘子要穿着红色的高跟鞋，直到上了婚车开到夫家的楼下之前，脚都不可以落地。

人们纷纷走在新娘的哥哥后面，洛枳此时终于能看到站在人群最后面的洛阳，一身黑色西装，胸口别着一朵很丑的红色胸花。

看到洛枳的视线落在自己胸前，洛阳摆出一副苦脸。

“你以后结婚可别这么折腾，简直是不要命。”

“老人喜欢热闹嘛，传统一点，越繁琐越好。”

“得了吧，”洛阳笑，拿起手中的矿泉水瓶子敲了敲她的头，“两家人都要面子而已。”

她又想起朱颜。童话结束了，生活刚开始。

童话里面的婚礼只有圣坛上的“我愿意”。生活中却要抢订酒店，商议酒席菜单，反复和宾客确认出席人数，考虑将谁和谁安排在一桌；司仪话太多了烦人，话太少了场面冷清；车队太讲排场了浪费钱，太朴素了新娘、新郎没面子；全听摄像的摆布索然无味，不听摄像的摆布就留不下美好纪念……

洛枳同情地拍了拍洛阳的后背。

由于洛阳并没有在家乡这边布置新房，所以车队又开回了新郎家，类似的步骤在洛阳的家中又重复了一遍，洛枳从乱糟糟的人群中脱身出来，突然接到一个号码陌生的来电。

“我是丁水婧。”

家乡的习俗中，正式的典礼必须在中午十二点之前结束，所以不到十点半他们就到了酒店。宾客稀稀拉拉地入席，洛枳站起身对妈妈说：“我去透口气。”

麦当劳就在酒店的斜对面，门面很小，只有一个低调的M记号。洛枳走进去，一眼就看到了穿着宽大的深蓝色连帽T恤的丁水婧，托腮坐在窗边的座位上，染了五颜六色的指甲，定神看着儿童游乐区的几个抢滑梯的孩子，嘴角笑出浅浅的酒窝。

“头发都长这么长了。”

洛枳也不知道为什么自己竟然说出这样一句开场白，不觉失笑，坐到丁水婧对面，将包放在窗台上。

丁水婧笑得灿烂：“你是不是吓坏了？以为我要去破坏他们的婚礼？”

她紧接着将面前的一杯橙汁推给洛枳：“给你点的。”

“谢谢……美术课考试怎么样？”洛枳喝了一口橙汁，没有急着去接她的开场白。

丁水婧一愣，倒也没对婚礼的事情紧追不放：“还好吧，不过比我想象的还要黑啊，倒也不是一定需要花钱找关系打点，但架不住下工夫打点的人太多了。”

洛枳心领神会地笑笑。

“也可能是我常常涂鸦，涂习惯了，画不出规规矩矩的东西了，反正北京那一片的学校没戏了，恐怕要去上海或者大连了。这两个地方各有一所学校进了前十，高考只要别手抖，估计没问题。”

丁水婧的语气很洒脱，和去年冬天在学校遇见时已经有很大不一样，洛枳不清楚背后的原因——或许根本没有什么原因。

只是时间、距离和境遇。

“那提前恭喜你了，好好加油。”

丁水婧再也不讽刺洛枳的虚伪。

“好！我会的。”

洛枳的手机在桌子上嗡嗡振动起来，屏幕显示“妈妈”，她接起来，谎称不舒服，在外面转一转。

“典礼开始我就回去。”

“马上就要开始啦！”

“好好好，我知道了！”

她索性关机。

“不要直接在联系人中把她的手机号码设置为‘妈妈’，”丁水婧提醒道，“否则万一你手机丢掉了，别人会顺着这个线索去诈骗的。”

洛枳若有所思：“的确，我应该把里面一眼看出来是亲属的都改成他们的本名。”

“男朋友也要改本名哦，别直接叫‘老公’。”

洛枳差点呛着：“哪有这么肉麻的。”

丁水婧的手指在桌面上敲来敲去：“和盛淮南在一起了？”

洛枳点头。

“冬天时候我问你有没有喜欢的人，你还在嘴硬呢。”

“是啊，那时候我也不知道把柄都抓在你手里，本来我也没有讲实话的义务。说到这个，我的日记本，你是不是该还我了？”

“你怎么知道在我手里？”

“否则那件事情，”洛枳觉得故事拙劣得让她不想重复，只好用“那件事”代替，

“你是怎么策划出来的？是你对盛淮南说我暗恋他好多年的。”

丁水婧挑挑眉：“看样子你好像不怎么生气呢，我觉得我这辈子也没法理解你这种人了，”她再接再厉，身子向前探，认真地强调，“我们陷害了你。”

洛枳摇摇头：“既然结果是好的，过程我不想和你计较。计较了又能怎么样呢？”

“你这话才真伤人。”丁水婧的声音平平的，半晌，却和洛枳一起笑了起来。

“其实，整件事情都是因为今年十月，我退学回来之后上学上得很闷，在网上遇见了叶展颜，她说出来聊聊吧，我说好——然后呢，就互相诉苦咯。她跟我说起那个传说中的郑文瑞跑来刺激她，说盛淮南和你快要走到一起了。”

丁水婧顿了顿，看向洛枳：“这个郑文瑞不是喜欢盛淮南吗？她这是干什么？心理变态吗？”

洛枳突然觉得发生的这一切都让她迷惑。她第一次遇见郑文瑞，就被拉去喝酒，听她醉醺醺地沉浸在自己单恋的往事中，恶狠狠地称叶展颜为骗子，临走前对她说，我最希望看到的，是他谁也喜欢不上。

像个精神崩溃的先知。

洛枳苦笑：“其实我觉得，咱们每个人都有不同程度的心理变态。”

丁水婧也笑着表示赞同。

“那天叶展颜哭得一塌糊涂，跟我说她和盛淮南分手是有苦衷的，是被盛淮南妈妈拆散的，但是由于涉及盛淮南家中的事情，她就一个人都承担下来了，实际上心里很苦。”

洛枳微笑，并没有纠正丁水婧，分手本身与这件事情无关，但是如果复合，倒是可以利用一下这个苦衷。

“那时候我不知道为什么就是特别讨厌你。也许因为你不和我交朋友，不给我面子，也许因为我知道你和洛阳的女朋友，哦，老婆，”她停了几秒钟，笑笑继续说，“感情特别好。反正我说不清。恰巧又出于我那恐怖的窥私欲拿了你的日记本，总觉得自己其实是俯视着你的秘密的，结果你竟然还敢在我面前装，我特别受不了。”

“你恐怖的窥私欲？还是别这么说自己吧。”

“这话不是我说的。是洛阳说的。”丁水婧的笑容里竟有几分谈及知己才有的满足和得意。

洛枳一愣。洛阳也会讲这样的话吗？

丁水婧摆摆手，“反正我就和叶展颜说你高中就喜欢盛淮南了，叶展颜勃然大怒。我当时倒想要提醒她，虽然大帅哥高中是她男朋友，可法律没规定别人不能喜欢他，尤其别人又什么都没有做，你管天管地也管不着别人想什么，不是吗？”

洛枳不知道丁水婧这段话说的是她还是自己。

“但我当时觉得她骂你，骂得我心里真舒坦，所以我就煽风点火，让她出马把那个帅哥抢回来。她听了之后，转身就走了。我估计，之后她应该就跑去联络盛淮南去了吧？”

“应该是吧，”洛枳点点头，“我看到过她联络他。”

游乐场松开的手，连带那时候的难过一起褪去。她从未和盛淮南细细挖掘当时的每一个故事，于是也没有想到过，这之中究竟有多少隐情。

“但应该是没成功。盛淮南这个人我了解一点，毕竟我高中时候和叶展颜关系也不错。这个男生打起太极来，堪称一代宗师。叶展颜都快气炸了，却无能为力，于是在 QQ 上跟我说，当时还有一件事情她没有告诉我，因为涉及了你，而她觉得我跟你是朋友。”

“就是那件事？”

“就是那件事。”

“叶展颜当时和我说，那些没转交的东西是你编出来然后教给她的。”

“我为什么要管这档子破事儿？”

“可是短信还是你发给盛淮南的啊。”

“我当时在 QQ 上就问她这事儿是假的吧，她一口咬定就是这么回事，而且希望我以知情人的口吻给盛淮南发短信，这样比较可信一点。”

丁水婧说着说着就开始笑：“你爱信不信，反正我有聊天记录。我当时就是觉得整你一回倒也挺好的，这样你就可以主动来找我兴师问罪了，到时候我就把日记本摔你脸上，把你和洛阳的仇都报了。”

洛枳听到这里，反倒完全生不起气来。

叶展颜的样子就像个以恶作剧为荣的孩子。

“真的，”她用力地吸了一口可乐，两颊都凹下去，“我还拿了一本新华字典练了好多次摔日记本这个动作呢，”她比比划划地说，甚至有点兴奋，“顺便说一句，你的日记写得真有意思。”

洛枳只是看着她，有点宽容地摇摇头。

“心理健康的人听到这些都应该把手里的橙汁泼我一脸，”丁水婧看着她，“说你呢，难道你真的心理变态？”

“我都被你搞得没脾气了。恶人先告状。”

丁水婧呵呵笑：“结果短信发出去之后，盛淮南居然还是不理叶展颜，连你回学校碰见我的时候都一脸天下太平，提都不提，我当时就觉得自己白激动了一场。”

“后来，”她紧盯着洛枳，“后来我也算是补救了一把。我要是没记错，应该是圣诞节那天半夜，盛淮南打电话过来问我到底是怎么回事，我反问他，你觉得呢？我要说的都在短信里，你还想知道什么？”

然而盛淮南在电话另一端不断重复，不可能，你一开始就在撒谎。

说来说去却只有一句话，只能跑去欺负丁水婧。

丁水婧说着说着好像想起了当时的一幕，嘿嘿地笑：“我当时就想，洛枳有本事啊，好好一个男生，被折腾得跟脑残似的。”

洛枳心底一暖。

她突然有点不想要回到婚礼现场。从她认识盛淮南的那一天开始，她就绝少有机会和别人提起他，朱颜也许算一个，可提供不了像现在一样的快乐——丁水婧认识盛淮南，和她同龄，畅畅快快地讲着另一面的盛淮南，好像闺蜜堂堂正正地在议论她的男友一样。

有时候，和不相干的人提起自己喜欢的人，听他们评价、八卦，凝神搜集着所有自己已经知道或者从不了解的一切，能给人带来莫大的快乐。

请和我讲讲他。

我很了解他，可是我就是想提起，想听你讲讲他。

讲讲我喜欢的这个人。

“然后呢，我就大发善心，和他说了实话。”

丁水婧停下来，看着洛枳。洛枳憋着笑：“怎么，你难道在等着我说谢谢你？一开始就是你惹出来的事情吧？”

她“喊”了一声，不情不愿地继续说：“又过了一段时间，叶展颜又在网上跟我说，她终于见到盛淮南了，很礼貌地约会了一次，什么都没提起，对方和她说，我们还是做朋友吧。”

丁水婧弹飞了鸡翅的包装袋：“所以，我也没告诉叶展颜，事情我早就招了。”

面对她卖好的眼神，洛枳思索再三，终于还是投降了。

“虽然……好吧，谢谢你。”

丁水婧咬着吸管发了一阵呆，忽然抬起头软软地说：“一会儿，你能带我去看看婚礼吗？”

洛枳印象中丁水婧总是很伶俐的样子，从来没有用这种直愣愣的眼神看过人。

那眼神没来由让人难过。

“我把你想知道的都和你说了，没有一句隐瞒。现在你能带我去看看吗？我不会让他们发现。就看一眼。”

可是洛枳还是忍住了，那终究是陈静和洛阳的婚礼。

“恐怕不行。”

似乎是她意料之中的回答。丁水婧点点头，没再坚持。

“你都知道了吧？是洛阳告诉你的吗？”

洛枳摇头：“我自己猜的。其实……并不是很清楚的。”

只是因为感觉到了，才回头去寻找蛛丝马迹。

丁水婧弯起眼睛，抿着嘴巴，笑得竟然有些不好意思。

不知道是为直白地问起这些而羞涩，还是因为洛阳没有在洛枳面前提起她而讪讪。

“你着急回去接着参加婚礼吧？真对不起，其实我叫你出来，只是希望你能帮我把这个东西……”她一边说着，一边从包中掏出一个厚厚的涂鸦本，封皮上是埃菲尔铁塔的照片，已经磨损得缺了半个角。

她刷拉拉翻到某一页，毫不犹豫地当着洛枳的面撕了下来。

“帮我给你嫂子。”

那张纸上是两个人并肩而立的画像，寥寥数笔，却格外传神。

丁水婧和洛阳。

下面是一行俊逸的钢笔字：“相见恨晚。”

是洛阳的字迹。

洛枳皱了眉头：“你想做什么？”

丁水婧却拍拍脑袋，说：“对不起对不起，我忘记演示给你看了。”她掏出笔，在旁边流畅地写下“相见恨晚”四个字。

和洛阳的笔迹一模一样。

“我以前，拿着这张伪造的画和字迹去找你嫂子，告诉她别傻了，洛阳早就喜欢我了，只是出于负责任才一直不敢告诉她的。我问她都已经这个年代了，遇到这种事情还忍辱负重，这样做女人多没劲。”

洛枳讶然。

“我以为她至少会找洛阳闹一阵子呢。结果，她竟然咬牙忍了，在洛阳面前连一个眉头都没皱。”

丁水婧看着窗外灿烂到不适宜讲这些故事的天气，淡淡地说：“她真有种。”

洛枳长叹一口气，根本不知道该说什么。

“唯一刺激到她的一句，恐怕是我问她洛阳到底怎么就让她这么着魔，从高中一路追到现在。”

“原来除了我，没人知道是你嫂子倒追洛阳的呢，”丁水婧笑起来，“我才知道原来洛阳什么都和我说过。”

什么都说过，除了我喜欢你。

丁水婧伏在桌面上，从一开始她就急急地唱着独角戏，不让洛枳插一句话，只是害怕停下来，她就没法再洒脱下去了。

洛枳捏着手里单薄的一张纸，心里揣测丁水婧究竟练习了多少遍才能将那四个字流畅轻松地写就，如此逼真。

他们之间到底有过多少故事——或者不是故事，却比故事还要难以忘怀。

洛枳突然间能够想象得出洛阳在丁水婧面前的样子。

仿佛就在眼前。是她和陈静从未见过的，却清晰得仿佛就在眼前的样子。

一定很神采飞扬，一定很爱讲笑话，一定有点跳脱，有点愣头青，会和丁水婧一起大笑，做许多大胆而冒失的事情。

也一定会在某个时候低下头，点一支烟，熟练而陌生，眼睛里有别人从未看懂过的内容。

毫无预兆地，她就是能够体会到那种感觉，那种对着某个明知道不应该的人，生出一股无法克制的铺天盖地的爱恋，滚滚而来，却只能把心按在火苗上将它扑灭。

那是和陈静在一起，永远不会有的感觉。

然而洛阳一定知道，如果不是和陈静在一起，恐怕连永远都到不了。

一个人可以同时爱上两个人吗？

洛枳不敢再想下去了。

“这个，其实你没必要给陈静看。她和你不一样，并不是什么都要求个明明白白的结果。她既然埋在心里了，我就没必要再拿着这个去和她说什么了。真的。”

她将那张纸推回给丁水婧，声音温柔——她恐怕是第一次，也是唯一一次对丁水婧如此怜惜而坦诚。

“不管你信不信，我忽然间，觉得我是明白你的。”她说。

丁水婧看向她，洛枳一瞬间想起许日清，那似乎是同样的天色，同样的时间，同样的华灯初上，同样满眼伤痛的女孩。

有一天丁水婧也会跳下某个人的自行车后座，踮起脚去嗅丁香的味道吧？

“你不觉得我当第三者很可恶吗？”

“如果我跟你讲实话，你不要觉得我可恶就好。”

丁水婧沉默了一会儿，点头，说：“说吧，我还没听过你说实话呢。”

洛枳失笑。

“其实在我内心深处，我很讨厌责任、道德、血缘、家族和规矩这些东西。我见过太多被这些东西压死的人，人生一世，总纠缠这些，才叫浪费。”

她顿了顿，喝了口橙汁，好像才有勇气继续离经叛道。

“忠诚有什么意义呢？人真正应该做的，是对自己的感觉和情绪忠诚。你怎样想，怎样感觉，就怎样选择。成功失败，得到失去，这都是选择之后的结果，却不应该是选择时候的原因。”

丁水婧眼里蓄满了泪水。

“你这是在帮我自圆其说吧。”

洛枳笑：“我帮你做什么？这是实话。”

我只是在说服我自己。

洛枳一路狂奔到大厅门口的时候，刚好听到陈静说：“我愿意。”

洛枳发现自己错了。任何时候，“我愿意”这三个字都那么打动人，哪怕在一场不那么打动人的婚礼上，司仪太过聒噪，宾客大多素不相识，小孩子在席间哭得太吵闹——可是一句“我愿意”，永远包含着或幸福或悲壮的勇气。

人心难测，世事无常。

但我不愿意将自己的一切都交予这些不确定。总有一些事情，是我不计后果，跟随本心，甘愿乐意。

丁水婧离开前，洛枳问她究竟为什么退学。

不被人爱的大学女生有很多，并不是所有人都会用退学的方式收场，何况她没有逼不得已的理由。

“其实挺简单的。”

丁水婧刺激洛阳，说他是个懦夫，不敢追随自己真正的心意。洛阳反过来，用那种让丁水婧又爱又恨的宽和态度，安然地说：“你也说过你热爱画画，不也还是坐在这里上外交学院的课，写着不知所云的论文？因为你听说这个专业出国比较容易，至于为什么要出国，难道你心里真的知道？你那么有天赋，那么不甘心，为什么不去考美院？因为世界上没有那么多冲动冒险的事情，大家彼此彼此。”

“然后你就退学重考？”

"去办手续，学校辅导员轮番找我谈话，我妈妈爸爸威胁我要跳楼，我都挺过来了。那时候不是不害怕，不是不想反悔，可是我也不知道是怎么撑下来的。我真的不知道。可能是疯了吧。"

她只是想要证明给洛阳看。

现在洛阳结婚了。

"但是我不后悔。"

丁水婧一边哭着，一边笑。

"洛阳什么都没和我说，他跟我之间，连手都没牵过。没有过暧昧的举动，没有过格的话，所以到最后，他说我误会了，他只当我是个好朋友的时候，我都没什么可以反驳他的，连去闹他的女朋友，都要自己伪造证据。"

丁水婧说到最后的时候，竟然笑了起来。

"可是他不知道。如果他真的说过什么，哪怕是这四个字，相见恨晚——我甚至都会心满意足地退到一边，成全他，和他的婚礼。他光以为不留证据我就不会怎么样，其实我从来就没想要怎么样。"

我只想要他承认他喜欢我而已。

仅此而已。

洛枳端起酒杯，站起身。已经脱下婚纱，换上红色旗袍的陈静挽着洛阳的胳膊走到她所在的这一桌敬酒，朝她眨眨眼。

其实陈静未尝不勇敢。

咽下一切，抓紧自己想要的，从不抱怨和追究。

洛枳被酒席吵得头晕。她摇摇头，放下万千思绪，全心全意地笑起来，说着吉祥话，将杯中的红酒一仰而尽。

第35章　所有人都会说再见

盛淮南结束 GRE 考试的当天得知了他的爷爷去世的消息，他的外公也病危正在抢救。洛枳在周一的早晨将盛淮南送出了校园，看他坐上出租车消失在红绿灯下的车流里，大雾弥漫，她甚至连那个路口都看不清，之间一片模模糊糊的红色尾灯，一点一点，像迷雾深处潜藏了野兽的眼。

洛枳记得走到校门口的一路上，他们都没有讲话，盛淮南只是牵着她，手心微凉。

“对不起，我也不希望自己一直是这副样子。”他一边伸出手叫车，一边声音有些倦倦的。

洛枳轻轻捏了捏他的另一只手：“哪里对不起了？心里难过，就和我说。”

他点头，轻轻亲了一下她的额头。

洛枳再次见到朱颜时，对方带给她的就是要搬离北京的确切消息。

她始终没有问过原因。朱颜身上有太多秘密，虽然对方足够坦然，也曾向她主动提及自己尴尬的身份，然而她却始终小心地回避。

那份坦然背后曾经有过多少辛酸，她不得而知，也不想无意中触及。

自从两个菲佣消失不见，洛枳就隐约有了心理准备，直到陪她打包，陪她整理。这并不漫长的过程倒也让洛枳慢慢适应了，终于确定了这一点，她心里不再有惊慌的感觉。

客厅里面堆满了各种用胶带封好的纸箱。洛枳突然有些想不起来自己第一次走进这里的时候，客厅究竟是什么样子了。那架显眼的三角架钢琴应该是卖掉了吧，她想。

Tiffany 和 Jake 眼泪汪汪地抱着她哭，洛枳忍着鼻尖的酸楚，拍着他们的后背，抬起头，朝着站在玄关的朱颜微微一笑。

眼泪却在这时候落了下来。

“什么时候彻底搬走？”

“他们俩下周先过去。我这边还要处理房产的问题，恐怕要留到七月底。”

洛枳点头：“去吧。多保重。”

竟然完全不知道说什么。

“其实这样很好啊，我临走之前看到你一切都变得这么好，和一年多之前已经完全不一样了，自信又温和，不戒备也不忧郁了，多好，我都有种看到自己女儿成长的喜悦呢。”

洛枳破涕为笑：“你说话怎么还是这么奇怪？”

朱颜照例还是为她泡了一杯茶：“不好意思，还是普洱，凑合着喝吧。”

“也就只能在你这里能凑合喝到这么好喝的茶了。”

“你在别的地方也不喝茶，没有对比，哪儿来的好喝不好喝？”

“我用不着嫁遍了全天下的男人才对比出……”洛枳住嘴，差点咬了舌头。

朱颜笑起来，眉眼温润，恍惚间还是个大学女生的模样。

“嗯，这个我信。”

洛枳被她揶揄得目光闪烁，站起身说：“我去陪陪他们两个吧。”

两个孩子仍是缠着她要听故事。书架上的书已经差不多被清空了，当年摆在这里的一整套显眼的《芭比娃娃》电影 DVD 的塑料壳常常会反射下午的阳光，光斑就落在书桌边的洛枳脸上，已经习惯了那份温度，现在忽然不见了，自然很失落。

洛枳拿起一本封皮有些旧的《安徒生童话》，心知这两个只喜欢漂亮东西的孩子应该是不打算要这本书了。

她坐在单人小沙发上，两个孩子倚在旁边，肩并肩坐在地毯上。夕阳投过彩绘玻璃在地上留下绚丽的光彩，洛枳一字一句地专注念着，像是行走在故事中的女巫。

“从前，有一个国王。”

童话故事结束了。

Tiffany却百思不得其解，夜莺的故事让她困惑：“那只鸟为什么不让国王告诉别人它为他唱歌的事情呢？”

“有些事情不说出来比较好啊。”

小姑娘的小脑瓜歪了歪：“我比较喜欢都说出来。”

洛枳拉拉她的马尾辫，看着这个终究会成长到心中怀有秘密的小丫头，柔声说：“嗯，那样的确更好。”

没有什么不可言说的难过和计较。那样的确更好。

晚饭后，朱颜和她结算了最后一个月的工钱，亲自开车送她到地铁站。

“对不起，司机都辞了，回你们学校的路我不大认识，导航这个东西我更是从来就没试过，你知道，女司机就这个德行。”

洛枳笑：“你敢开我也未必敢坐。”

乌云密布的夜晚，地铁口苍白的节能灯尽心尽力地扮演着月光。洛枳抱了抱朱颜，嗅着她头发上的玫瑰香气，心也定了下来。

“自己多保重，别太辛苦了。如果可以……”她想说如果可以，找到一个靠谱的人，不要什么都一个人撑着——转念一想又觉得这废话令人生厌。

“我知道。”

“那我就走了。”

“洛枳！”

她站住，看到朱颜温柔得像个母亲一样的笑容，一瞬间竟然鼻酸。

“我不知道未来的事情会怎么样，不过，我觉得你早就做出了选择。我知道你总觉得自己是用一个难题来遮挡另一个难题，没想到到最后还是都得面对，有点不知所措，但是……”

朱颜停顿了一下，坚定地说：“但是，你喜欢他。这本身就已经是这个选择的答案了，你高一的时候就已经回答过这个问题了。”

洛枳像是崩溃了一般，小跑几步冲回到她面前，伏在她怀里哭。

朱颜拍着她的背，轻轻地说：“你是我见过的，最勇敢的女孩。”

“我走了。最后几天，如果有什么事情我能帮得上忙的话尽管叫我。”

她擦干净眼泪，摆摆手，大步朝着地铁站的方向走过去，朱颜的声音被风从背后送过来。

“洛枳，要幸福哦。”

声音里仍然是朱颜特有的戏谑，洛枳闭上眼就好像能看到她有些不正经的笑容，邪邪地揶揄着她。

“你恶心死了！”

也许再也不会遇见一个人，这样温柔而善意地聆听，帮助那个一直沉醉在少年梦境中的女孩子长大。

她没有回头。

晚上睡觉前，洛枳给盛淮南打电话，想问问那边的情况，没想到他却关机了。

她只能发了一条短信表示问候。

宿舍的信号这几个月变得越来越差，那条简简单单的“你还好吗？”半天也发送不出去。

洛枳坐在床边，默默盯着手机屏幕上方的信号从四个竖条一路减少到一个短短的小点。

世界上有多少人之间的关系，是靠着这样脆弱而无法控制的信号来维持的？

如果不上线，不开机，又有多少被想念的人就这样淹没在了人海中？

突如其来的恐慌爬上了她的后背。洛枳只能爬到床上，将手机保持开机，放在枕边，每当快要睡得迷迷糊糊的时候总会忽然惊醒，伸出手按亮屏幕，盯着某处空白，等待着一个迟迟不来的信封图标。

江百丽在这时推门进来，摔掉手机爬上梯子。

这一场景似乎已经很久没有出现了。从前的每一天晚上，江百丽都会在和戈壁吵架之后气鼓鼓地冲进宿舍，扑到上铺床上折磨她的手机。

好像时间倒流，洛枳突然睁大眼睛。

好像江百丽从来没有和戈壁分手。

好像洛枳从来没有和盛淮南在一起。

“百丽？你怎么了？”

江百丽哭得嗓子都哑了：“没事，陈墨涵找我的麻烦而已。”

洛枳翻了个身：“没事，没事，没事了。”

盛淮南一整个星期都没有任何消息，洛枳中途收到过张明瑞的消息，说已经一个礼拜没看见他了，这都快期末了，他会不会有事？

她没法回复他，总不能说“我不知道”。

周末的时候，洛枳接到了她妈妈的电话，说那位付姨独自来北京看儿子，就住在东直门那边她儿子工作的酒店附近，洛枳妈妈托对方带了些东西，要洛枳周六过去一趟。

她记了地址和电话，答应下来。

“洛洛，你和你那个小男朋友，最近……怎么样？”

声音里面是有喜气的，又试探着，小心翼翼的，也不知道是为什么。

洛枳笑起来：“挺好的呀。”

她想自己的声音听起来应该是明朗的吧。

“你和陈叔叔呢？”

洛枳的妈妈好像松了一口气般：“胡说八道！”

她也不逼问，就在这边笑眯眯地等着答复。过了几秒钟，她妈妈忽然柔声道：“其实我本来是打算过两天和你说的。”

“是要结婚了？”

“我俩是觉得，这边的事情差不多都……告一段落了，所以打算下个月挑个方便的日子去领证。不过他户口不在这边，在老家广西那边呢。其实他最近一直跟我提这么个事儿，他家在那边，两个兄弟合伙开了个小船厂，他当初也是因为家里面的事情到这边来的，现在想回去，所以跟我合计，要不要一起去那边，到自家的厂里面做事……”

洛枳一开始是认真听着的，渐渐就开始走神。窗台边那棵银杏树上落了一只漂亮的大喜鹊，正沿着枝丫一跳一跳，朝着她的方向靠近。

她握着电话走过去，信号开始变得忽强忽弱，电话那端妈妈略显疲惫的声音显得如此遥远。

她微笑着看那只通体深蓝的美丽鸟儿。

原来是来报喜的呢。她伸出手，喜鹊却没有被惊飞，只是在不远不近的距离，歪着小脑袋看她。

“洛洛？你怎么看？我跟你二舅商量了半天，还是觉得等你大学毕业……”

“妈妈！”她出言打断，非常肯定地对她说，“去吧。”

她妈妈在电话另一端忽然就哭了起来。

周六的早上，洛枳依旧是被江百丽的电话吵醒的。她从床上下来，走到桌边拿起水杯，抬头正看到江百丽坐在上铺兴奋地接电话，前一天晚上扎的马尾，睡了一宿之后被压得完全翘了起来，看起来很像昨天翩翩而来的喜鹊。

“好呀，那你接我去吧，十点半怎么样？”

江百丽挂下电话就爬下来，喜滋滋地抓起洗面奶和牙刷往洗漱间冲。

“顾叔叔要带我去东直门那里的麻辣诱惑！为期末考试打气！”

江百丽就像无限再生的女神，前一天晚上因为戈壁和陈墨涵的纠结情事哭到眼泡发肿，今天早上就能因为一顿饭开心得像个六岁孩子。

洛枳此刻才明白，自己的确不如她。

“你又原地复活了？”

江百丽刚拉开房门，听到这话，转过头，眼睛里面亮得就像住了整条银河。

“我昨天晚上哭干净了，现在终于想通了。我决定彻底忘记戈壁，迈向新生活！”

顿了顿，又补充道：“当然没办法一下子忘干净，但是我决定勇敢点，去倒追顾叔叔！”

洛枳点点头，笑起来：“嗯，去吧。”

她对百丽说去吧，对妈妈说去吧，对朱颜说，去吧。

只有自己一个人站在原地，和一只歪着脑袋的喜鹊面面相觑，看着她们大步前进，抛下苦苦守着一部不会响起的手机的她。

或许她才是千里迢迢赶来报喜的鸟。

“对了，你们要去东直门是吧？捎上我吧，我今天正好也要去那边。”

第36章　新生活

洛枳并没有让顾止烨把她送到要去的大酒店，毕竟人家是要约会吃饭的。顾止烨的冷笑话和江百丽傻兮兮的笑声让她不住叹气，巴不得赶紧跳车。她知道那个酒店和东直门的麻辣诱惑有好一段距离，所以就随便说了一个沿路的方位让他把她放了下来。

下车之后才又扬手叫了一辆出租。

洛枳到的时候正是十一点半，酒店退房查房正忙，付姨的儿子也忙得团团转，根本没有时间带她去他妈妈住的地方，她索性就坐在大厅角落，拿出了笔记本电脑一边修改简历一边等待。

有个相熟的学姐介绍她去一家规模不大的律师事务所实习，跟着一个专门做经济法的律师做助理，每天大概能拿到一百五十块左右的实习工资，现在急着朝她要简历。

朱颜离开之后，她必须找到另一份薪水相当的工作。更何况，她原就不打算一直读下去，总是要及早积累好各种实习经历，为以后找工作做准备。

她低头奋战了半天，Word格式还是调得不满意。洛枳伸了个懒腰，抬起头，竟然看到了戈壁和陈墨涵。

陈墨涵穿着浅蓝色的吊带衫，外面披着一件白色的亚麻开衫，墨镜遮住半张脸，洛枳一时有些认不出。然而旁边的那个穿着黑色T恤的背影必是戈壁无疑。

两个人都冷着一张脸，并没有牵手，看起来倒像黑白无常结伴来索命。

洛枳才意识到这里很靠近陈墨涵所在的大学。

想到江百丽终于下定了决心，她看到这两个人倒也不觉得太过添堵——直到十分钟后，她在大厅又看到了江百丽和顾止烨。

百丽和顾止烨相距有一段距离，两个人一前一后，有说有笑地朝电梯间走，并没有到前台登记。洛枳第一个念头还以为他们竟然进展如此神速，饭都不吃了就来开房……转念却觉得心慌。

她连忙将简历保存，直接合上电脑塞进包里，大步朝电梯间跑过去。到拐角的时候，洛枳停了一下，微微歪过头去看，见到他们两个人进到电梯里面了，才慢慢走过去。

电梯门缓缓合上，洛枳站在指示灯旁边静静地看。

16层。

洛枳远远地跟着，看到顾止烨掏出一张卡，在门上刷了一下，推门进去，江百丽也笑嘻嘻地跟着。

她觉得有点怪异，可也没办法——她毕竟管不着你情我愿的事情。

虽然江百丽看起来不应该那么放松自然才对。

洛枳呆了好一会儿，才意识到自己此刻的行为非常愚蠢，正要抬步离开，突然听见背后两扇门同时拧开把手的声音。

江百丽和顾止烨。

陈墨涵和戈壁。

两个房间门对门，四个人同时走出来，面面相觑。

“百丽？你怎么在这儿？”戈壁的脸苍白一片。

陈墨涵则挎着戈壁的胳膊，笑得煞是甜美。

“我为什么不能在这里？！”

凭洛枳对江百丽的了解，她猜想这句话江百丽本来应该是想要说得淡定自若，清者自清的——然而眼中凌厉的神色和失控的音量都暴露了她有多惊讶和愤怒。

陈墨涵和戈壁十指交握，清清爽爽地出现在酒店这个暧昧的地点。即使江百丽早就接受了他们已成情侣的事实，却未必能够掩藏得住突如其来的情绪。

“你不也在这里吗？”百丽的声音更大了。

戈壁脸色一暗，偏过头去。

洛枳自然不知道这两个人在后来的拉锯战中，是不是曾经有过什么不真实的表白和兑现不了的承诺。

戈壁有没有夸张地说过他和陈墨涵之间有多么生疏冷漠，有多么比不上他和百丽曾经的亲密？

也许有吧。否则江百丽看到酒店房间门口的这两个人怎么会如此激动。

这时候陈墨涵抿嘴一笑，声音听起来落落大方，像个控制进度的报幕员：“行了，酒店这种地方谁有钱谁就来，有什么好惊讶的。百丽，怎么不介绍一下身边这位？”

戈壁和百丽都愣住了。百丽脸色发白，却不解释，眼睛盯着墙壁，而戈壁的脸色却慢慢地缓了过来。

陈墨涵笑：“这有什么不好意思的，百丽这是好事情啊，上次在 KTV 见到的时候我就想问你来着，不过那里实在太吵了，我怕打扰你们唱歌，没找到机会问。”

顾止烨一副神游的样子，此刻终于心不在焉地回过头，朝陈墨涵和戈壁点点头，戈壁连忙点头说了一声“顾总”。

“不过看样子你们进展真是迅速啊，我都为你高兴呢。就这样子前两天我还听戈壁说你没有男朋友，开什么玩笑，这有什么好害羞的呀！”

洛枳从未这样厌烦过陈墨涵腻得泛油光的声线。她不死心地盯着顾止烨，对方却什么都没说，陈墨涵猜测他和江百丽之间的关系，他既没否认也没肯定，还是一副与己无关的样子，留江百丽在原地难堪。

虽然不是男朋友，总归是朋友吧，何必这样。

洛枳脑子里迅速盘算着这件事情的蹊跷之处，心底隐隐有种不好的推断，却来不及仔细思考，她只知道自己此刻一定要做些什么。

“百丽？你们为什么在这儿？”洛枳装出很惊讶的表情，拎着还没来得及拉上拉链的书包慢慢走向前。

在酒店开房都能开到隔壁房间来，真是巧。

“刚才下车时都没好好谢谢你，我急着跑过来看亲戚家的孩子，约好的时间都迟了，所以急急忙忙就跑了。那个，你们俩不是说好了去麻辣诱惑吗，怎么也到这儿来了？不吃饭了吗？”她堆起满面笑容，很自然地站到他们两个身边。

陈墨涵急急地接上：“人家小情侣想做什么就做什么，跟你有什么关系？改主意还要先跟你打招呼吗？”

“你是哪位？我们说我们的话，跟你又有什么关系？”洛枳终于偏过头看她。

然而这句话突然给了她自己提示。洛枳拼命告诉自己要镇定，目前这都不是最要紧的。

江百丽却只是低着头看地板，一句话都不肯说。

“百丽？”

她一定要江百丽亲口说出顾止烨带她来这里的缘由。陈墨涵必然是希望让戈壁误会江百丽不自重，她心知肚明，可江百丽恐怕当局者迷。

虽然帮着她在戈壁面前澄清这一点并没什么意义。

“他有个哥们儿住在这间房里，”百丽勉强一笑，看了看顾止烨，“他拿着门卡来帮哥们儿带一样东西出去，因为着急，所以先不吃饭了，过来办完了事情再去。”

江百丽活像在梦游。

“别装了，我没兴趣知道你们俩为什么出现在酒店，该是什么关系就是什么关系，装什么纯。”陈墨涵烦躁地皱起眉头，拉着戈壁就要离开。

“哪种关系啊？在酒店里从房间出来，一看就和你们两个是一种关系？”江百丽嘴唇都在抖。

“你这个女生怎么这么烦人啊？！”洛枳忽然就火了，“我和百丽说话，你老插嘴做什么？什么叫‘装纯’，你自己不纯，看全世界都觉得装！你有没有点家教啊？人家为什么来这里，到底干你什么事啊？牵着你的男朋友该做什么做什么去行不行？”

她忽然就懂得了如何去做一个闺蜜。

洛枳大声的呵斥戗得陈墨涵脸色青白，她胸口起伏，半天说不出话来，终于想到反驳的话，刚要开口就被戈壁拉住了胳膊。

“走吧。”他紧紧抓着陈墨涵的胳膊，几乎是用拖的方式将她拉向走廊另一端的电梯间。

“贱人！”陈墨涵倒着走，空着的另一只手伸出食指恶狠狠地朝着江百丽的方向点啊点。

“没人关心你叫什么，用不着自报家门！”

洛枳觉得自己像是踩了战斗模式的开关，冷笑都有些恶毒的狰狞。

陈墨涵又喊了些什么，他们已经有点听不清。这两个人离开之后，洛枳才觉得心猛地向下一沉，她刚才所做的一切几乎出于本能，此刻却要好好计较——抬头看着顾止烨平静的脸，她一时拿不准自己要如何应对。

她不知道自己的猜测是否准确，也许江百丽又是一相情愿，顾止烨只是觉得这一切与他无关；也许顾止烨和江百丽仍然是有可能的，不出声只是因为单纯地觉得不方便和陈墨涵一个女孩子针锋相对。也许……

洛枳害怕行错一步就会毁了江百丽的希望。

“我要倒追顾叔叔，开始新生活！”几个小时前，眼前这个低着头的女孩子还坐在宿舍的床上大嗓门地指点江山。

三个人尴尬地面面相觑了一会儿，还是洛枳干笑了两声，装傻道：“不好意思啊，我来找人，看到你们几个就走过来了，没想到是这种场面，我脾气其实不大好，也不想和她吵的。其实我也饿了，要不这样吧，我先不等我朋友了，我们一起去麻辣诱惑吧，我……百丽？百丽？”

在洛枳硬着头皮说了这样一大堆话之后，江百丽忽然抬起头，脸上没有过多的表情，泪珠却止不住地往外奔涌。

“我先回去了。”她说着，急匆匆地转身就走。

洛枳没有去追她，倒是顾止烨愣了两秒钟，就大步跟了上去。

查房的清洁工推着推车经过洛枳身边，若有所思地打量着正坐在地上将电脑关机的她，对她说：“姑娘，让一让。”

洛枳不好意思地站起来：“对不起。”

她说着，抬头看了看自己靠着的门。

“对不起小姐，这个我不方便透露。”前台小姐笑得很假，洛枳只好点点头说：“我知道了，谢谢你。”

直接问，真够笨的。洛枳这时候才想起来自己今天过来是做什么的，连忙拿起手机。

“程鹏？还在忙吧？……我不急我不急，我只是想问一下，你能帮我查一件事情吗？我不知道方不方便，不过能帮忙最好不过了。”

她坐在十几分钟前改简历的沙发上发呆，大概过了五分钟就接到了付姨儿子的电话。

“我查到了，叫……啊呀怎么一转身就让我忘了？叫……”

“姓什么？”

“姓陈。”

“陈墨涵？”

“啊，对对对！就是这个名字，有点复杂，我念叨着到底还是给忘了……”

洛枳忽然感觉到身边的沙发向下一陷，她侧过脸，看见了顾止烨。

她不知道说什么，可能什么都不需要说了。

第37章　时间的海洋

忽然下起雨，窗外的声音像是海浪拍岸。

路灯像一座座昏黄的灯塔，都长着一模一样的湿漉漉的脸。洛枳听见窗外小路上行走的男男女女尖叫起来，脚步声纷乱，向着四面八方逃开去，叫声中却没有一丝气急败坏的味道，甚至夹杂着些许兴奋和期待。

洛枳的手机像是患了失语症，她握在右手手心里，用拇指去摸索光滑的屏幕，忽然有种冲动，想要将它扔到窗外的雨海中。

从此不牵挂。

忽然门被推开。江百丽出现在走廊的灯影下。她不知道是从什么地方回来，一身酒气，穿着绛红的裙子，一边走路一边自言自语。洛枳站起身去扶她，被她一个趔趄带倒，椅子翻倒过去发出巨大的声响。

江百丽笑着爬起来，坐到洛枳床上的那一刻，却像按错了开关一样呜呜地哭，声音很小，然后渐渐开始号啕。

洛枳倚窗站着，挫败感爬满心房。

“你为什么会想到要来查这个呢？”

当时顾止烨轻声问她，语气就像第一次一同出去吃饭时问起他们的期末考试安排一样。

“百丽呢？”她先想起他本来是追百丽出去的。

“放心，不会自杀的。帮她打了个车，送她回学校了。”

“所以，房间是陈墨涵订的吧？你们故意的吧？”她开门见山。

顾止烨低头点起一支烟，应门小弟走过来对他说先生不好意思大堂也是禁烟的，他愣了一下，摇头笑了笑就掐灭。

“是。”

“那天唱KTV，我在车里听你讲电话，里面似乎是一个女孩子在朝你喊什么，听不清，江百丽恐怕更没注意到。门口的侍应生问你有没有预约，找姓顾的先生找不到，你就把我们两个支开了。后来出门的时候，我朋友去帮我问了，我们那个房间是一位陈小姐预订的，真巧，那天也遇见了陈墨涵和戈壁呢。”

“就因为这个，你就推断那个陈小姐是她？联想到今天也是陷害江百丽？你这联想未免太牵强。”

“我当时并没有想太多，也不知道为什么好奇地去打听。不过现在回想起来，你都把我们送到学校了，接了个电话就突然提出去唱歌，说了附近有钱柜，偏要跑到大老远的雍和宫，也是因为陈墨涵突然要求的吧。”

顾止烨看了一眼洛枳，眼睛里面竟然有些赞赏的意味，让她觉得很不舒服，皱着眉瞥了一眼。

他笑着叹口气，转开眼：“她和她那个男朋友又闹别扭了而已，当着KTV里很多大学同学的面，有点下不来台，所以希望我帮忙，制造个巧遇刺激她男朋友一下。”

“你三十多岁的人了，怎么去配合一个脑子有病的年轻女孩子，花这么大力气去做这么无聊的事情？你闲的吗？”

顾止烨笑起来，声音却冷淡下来：“这话说得就有点难听了，这事儿自始至终跟你没关系吧。”

洛枳凌厉的眼神被她自己截杀在半路。她还有话没问完。

“所以全部理由都是策划好了，让戈壁厌恶江百丽，诬陷她傍富二代……”洛枳另起话题，忍下所有对他们的评价，定了定神，继续问，“那么新年酒会上，你也是故意接近百丽的？”

“新年酒会的赞助是墨涵帮她男朋友联系到我的，本来就是露个脸捧个场，结果她忽然求我帮个小忙，说那个男孩的前女友来闹了，能不能帮忙牵制住。”顾止烨说起这件事情，自己的口气都有些无奈和戏谑，轻描淡写的从容。

牵制住。他这样年纪和身份的男人，想要迷住一个小女生，何其简单。

“她就告诉我说穿着白衬衫牛仔裤，扎起头发很朴素的女生，我怎么知道你们俩穿了一样的衣服，一开始居然认错人了。”

原来那不是精神病发。洛枳回想起当时酒会上顾止烨奇怪的举止，故意地接近和那些想来都觉得肉麻的搭讪，终于明白其中的缘由。

“百丽跟我讲起酒会后你去追她，说的那些安慰人的话，包括你那个爱看言情小说的初恋女友什么的，都是陈墨涵教给你的鬼扯吧？”

顾止烨笑着点头。

“挺管用的。”

洛枳全力克制住自己想要站起来抽他的怒火。

“可是，你也在江百丽身上花了不少时间……”

“吃几顿饭，开车与人便利而已，小姑娘就是喜欢多想。”

洛枳被噎得无话可说。

她原本想问他是不是有点喜欢百丽，想问他如果自己不去揭露真相，他究竟要怎么样结束或者继续与江百丽的这种交往，没想到，这一切愚蠢的问题都可以省省了。

“洛枳，”他的语气很耐心，手肘拄在膝盖上，弯着背，宽和地慢慢说，“说白了，我没怎么样你的好朋友。我没欺骗她感情，更没骗她上床什么的，谈不上我伤害她什么，如果有，那真的是你们这些小姑娘想太多。当然，我承认的确有撒谎和误导，不过你别觉得我说话难听，还是你们天真，自找的。今天不管你发现没发现墨涵的事情，我都要离开北京回公司去了，也不会再联络百丽了。帮我跟她问好，乐不乐意带话要看你自己了。”

洛枳低着头，手攥得有些无力。

“你为什么要帮陈墨涵做这种缺德的……”

他笑着打断她："哄当官家的孩子开心，还要问为什么？你读大学读傻了吗？不过这跟你可没什么关系，别在这儿义愤填膺了。我是觉得你挺有意思才跟你说这些的，你别不领情。"

顾止烨说完就站起身，拍了拍裤腿因为久坐造成的褶皱，朝她点点头，走了。

洛枳哑口无言，呆坐在原地，看着这个人从容地穿过旋转门，朝自己的车走过去。

洛枳不知道江百丽在哭什么。

因为戈壁的摇摆不定优柔寡断，还是因为陈墨涵的讥讽侮辱，又或者是因为顾止烨。

担心顾止烨觉得自己仍然爱着戈壁？难堪于自作多情？或是焦虑于他的消失和不再联络。

洛枳不知道。然而她觉得，不管是上面的哪一个原因，终究都好过告诉百丽关于顾止烨的真相。

百丽哭得抽抽噎噎，始终说不出一句话，洛枳盯着窗外，初夏的夜晚大雨瓢泼，她想起家乡那边常常用"冒烟"来形容这样的倾盆如注。

冒烟。洛枳走到江百丽的书桌前，却没有开灯，拉开第一层抽屉，借着外面微弱的路灯光，在里面摸索了许久，才掏出一包烟和一个廉价的浅绿色塑料打火机。

"抽烟吗？"她问。

江百丽一边抽抽搭搭一边笨拙地吸了一口，猛然一打嗝，呛得满脸通红，咳得惊天动地，鼻涕泪水分外狼狈。

洛枳也没好到哪里去，她想不起来电影里面那些风情的女人是用哪两根手指夹着烟的，摆弄了半天，一口还没抽就被烟灰烫了手背。

两支烟在昏暗的屋子里，点亮了两只眼睛，让洛枳没来由地想起顾止烨略带嘲讽的神态。

江百丽稀里糊涂地抽掉了一支烟，洛枳含了两口就觉得味道奇怪，在水泥地板上掐灭了扔进垃圾桶。百丽又站起来翻出一堆不知道何年何月的指甲油，对着窗口薄暮一般的光线，细细地涂。

"你疯了吧？"

江百丽没回头。

“洛枳，我后来发现，其实他们全部都认识。”

洛枳许久没找到一句可以说的话，江百丽却这时候一面扇风晾干指甲油，一面转过头，一脸泪痕，眼里晶晶亮地对她笑。

“我觉得我就是个大傻 ×。心里好疼啊。”

洛枳抓着江百丽的胳膊将她拖出宿舍的时候，对方一句话也没讲，任由她带着走。她也不知道自己要走到哪里去，出门时踢到了桌边尚未打开的包裹，里面是今天她从那个付姨手上拿到的家乡零食。

“你妈妈真是好惦记你呀。”

她们推开大门，冲进雨里，刘海儿粘在额头上，雨水流进眼睛里，视线模糊一片。

“挑挑拣拣拿了这么多吃的，说都是你喜欢的。”

洛枳利落地翻墙爬进早已关闭铁门的体育场，江百丽也学着，差点一头扎下去。

“她这辈子也算得到补偿了，老天有眼，女儿听话又优秀，现在又找到归宿了，我也替她高兴。”

她沿着红胶泥跑道大步地向前冲，大口呼吸，喉咙、气管和前胸痛得仿佛都有了独立的生命和意识，风和雨声混在一起，她渐渐听不清身后江百丽的哭声。

“那家人终于遭报应了，男的进去了，正在调查，他们说肯定不能轻判，钱都还不上了。说不好，老婆也会受牵连一起进去呢！”

洛枳突然感觉不到自己的心跳。手机估计已经进水短路了，再也不需要查看是否有远方飘来的信封图标。她却不停，在雨中睁大眼睛，张开双臂。

像是跑进了时间的海洋。

第38章　骗子

政治课考试的那天，天亮得很早。洛枳五点半就听见窗外的鸟儿叫得正欢，悦耳中带有一丝嚣张的吵闹。她坐起身，迷迷蒙蒙地听着，在自然杂乱无章的美中，得到了一丁点久违的快乐。

拎着早饭汇入人群，从宿舍区通向教学区的主道已经满是赶去考试的学生。她一边听着歌一边目光空茫地向前走，在前方一对情侣一错身的瞬间，看见了一个穿着黑色 T 恤的男孩。

后脑勺微微扬起的几绺发丝，端正的肩，单手拎着的黑色书包，和她一样的白色耳机。

洛枳神色睖睁，默默地调整了步伐，从情侣并肩的空当中，看到那个背影反复地出现又消失。

不知为什么，她丝毫没有跟上去的冲动，只是一路平静却又恍惚地跟着走，仿佛一步步走回了三年前，一片高中校服的海洋，她在那么多背影的掩护之下，目不斜视，大大方方地盯着同一个人看，仿佛他的后背上能开出花。

她知道他平安，也通过种种方式打听着他家中的情况，和他宿舍的同学分工合作，帮他分别搞定了专业课和其他必修、选修之类的所有作业与签到。幸好他还是来考试了。

洛枳换了新手机，开始用声音不大的铃音。但是手机几乎从来没有响过。

就在昨天，洛枳竟然接到了郑文瑞的邮件。

那是一封转发邮件，原始邮件的发件人是叶展颜，收件人是盛淮南！

Email 只有一个音频附件，无主题，内容是："你的心是偏的，我不在乎，也不会苦求你的心偏向我这边，可是我需要一个公道。现在我有证据，她到底隐瞒了多少，你自己心里清楚。"

洛枳读了两遍才看懂这拗口的语句。曾经在振华的窗台边，叶展颜信誓旦旦，正义对她毫无用处，没有感情，孜孜不倦地求公道，简直就像个傻×。

她不知道这个女孩子究竟还有哪句话是真的。

音频下载得很慢，洛枳站起身拿起窗台边的可乐瓶，给江百丽上个月买来的茉莉浇水。她曾预言江百丽这种作息和习惯绝对不适合养任何有生命力的东西，从没想到江百丽竟然再也不熬夜赖床，连这盆茉莉竟然也感动得开了花。

一室淡雅清柔的香气。

她坐回位子，音频已经端正地戳在电脑桌面的最中央。她没有带耳机，只是将扬声器音量调大，就双击图标开始听。

"可是，你为什么特意要将这些话讲给我知道呢？"竟是洛枳自己的声音。

"有些话，我没有和盛淮南说。但我希望你知道。"

"你让我知道这些毫无意义。"

"不要对我这么戒备，你是这么缺乏自信的人吗？"叶展颜停顿了一下，才平静地说，"其实我和盛淮南早就不可能了……我只是想再给你一次机会，请你告诉他，当年你背信弃义，没有帮我转达的那些苦衷，到底是什么。"

竟是那时候和叶展颜的对话录音，洛枳笑了出来。她录了音，可似乎内容微妙地处理过了。

"我本来选择的是在北京读法语班，一年之后再去法国。但是看到后来的情况，觉得，还是离开的好。所以我到底也没和他讲实话。我小学二年级的时候，我爸在北京的一个美院教国画，和一个女同学搞到了一起，骗人家说自己丧偶，传到这边，我外婆以为他要把疯女儿和外孙女都扔给她一个人，气得直接杀到北京去，把一切都搅黄了。那个女学生大着肚子退学了，我爸灰溜溜地从美院辞职了。但他后来还是留在了北京，混得越来越好。的确，对搞艺术的来说，睡了个女学生又有什么呢？——但你知道那个女学生是谁吗？那个女同学，居然是盛淮南的小姑姑。我想让他知道，我独自一人背负了什么。我说分手，他连挽回一下都没有就说好。当我舍不得吗？我真的一次没有联系过他，一次都没有。但是现在我想通了，我没兴趣忍辱负重，我真的想通了，我要他心疼。我凭什么把他让给别人呢？”

这样大段的独白，剪得毫无痕迹。

“你能不能帮我把这些，讲给淮南听？我自己怎么都说不出口。”

“我？”

“对，你。”

“好吧。”

洛枳听到这里，甚至都想为这段音频击节喝彩了。

然而这封原始邮件，实际上是二月份寒假期间发送出来的。五个月以前的事情，盛淮南竟从未问起过洛枳，也不曾表现出一丝怀疑和动摇。

洛枳的心像泡在温热的柠檬水中一样，暖和，却酸涩难当。

然而她始终不明白郑文瑞为什么会在这样的时候给她转来一封久远的控诉信，更奇怪她是如何得到这封邮件的。

洛枳想了想就打字回问，除了那两个问题，还追加了一个困扰她许久的。

当初她如何能像个预言家一样，在她怀揣秘密的时候，就半路杀出来找她喝酒。真的只是巧合吗？

郑文瑞没有回信，却在晚上打了电话过来，背景音是地铁报站的广播，说着说着，声音就被列车高速行驶时的巨大风声所吞没。

“我不想跟你说话。”

郑文瑞开场白就让洛枳有些后悔接电话。

“不过你既然问我，我现在就告诉你好了。”

“是叶展颜找到我，说她的邮件石沉大海，盛淮南根本不接她的电话，也不回复她的跨国短信，想来想去，竟然找到我头上，让我探听消息。当然，我知道她折腾不出来什么事情，反正又不是第一次帮她了，我就答应了。”

“不过，她死活不说到底是什么事情，我就只有告诉她，盛淮南早就不用高中那个邮箱了，可能是她发错了。而我立刻注册了一个和盛淮南邮件地址非常像的新浪邮箱，告诉她重发试试。所以我就收到了那封邮件。”

心理变态。洛枳默默地想。

“当然，我看到邮件是怎么回事之后，也打电话去问了盛淮南。虽然他也是在我打过好多次之后才接，不过，我早就不在意了。盛淮南在电话里面骂我和叶展颜精神病，说邮件他看都没看就直接删掉了，让我们以后好自为之，否则见一次骂一次。”

“怎么样，洛枳，听着心里爽吗？”

迟来的故事，带着迟来的动容。洛枳疲惫地向前走，这样慢慢地走，慢慢地回忆，人潮汹涌，路像是走不到头。那封迟来的邮件一声声地催促她走过去，催促她去拉住他的手，然而洛枳回过神来，已经站在了理科教学楼的大厅中，眼看着他穿过中庭走进教工专用的电梯里。

她一阵疑惑，目光上移，看到大堂正中央高悬的大幅信息显示屏。

信息显示屏上滚动播放着“严肃考风考纪”的通知，她看到了“盛淮南”三个字，跟着学号和院系，在一列严重违纪、取消学士学位资格的人名里面，一遍又一遍地出现。

鲜红方正的字体，刺痛了她的眼睛，好像许多年前，她一笔一划地在那张成绩分布表的上方写下：“盛淮南，921.5 分。”

人群一批批拥入教学楼，四散前往各自的考场，仿佛势不可当的洪流，只有她一个人站在那里，仰着头，像傻瓜一样泪流满面地痴痴看着，宛如激流中一块孤零零的岩石，负隅顽抗，动弹不得。

第39章　天早灰蓝偏未晚

“我以为你知道。”

张明瑞的话从电话听筒传过来，让洛枳鼓膜钝痛。

我以为你知道。

她本来应该是第一个知道的人。

洛枳无法接通盛淮南的手机，拨打张明瑞的，同样也是关机。

距离考试开始还有三分钟，洛枳终于艰难地挪动步伐，向着考场走过去。

脑子里面一遍遍回放的，却是盛淮南的背影，一如高中时候的镇定安然，姿态昂扬，从大屏幕上自己鲜红的名字下面，从容地走了过去。

洛枳浑浑沌沌地被人群拥挤着从考场走出来，立刻清醒过来，掏出手机，想了想，拨通了张明瑞的号码。

时隔几个月又听到她有些沙哑的声音，张明瑞的态度并没有疏离的表现，只是对于她的震惊，他有些疑惑却平静地说：“我以为你知道这件事情了。”

洛枳不知如何解释，只能继续急急地问：“究竟为什么。”

“洛枳，你先别着急，”张明瑞柔声说，“他其实是倒霉，盛淮南是在帮别人。”

“什么意思？”

“我们是在一个考场考的英语，就是昨天上午。这次精读3考试的作文题目里面有个明显的超纲词汇，很多人都不认识，可是不认识这个关键词就没法写作文。我们经常一起打球的一个师兄也考这门英语，事前我就知道他一定要盛淮南罩着他，所以碰见这个事儿，盛淮南就传了张字条给他，结果就被学校的教务老太太给抓了，本来字条是从那个师兄手上被搜出来的，但是我也不知道怎么回事，最后遭殃的居然是他……”

洛枳觉得张明瑞的每句话都直愣愣地戳进她脑袋里，她努力地控制住情绪，轻声问：“盛淮南不像会做这么蠢的事情的人啊，他以前考试的时候也会这样吗？”

“不可能，他绝对不会在这种事情上冒险，所以我们都觉得他昨天简直不可思议。不过现在是没辙了，处分来得特别快，昨天四点多钟的时候竟然已经，已经公示了。”

“他今天也没有考试吧，我看见他坐着电梯直接去你们的教工办那边了。”

“可能吧，”张明瑞叹气，“我昨天见过他一面，他看起来还算平静，不怎么说话，我们也不知道怎么劝劝他才好，本来以为你……唉，其实如果是本系的考试，我们的教务抓到了应该也就警告几句就算了，但是校教务不一样的，对了，法导考试那次，你也看到过的，那群师奶级别的，特别狠，杀一儆百，这么多年抓作弊已经抓出瘾来了……”

“张明瑞！”

“啊？”

“你如果看见盛淮南，可不可以帮我告诉他，我在等他的电话？”

张明瑞沉默了很久，才开口说：“好，我会和他讲。”

“还有，”洛枳早饭也没有吃，太过激动让她此刻有些头昏，扶着楼梯扶手缓缓坐在台阶上，眼前像电视机的雪花屏幕一样闪耀起来。

“你能不能，告诉我那个师兄的电话？”

洛枳一路狂奔到东门口，在烈日曝晒下等了二十分钟才打到一辆出租车。车在四环上飞驰，两旁的高楼大厦全部被甩到身后交织成一片迷离的网。好像有一列火车，带起猎猎的风，在她脑海轰鸣而过。

别墅无人，大门紧锁。

背后那片蔷薇花墙因为无人打理，早就乱得像枯藤。天色一点一点暗下去，不多时便是一片浓重的灰蓝色，无端勾起人心中最肃穆的情感。

朱颜沿着花径走过来的时候，看到的就是这样的天色下，坐在她家门口台阶上神色疲倦却又凄惶的洛枳。

看起来，身影格外的小。

“我打你的电话，打不通。以为你已经去新加坡了，但是还是不死心，想要过来试一试，一直告诉自己再等十分钟就走，结果一直等到现在。”她打起精神，笑着对朱颜说。

“我手机今天上午和房产中介吵架的时候敲坏了，要不是突然想起来有个东西落在这儿了，我今天可能都不会过来的，”朱颜有些不好意思，“你嘴唇都干了，一天没吃没喝吧？到底是怎么了？”

洛枳依旧坐在台阶上，仰头看她，看着看着，就泪水倾盆。

“你帮帮他，好不好？”

“谁？”

“你帮帮他好不好？我知道这样很自私，我也知道你其实并不想要接触他和你以前的家人，不愿意牵扯到过去，否则也不会几次三番对他避而不见。所以我一直憋在心里没有问过你，我觉得应该尊重你，可是这一次我请你原谅我，我知道你是他姑姑，你能不能，帮帮他？”

叶展颜甫一同她讲起自己父亲当年逃避患精神分裂的母亲，到北京欺骗美院女学生的故事，洛枳就将它和朱颜自己讲过的往事连接在了一起。

她猜朱颜早就知道盛淮南究竟是谁，却从未提出要相见，必然是没有兴趣旧事重提，和家里人再扯上什么关系。她也提出过几次，玉渊潭也好，欢乐谷也好，朱颜的回绝都已经表明了态度，她心知肚明。

然而现在，她已经没有别的办法。

"他家里出事了，现在又遇到这种事情，不是我可怜他，可他的确还太年轻，再优秀也很难扛过去的。我不希望让他知道，只能跑过来偷偷和你说，朱颜，你不要生我的气，你能不能告诉我，我要怎么办？"

她哭得嗓子沙哑，声音控制不住地颤抖，努力地想要将每句话冷静地说出口，可是却无论如何也无法掩饰浓重的鼻音和软弱的哭腔。

她说尽了好话，一再承诺不惹麻烦，只是想问清楚原因，那个执意要盛淮南帮他作弊的师兄才勉强理会她。

当对方略带愧疚地告诉她自己的背景，洛枳才终于理解了盛淮南的苦衷。

"我爸如果愿意的话，可能帮上点忙。至少，他妈不需要进去了。"

"没想到会出这种意外呢……"师兄不好意思地说。

朱颜静静地听洛枳说完，拍着她的背，像哄着一个六岁的孩子。洛枳哭得毫无形象，终于稍微平静下来一些，顿时觉得嗓子痛得说不出话来。

"真是个傻瓜。"

"不是的，朱颜你知道的，"洛枳摇摇头，"我们这一代，大部分没有走过别的路。成长路上小心翼翼，不敢有一步差池，读书拿学位，几乎是一条主干道。所有其他的分支——好工作、更高的学位、稳定的生活、社会地位、成就感，甚至婚姻，都是从这条主干道分出去的，在乎能力，也在乎个人选择。但是现在，他有能力，却没有了选择的机会了。何况他现在背负的东西这么多，我却没有能力帮他什么，甚至，你也知道，其实我们本来应该是仇人的。"

"傻瓜。"

"朱颜，我不是求你去疏通关系，让他能够拿回学位证。我知道这可能性微乎其微，但是可不可以，你帮他渡过这一关，也许你有比较便利的条件，可以将他带出国去发展。比如重新申请学校读书怎么样？或者……我不知道。"洛枳痛苦地摇头。

她从一开始就万分啰唆、语无伦次，自己也不知道自己究竟在说什么。

"我虽然不了解你后来的全部经历，但我知道一定不容易。你遇到过很痛苦的挫折，一步步走到今天，我想你的存在一定能让他有所领悟，这是我来找你最重要的原因。"

洛枳努力抑制住泪水，擦了擦脸，沉声继续说。

“但是，我始终相信他，他是盛淮南，他的未来不会夭折在这里。一定不会。”

朱颜和她并肩坐在花墙下的台阶上，轻轻揽着她的肩膀，听她语无伦次地说着学位证的重要性，一面强调以盛淮南的优秀，断不会被这张纸片桎梏住；一面又很现实地担忧，多年寒窗苦读的断送究竟有多么覆水难收，未来又将多么寸步难行。

她就这样一会儿一句“傻瓜”，将她哄到平静。

“其实，我料到你总有一天会猜出来。这倒也真是缘分，他交的两任女朋友竟然都和我有关系。”朱颜说着说着竟然笑起来。

“我一直在想，你们聊天时如果谈起他家中的亲属，怎么都有可能绕到姑姑这个话题吧，那时候你要怎么面对我呢？但是我愿意和你交朋友，就是因为我信任你。”

洛枳何尝不知道这一点。朱颜仍然对她坦诚以待，毫不回避，她自然也对对方珍而重之。如果不是盛淮南此刻的遭遇，她可能会永远将这个联结埋葬在心里。

“其实，我对我的这个侄子，没什么感情，”朱颜淡淡地继续说，“他还小的时候，和我的哥哥嫂子以及他的外公一家都住在市区里，我和我的父亲仍然在乡下住。我在镇里的高中埋头学习，基本上很少陪小孩子玩，直到我离开家去上大学那年，他也才四五岁吧？我连他小时候的样子都记不清楚了，挺乖的孩子，很讨人喜欢。”

朱颜顿了顿，回过头笑着看洛枳，“对了，他五六岁时什么样子，你最清楚不过了，你还和他一起打过架呢。”

洛枳破涕为笑。

“至于我哥哥嫂子，那就更不用提了。我爸以前是读书人，成分不好，一辈子没赶上好时候，老了也就安心待在乡下自得其乐了，但我哥可不是安分的人。”

“我们两个年纪差得太多，感情也不深，嫂子家里倒是非常有背景的，他也是靠着这个关系和自己的钻营，一步步到了今天吧。我跟他们断绝关系之后，呵，我的事情你大概知道，但他们夫妇后来的发展我实在不关心，也不清楚他们怎么就走到了今天这一步。反正两个人都是心狠也敢贪的人，做到这个份儿上，不奇怪。”

“那你父亲……”

“那句话怎么说的来着？十个指头还长短不齐呢。我父亲到底还是更不放心我哥哥吧。我生活好一些了之后，一度和他有过联系，但他都说给我哥了，说一定要把我认回来，被我哥说服了，哦，我记得我哥还打到我留给我父亲的电话号码，对我说做人要知道廉耻。”

洛枳愣了愣，有些不安地捏了捏朱颜的手。

“真是小姑娘，”她反过来捏了捏洛枳的耳朵，“这么多年，去过这么多地方，见过这么多人，当年的事情早就淡了，讲讲而已，心里不难受的。”

“我还是会照例给我老父亲汇钱，为人子女的本分嘛，可惜，他的葬礼我都没参加。听你现在这样一说我大概知道了，也是急火攻心吧，为我哥哥的事情。”

朱颜叹口气，突然问她：“对不起，我能吸根烟吗？”

洛枳惊讶地张口：“你们怎么都吸烟？我最近才发现这么多我以为不吸烟的人都……”

“解千愁啊，你也试试？”

朱颜身上带着一种洛枳觉得自己此生都不可能拥有的风情。她洒脱地低头点烟，在风中用手拢着火的时候，温暖的橙色火光照亮了她的脸庞，一绺碎发垂下来，随着微风摇啊摇。

“不过，”她徐徐吐气，“听到你说这些，我顶多是为盛淮南可惜。我倒也不是记仇，只是真的没什么感情，听说这些，估计甚至都没有你听说他家倒掉时的那种震撼感。当年的事情让我最难过的不是骗子，也不是世态炎凉，而是终于明白骨肉亲情，说穿了，也就那么回事。”

洛枳知道她的所指，听到这句话，心有所感，也跟着叹息。

“其实现在想想，我哥哥、嫂子的关系那么紧张，人前和和气气，背地里能把家中砸得稀烂，这小孩到底是怎么长大的啊。”

洛枳吸吸鼻子：“你不是感慨过吗。那时候我还不知道你本意是什么呢。”

“上次我问过你，你说至今没有告诉过你妈妈，你和盛淮南的事情。”

“我怕她崩溃。”洛枳言简意赅，朝朱颜耸耸肩。

“可你还是喜欢他。”

“对。你也是那个人的妹妹，我也很喜欢你。我不知道别人会不会觉得我大逆不道、狼心狗肺，但是我就是这样了。某些将人因为血缘关系而一棒子打死的心态，在我这里不存在。你是你自己，盛淮南就是盛淮南，当年作恶的不是你们，而作恶的人本身也受到了惩罚，虽然迟了一点，但总好过没有。”

洛枳站起身，朝朱颜笑笑，与刚刚那个崩溃哭泣的女孩已经判若两人，很坚定地说：“我一直都想得很清楚。你早就发现了，看得比我还清楚，对吧？”

“行啦，不提陈谷子烂芝麻的事情了，说这些有什么意思，”朱颜眨眨眼，“走吧，带你去吃饭，快饿死了吧。”

“那……”

“我答应你，”朱颜郑重地说，“我一定尽我所能去帮他。”

洛枳开心地微笑起来，可是刚刚泪水被风干在脸上，根本笑不开。

“但是洛枳，”朱颜补充道，“你要知道，生活比在学校中复杂得多。你能想清楚的事情，我不确定盛淮南和你想的一样。他如果犯浑，甚至可能去怪罪你妈妈写了检举材料，在他父亲入狱的事情上也出了一把力。即使不得知这一切恐怕也很难去面对你。”

洛枳低头凝神想了想：“不。凭我对盛淮南的认识，他不是会如你所说去转身怪罪受害的人。”

“这么确定？”

“对。”

洛枳背对着风向，长发好像被晚风一路带向漫长的过去。

“我喜欢这个人，可能因为很多原因，他长得好看，他打球很棒，他成绩好，他被所有人喜欢，他很有教养，待人亲切，实际上有一点冷漠，或许反而更有魅力……但是这都不是最重要的。”

“那最重要的是什么？”

“我不知道啊，”洛枳笑，“或者说，我很难描述清楚。但是因为那最重要的一部分，我可以百分之百地确定，他不会是你说的那种人。”

朱颜的脸色有些动容。

“那如果是第二种呢，因为愧疚、羞耻，或者其他的什么原因，死活不愿意再见你？”

“我希望不是，但那就是他的选择了，我只能确定我自己的选择。而且，希望他的选择能被其他的事情所触动和改变，比如说，感情。”

“可是如果我真的帮他到海外去重新读书了，你要知道，时间、境遇，其他所有不可控的因素，都会让你们永远没机会在一起。你们这些小年轻有信念，是因为不知道外面有多可怕，自己又有多渺小。我帮了他，你们可能就真的结束了。”

“没关系。”洛枳的答案很干脆。

这个问题的答案，在他们如胶似漆的时候已经写就。洛枳也同样干脆地回答过盛淮南。

相比你众叛亲离与我相依为命，我更希望你得天独厚，应有尽有，被全世界喜爱，哪怕彼此相忘于江湖。

第40章 回忆玛丽安

洛枳听说盛淮南办理了退学，从此再也没有见过他。

期末考试一结束，她就奔赴那家律师事务所实习了，一整个暑假都没有回家。

因为实习的地点距离学校比较远，交通又不方便，她每天都要早上六点钟起床，简单化一点淡妆，在大热天穿上正装，踩着还不大适应的高跟鞋，像战士一样冲进拥挤的地铁，沙丁鱼罐头一样被运送到西单，随着汹涌的人潮踏上地面，重见天日。

那是一种全然不同的生活。她已经做了十几年学生，驾轻就熟，已经对所有的技巧和困难心中有数。然而现在开始，她又需要在很短的时间里面变成另外一种人，不同的思维方式，不同的相处模式，不同的一切。

奇怪的是，在学校自习一整天，晚上照样可以看看有趣的书，然而哪怕她在办公室里还算清闲，一路跋涉回到宿舍的时候，竟然已经头脑发胀，除了弱智的电视剧和综艺节目，其他一丁点开动脑细胞的活动都不想做。

工作未必每分每秒都能学到东西，但在办公室里，直属上司身边，即使无事可做也是神经紧绷的。平时自然有琐碎的事情填满，包括对每封邮件回复“will do（好的）”，都不知不觉地耗费她的心神。

这样，挤过晚班交通高峰，回到宿舍的洛枳，自然像漏电了的机器人。

这对她来说，自然是天大的好事。

她竟然靠着这份工作带来的迟钝和疲累，抵御了汹涌而来的回忆和胡思乱想。

朱颜让她放心，于是她就真的放心了。如果说曾经心上悬着一颗大石头，那么当它狠狠地砸在了心尖上，疼得翻滚，却也踏实了，再也不用惶惑地时时抬头。

实习的工作直到大学三年级开学也没有结束，她每周仍然会去律师事务所三天，其中周六日的下午是肯定要工作的。洛枳一边上着法律双学位的课，认真地盘算自己要不要开始复习一下注册会计师和司法考试，这两种考试有着公认的高难度，她还是及早准备比较好。

就这样加班加点，忙得无暇分神，恍惚间好像回到了一年前。

又是初秋，头顶的柿子树已经准备好了又一次丰收。生命这样安然地轮回，柿子树从来不会因为绿叶荫蔽下曾经上演的悲欢离合而神伤，来来往往走过的是谁，经历过怎样的相识和离别，它从不挂心。

洛枳上法律双学位课程的时候还会遇见郑文瑞。

洛枳起初不明白，盛淮南都已经退学，郑文瑞为什么还会出现在这个课堂上；转头想想却又释然，盛淮南未必会是郑文瑞全部的生活重心，即使她对他的关注和了解已经到了变态的程度，可谁也不能用盛淮南三个字来解释郑文瑞的一切。

或许当初真的是出于本意来上这门双学位的吧，她想。

临近期中考试，洛枳下课后走到讲台边上，去听人群中的教授答疑，有个女生从里面挤出来，狠狠地撞过她的肩膀，她正仰头抄黑板上教授写下的案例，无暇看那个女孩子，匆匆地说："对不起。"

"骗子。"

洛枳又低头抄了两个字才回过神，转头去看的时候，郑文瑞的身影已经消失在了门口。就像当初她害羞而忐忑地在超市门口撞了那个人，由于心心念念紧跟盛淮南的步伐，也是这样看都不看就对她说了声抱歉。

对于某些人，同样的事情一遍又一遍地上演，一年又一年。

她叫她骗子。

洛枳这时候终于领悟，郑文瑞将一封二月份的老旧邮件在七月的某个平淡无奇的夜晚发给她看的原因。

她想要洛枳感动和愧疚。因为第二天，洛枳就将知道盛淮南丢了学位的事情。

然而盛淮南的消失终究还是应验了郑文瑞内心的想法。洛枳是骗子，叶展颜也是，许日清也是，所有人都是骗子，所有人只喜欢盛淮南光鲜的一面，只有郑文瑞也爱他的阴沉虚伪和所有不堪。

郑文瑞可以得不到盛淮南，但郑文瑞对盛淮南的爱，必须是百分之百的第一名。

洛枳一边在本子上飞快地写着，一边在内心默默地对她的偏执致以哭笑不得的敬意。

光棍节的那天，张明瑞邀她出来一起过节。

“吃个饭，然后一起去唱通宵吧，大概十六七个人，热闹热闹，怎么样？”

“唱通宵就算了，我已经答应我室友一起去 KTV 唱歌了，不过吃饭没问题。”

十月的时候，洛枳收到过张明瑞的一封邮件，附件是个不小的视频文件，脆弱的校园网花了三个小时才下载完毕，洛枳点开那个 DV 作品，第一秒钟就听见了一群男生的怪叫和起哄，似乎这个视频是团伙作案。

然后她就看到了张明瑞，骑着自行车，双手脱把，捧着一碗方便面吃得悠闲，每每和一个女生搭讪一次，视频背后的一群哥们儿就欢呼一次。

直到洛枳在视频中看到了自己，背着黑色的书包，在人行道上看着张明瑞，边看边笑。

当张明瑞也看向她的时候，忽然身子一歪，牛肉面洒了全身，视频后的男生几乎全部冲向他，画面也随着奔跑变得摇摇晃晃，摄影的人跑到张明瑞身边对着他和地上的自行车猛拍，所有人都在鬼叫大笑，有一瞬间镜头对准了天空，忽然晃过的太阳让洛枳眼前一亮。

然后画面变得一片漆黑。

邮件里面只有一句话：“我整理东西的时候，才发现，我竟然早就见过你呢。我竟然才发现。”

洛枳怅然，将那个视频看了好多好多遍，忽然有好多话想要对一年前的那个洛枳说。

但她没有回复邮件。

吃饭的时候洛枳突然感慨，无论相隔多久，经历过怎样的波折，她永远和张明瑞可以相谈甚欢，毫无尴尬嫌隙，谈天说地，若无其事。

“对了，我一直不明白，为什么男生对光棍节这个节日这么感冒啊？你们这么害怕过节？”

“不是，”张明瑞摇头，“我不害怕过这个节。”

洛枳点点头，将半盘青笋都下了骨汤锅。

“我是害怕某个人不过节。”

她愣了愣，抬起头，对面张明瑞口气随意，可眼神却认真地看着她。

洛枳笑起来，招手叫服务员：“帮忙添点汤好吗？”

张明瑞转了话题去聊最近很红火的《色戒》，原本是鬼鬼地笑，听到洛枳极为认真地说自己看哭了的时候，不由得败退下来，大呼女生真变态。

吃完饭，洛枳本打算和他道别，没想到张明瑞却将她带去了哈根达斯门口。

“第一次请你吃东西的时候，我们是去 DQ 吧？”

“对啊，确切地说 DQ 是我挑的地方，你看我多么善解人意。”

“那今天把哈根达斯补上吧，虽然所有人都说是国外的超市货，可是的确有点贵啊。”

“吃它做什么，我不觉得比 DQ 好吃。”

“可是品牌多深入人心啊，”张明瑞故作深沉地说，“爱她，就带她吃哈根达斯。”

“什么嘛，”洛枳笑，“广告语而已啦。”

“也有可能是表白啊。”

洛枳转过脸去看他，张明瑞的笑容不知道什么时候褪去了戏谑。她缓缓呼出一口白气，不知道什么时候，萧索的风里已经没有秋意。

冬天就要来了。

洛枳迟迟不知道说什么，直到张明瑞垂下头，然后很快又抬起，哈哈笑着拍拍她的肩膀说：“瞧把你吓的，我逗你呢。”

我逗你呢。

洛枳推开 KTV 的门时，江百丽在大堂指着乌泱乌泱一片排队的顾客说：“要不是姐未雨绸缪，你现在就是他们的一员。”

定了包房而已嘛，洛枳腹诽，她也没想到光棍节竟然如此火暴。

洛枳听说，陈墨涵到底还是和戈壁分手了。

倒也不算是听说。上个月江百丽坐在洛枳床上用笔记本电脑上网，跑出去上厕所的时候，电脑屏幕仍然开着，MSN 全屏，戈壁的一大段话让洛枳想忽视都难。

拜洛枳所赐，顾止烨消失的那天，醉酒又淋雨的江百丽大病一场，只是这一次戈壁没有再给她送清粥小菜。病愈之后的百丽在暑假的时候跑去了贵州支教，又在新学期加入了一个关爱艾滋病患者的社会组织，每个周六还要去城郊的一个老年之家做义工。

洛枳曾经逗她，问江百丽是不是将一腔爱意洒向全社会了，江百丽却非常非常郑重地回答道："这种事情，让我心里踏实。"

"我照顾的一个老奶奶已经九十岁了，有机会就给我看她老伴的照片，讲他们的事情。我给他们排练合唱，帮他们做的每一件小事情都会得到感谢，也都能看到切切实实的效果，你要知道，我从来没有收获过这种脚踏实地的快乐。"

洛枳不是一般的动容。

虽然两个星期后她被拉去一起参加在东单公园的艾滋病宣传活动时，见到了一个男生，以及江百丽脸上幸福的微笑，导致对方在自己心中的高大形象立刻打了个八折。

然而得知她办理了休学，决意用半年时间随那个男孩子去青海支教的时候，洛枳还是表示了赞同。因为她知道，这和当年百丽因为爱情烦闷而学习抽烟、研究星座并不是一回事。那个男孩子至今对江百丽没有任何回应，但百丽从帮助他人这种事情上得到的快乐，绝不是假的。

"不过，你倒不如大四的时候再申请，那时候去参加学校的项目支教一到两年，还能换个研究生读读，很划算。"洛枳笑着揶揄。

"肤浅！"江百丽立刻尖叫起来，将所有东西一股脑从上铺往下砸。

所以 MSN 上戈壁对百丽的大段劝阻，江百丽只回复了四个字："祝你幸福"。

祝你幸福。

洛枳看着那个正霸占着麦克风，声嘶力竭地吼着林肯公园的女孩子，在心中默念她的名字。

百丽。

"虽然名字写起来很普通，有点俗，可是念出来，那个'丽'字最后的口型却很好看，像是微笑的样子。"

洛枳记得大一刚开学不久，提起彼此的名字，江百丽曾经这样一脸得瑟地解释过。虽然洛枳一直在点头，可是始终觉得有点牵强。

“你呢？”

“我？我妈妈老家有一片橘子园，本来是要叫洛橘的，据说很讨喜，可是却被算命的改了，说贱名好养活，这样能渡劫。”

江百丽愣愣地问：“好厉害的感觉啊，那么结果呢？”

洛枳无奈：“我还不到十九岁呢，你居然问我要结果。”

还好不是要结局。

但是结局呢？那天洛枳凌晨四点和江百丽瑟瑟发抖地相互扶着穿越马路回学校时，看着静谧的马路和穿破雾气的三盏红灯，强迫麻木的心脏重新跳动了起来。

这样就是结局了吗？

毕业、工作、赚钱，找到一个差不多的人，结婚生子。

这样就是结局了吗？

洛枳抬起头去看天上的月亮，才注意到，今天的月亮也是隐没在一片薄薄的云后，四周散发出彩虹样淡淡的光华。

这样熟悉的月亮。

然而她记得更清楚的，并不是盛淮南，不是定情，不是亲吻，不是那晚上说过的每一句话，不是围墙上吹过的风。

而是那倏忽间消失，不知所踪的月亮，下落不明的云。

洛枳扶着酒量不济的江百丽，一边艰难地向前走，一边忽然轻轻地，轻轻地念起一首诗。

像是害怕惊醒一场早已醒来的梦。

那是蓝色九月的一天，
我在一株李树的细长阴影下，
静静搂着她，
我的情人是这样，

苍白和沉默，
仿佛一个不逝的梦。

在我们头上，在夏天明亮的空中，
有一朵云。
我的双眼久久凝望它，
它很白，很高，离我们很远，
然后我抬起头，发现它不见了。

自那天以后，很多月亮，
悄悄移过天空，落下去。

那些李树大概被砍去当柴烧了，
而如果你问，那场恋爱怎么了？
我必须承认：我真的记不起来，
然而我知道你试图说什么，
她的脸是什么样子我已不清楚，
我只知道：那天我吻了她。
至于那个吻，我早已忘记，
但是那朵在空中飘浮的云，
我却依然记得，永不会忘记，
它很白，在很高的空中移动。

那些李树可能还在开花，
那个女人可能生了第七个孩子，
然而那朵云只出现了几分钟，
当我抬头，它已不知去向。

——德国诗人布莱希特《回忆玛丽安》

第41章　原来你早就知道

洛枳的妈妈还是拖过了春节，才决定随陈叔叔搬往他在广西的老家。

打包收拾的事情都不需要洛枳担心，她妈妈在料理生活方面一向非常能干，实际上，当她大年三十晚上回到家的时候，见到的就是已经空了一半的屋子。

她妈妈脸上的不安和愧疚让她着实想笑。就像暑假时她因为实习而不归家，据洛阳说，她妈妈给洛枳的舅妈打了不知道多少个电话，一遍遍地念叨，是不是孩子心里不舒服，不想见我？

这种认知让洛枳哭笑不得，于是当年的十一国庆期间赶紧飞回家里让她妈妈宽心。

“我总要独当一面的呀，何况到了大学后期，很多人假期都不回家了，有些人实习，有些人准备考试，准备出国申请，总之各有各的努力方向，各有各的选择，妈，你真是想太多，我早就不是小孩儿了。”

她一边说着，一边打量自己的房间，里面依然干干净净，连一个桌面摆设的位置都没有动过。

“这房子，你怎么打算的？”

“广西那边他有自己的房子，足够我们住的，我之前已经去过几次，都收拾过了。”

“那这边要不干脆就卖了？”

“胡说什么呢！这房子是留给你的。”

“给我？”洛枳啼笑皆非，“我毕业了肯定不会回来，这种老房子留着升值也没多大空间，等着拆迁更是没戏的事儿啊。”

洛枳的妈妈正在包饺子，听到这话脸色一沉：“租出去也行，不能卖。”

“为什么？”

“这是你外婆留给你的。”

洛枳讶然，送到嘴边的热牛奶差点烫了舌头。她这才想起，自己从来就没有好奇过这个小小的家是从哪里来的。父亲死后她和妈妈搬离奶奶家，在外婆家短暂地住过一阵子，很快就搬来了这里。其他前尘往事一概记不得，好像这里是一个理所应当存在的地方。

然而她一直知道外婆实际上是个外冷内热的人，可惜的是小时候她不够懂事，看人只懂得看外表，只觉得外婆一度拒绝他们进门，是个恐怖的老太婆而已。

可惜当她终于长大，懂得这个恐怖的老太婆时，老太婆已经不在人世。

洛阳说自己始终记得洛枳问过他，自己和外婆不熟，外婆是个怎样的人。他也因此一直坚称洛枳在外婆死后才第一次踏进外婆家。

实际上，再恐怖的老太太，也有色厉内荏的一面。把忤逆自己，坚持要嫁给外乡小工人的女儿赶出家门，无论如何也很难一直忍心。洛枳记得自己曾经像做贼一样被妈妈带去外婆家，使劲儿点着头保证自己一定一定不会告诉任何人。后来某天不知怎么父亲就知道了，将电话打到外婆家，说要去接她。

外婆的脸因此阴沉得像是那天的天气。

那天，就是她父亲因为机器事故死亡的雪夜。

那天之后的大半年，在洛枳的记忆中就是一场旷日持久的混乱战争。奶奶勃然大怒，将爸爸的死归罪于妈妈，骂妈妈克夫相。妈妈大闹厂里，在事故鉴定书出来之后歇斯底里，被拉拢，也被盛淮南爸爸雇来的混混威胁，徘徊在奶奶家周围，而妈妈则被怕得要死的小姑姑他们直接赶了出来。

洛枳看着时至今日的自己，和那个正低头擀饺子皮的妇人，忽然有点怀疑自己是不是都记错了，这一切是不是都没有发生过。

她妈妈并不是一个纯粹温柔的人，生活的挫折一度将她磨砺得尖刻无情，当她得知自己的女儿在婚礼上居然还和盛淮南玩得开开心心之后，一个耳光将洛枳抽翻在地。

生活从来没有善待过这个女人，在漫长的时光里，她拖着一个什么都不懂的孩子，要学的实在太多。

然而关于外婆，洛枳却始终记得一件事。

尘土飞扬的小路上，外婆带着她，在很毒的太阳下面走，一路沉默。

洛枳不记得那是要去哪里，做什么，却只记得那样缄默的一条土路。就是那样，她闭着嘴巴忍着太阳往前走，沙子打在脸上也不说疼，好像赌气，却因为太小而说不清隔阂究竟横在哪里。

嘴皮都干掉了，眼睛还喷着火。

忽然她的外婆冷冰冰地说："你在这儿等我。"

五分钟后她回来，手里攥着一瓶娃哈哈，一袋卜卜星——洛枳儿时一看到电视广告就两眼直愣愣的两种东西。

她急吼吼地要撕开卜卜星的包装袋，被外婆打了手背，呵斥道："路上这么脏，一会儿再吃！忍着点，能急死吗？！"

于是委委屈屈地拿着，继续走，走着走着，还是乐开了花。

这个没头没尾的记忆片段，一度是她心中，外婆爱她的唯一证据。

"你外婆外公那间房子，后来卖了，我们几个兄弟姐妹还了医药费之后平分了。但他们都不知道这个地方的来历。这个房子是她心疼你，给你留下的。她怕她走了以后，咱们无处可去。"

原来这么多年，她们一直住在这个老太太的心里。

"人家都年前来上坟的，咱们初四过来，多不吉利。"

"你非要在走之前过来一趟，我因为实习飞机大年三十才落地，怎么赶在年前啊？就是看一眼，祭拜哪儿来那么多封建迷信。"洛枳说完，坐在副驾驶座位上的陈叔叔笑了一声。

“他们年轻人有年轻人的想法，你就别争啦。”他回过头对洛枳的妈妈说，得到对方不情不愿的赞同。

然而洛枳妈妈仍然坚持她的一些传统，比如烧纸钱时要先点燃两张扔到旁边，省得小鬼来抢钱，洛枳站在一边不由得开始腹诽阴间的治安到底有多差。

她站在一边，看着妈妈用铁钩勾着纸钱，确保它们充分燃烧，然后不断地念叨着希望洛枳的父亲原谅，让他放宽心，她绝对不是扔下了他和他女儿。

洛枳翻白眼，心中有些无奈的温柔。

洛枳的妈妈每每过来烧纸都会哭得脸色苍白，站都站不住，因而她还是坚持由自己单独将骨灰盒送回去。再次穿越冷冰冰空荡荡的走廊，她手捧着那个像冰块一样的小匣子，忽然想起一年前。

洛枳慢慢地走着，努力寻找那次她误闯的房间，然而处处连着红绸的停放间却像凭空消失了一样，她转了许久只好认命，看着门牌号走回到她父亲骨灰摆放的架子前。

然后一瞥眼，瞧见窗台边坐着的女人。

洛枳倒吸一口凉气，差点直接将骨灰盒扔出去。那个女人眼见她的动作，连忙跑过来双手伸开接住了。

“你小心点！”

那语气倒好像比洛枳更亲近这份遗骨似的。

“怎么又是你？”洛枳讶然。

那女人这次倒没穿得那么吓人，正常的浅灰色羽绒服，毛呢裤子和黑皮鞋，仍然扎着头巾，脸庞不再浮肿，看起来就是个正常的中年女人。

眼睛依旧很美，闪耀着旧日的年轻光彩。

骨灰盒仍然在洛枳手里，可那女人将粗糙红肿的手轻轻地放在盒盖上，一遍遍地摩挲着，像是再也不肯离手一样。

很长一段时间洛枳都没说话，她觉得自己好像并不怎么害怕，想问点什么，一想起一定和自己的父亲有关，却又开不了口。

"你是谁？"

她到底还是选择了最简单的问题，没想到对方却同时开口，柔声问道："你能不能让我把他的骨灰带走一点？"

洛枳对这个问题反应了许久，呆呆地问："为什么？"

"算我求你。"

"为什么？"

"你先答应我行不行？今年祭日你们娘儿俩没来，我天天过来转，就想着能不能碰见你们，我知道你妈要去南方了，不回来了，他的骨灰你让给我不行吗？我不全带走，我只带走一点点，不行吗？"

女人说着说着，竟然跪了下来。

洛枳骇然，连忙蹲下，劝了半天，她就是不站起来。

"你认识我爸爸？"

"比你妈妈早。"她漠然地说。

洛枳回学校的飞机是初五的中午，她妈妈和陈叔叔的航班比她早了两个小时，很多行李之前已经陆陆续续通过铁路快递到了广西，所以三个人都是轻装，一大早就到了机场。

"你们俩说说话，我去抽根烟。"

候机时陈叔叔主动离开，留下洛枳妈妈紧紧地抓着她的手，嘱咐个没完。

"妈，我只是回学校而已，你不去广西，我也每年只能假期见你一面，现在有什么区别啊，不就是改成了以后我每年去广西嘛，你闹得和生离死别似的，真愁人。"

洛枳妈妈不好意思地笑，又絮絮地说了一会儿，才静下来，只是拉着她的手，不知道在笑什么。

"洛洛，你和你的那个男朋友……他是我想的那个人吗？"

洛枳惊讶地往后一退，看到她妈妈脸上复杂的笑容，竟掺杂着不少宽容和愧疚。

"你知道？你怎么知道的？"

她妈妈叹气："你别怪我，洛洛，你高中喜欢这个男生，我就都知道。"

洛枳恍然。

她妈妈看过她的日记，不仅仅是夹在练习册中单独的那一张。她并没有上锁和藏日记的习惯，但是一直以为对方不会窥探。她高中是个绝佳的学生，没有过任何不良举动，她以为忙于生计的母亲一定懒得去看这些，毕竟她成绩和举止无可指摘。

“我一直觉得，我对不起你。”

“你还觉得你对不起我爸，对不起我外婆，对不起所有人。老天爷才对不起你。”洛枳摇头。

“不是。洛洛等你上大学了，我才开始反省。你原谅妈妈，我也得慢慢学着怎么去带孩子，怎么去教育你，关心你。你一直就不爱说话，什么事儿都藏在心里，我三天两头地闹情绪，一会儿哭，一会儿发火——是，我心里苦，可是我连累了你。”

洛枳必须承认，客观来讲，她妈妈的确不算是个非常好的母亲，她从小时候战战兢兢到长大了对一切漠不关心，究竟有多少和这个相关，她很难讲清，可是从来没有回头想过什么如果。

谁也不是生来就会当母亲，她和她是一路成长的，到今天，两个人都朝着好的方向改变了，这就是好事情。

好事情就够了。她想。

“你当时都快气死了吧？那也算是杀父仇人的儿子了。”她苦笑。

“我没生气。”

“不可能。”

“我说真的！”她握着洛枳的手紧了紧，叹气道，“我当时就觉得，这都是命。小时候我因为你和他家孩子玩就打你，后来又……可是这都是命啊。我想找你聊聊，可你什么都瞒在心里面，我怕说不好，又让你难过，你好不容易开朗了不少，我就想，喜欢就喜欢吧，女孩子到这个年纪都会喜欢个谁，时间长了，淡了，也就好了。”

“那要是好不了呢？”洛枳忽然觉得鼻子很酸，她偏过头，不想让坐在右边的妈妈看见。

“好不了了，那就这样了呗？”

“哪样？你不觉得这样对不起我爸爸？”

“那是大人之间的事儿。只要你健康开心，我就对得起他。”

妈妈。洛枳闭上眼睛，眼泪在脸颊上像两道滚烫的河。

她的飞机比较晚，所以看着她妈妈一步一回头地和陈叔叔离开，招手招得胳膊都酸了。有那么一瞬间，她竟然有些想要给她妈妈唱“妹妹你大胆地往前走”——这个离经叛道的突发奇想也只能埋在心里了。

她妈妈如果知道她在大楼里面费半天劲撬开骨灰盒帮别人偷自己父亲的骨灰，恐怕不会这么安心地上飞机。

那是一个她不希望她妈妈知道的故事。青梅竹马，两相情愿，只因为男方的妈妈想要攀附另一家，为家里几个孩子安排工作和落户口，才被硬生生拆散。女方打胎，孝顺的儿子乖乖地和介绍的对象结婚，在被赶出家门的老婆和势利的妈妈为孩子的姓氏而吵得天翻地覆的时候，跑去给初恋的苦命女人换煤气罐。

骨灰是死的东西，灵位只是一块卖得格外贵的塑料。

因为活人的思念，这一切才有了意义。

“不要再来了。你带走吧。”

她看着那个女人离开，也看着她妈妈离开。这个故事将随着她对父亲模糊的记忆一起远离。当初她没能守住自己的日记，让它将自己的秘密透露了个遍，却一定要守住她妈妈的坚持。

如果不是爱，怎么能让一个女人为了他的死讨公道，包里揣着剪刀和满街的混混对峙。

所以，不可以不是爱。

过去的就是过去了，未来，她会给妈妈和自己幸福。

第42章　北京，北京

整个校园丁香摇曳的时候，初夏就来了。

江百丽常常会更新些她在青海和牦牛的合影。据说那个她看上的男生刚到当地没几个星期就为了一份大公司的工作回到了北京，从此杳无音信，然而洛枳并没看到江百丽太过沮丧，她说有心事就可以哭给牦牛听。

“我才发现我大一时候多悲剧，”江百丽在短信中写道，“你永远连个P都不放，人家牦牛偶尔还能叫两声回应我呢。”

洛枳偶尔会收到丁水婧的短信，照例是和信件一样没头没脑的感慨和抱怨，不同的是，现在她基本都会回复。也曾经和许日清、张明瑞一起去798玩，当然，是分别去。

她换到了一家世界500强公司的法务部做实习，由于尚未毕业不能考注册会计师，她不得不报名到安徽蚌埠一类对报名资格要求不严的地方去考试，因此闲暇时间基本都用来念书，倒也安心自在。

有时候也会和朱颜互通邮件，和两个小孩子视频聊聊天。

却从不提盛淮南。

直到一个星期六的下午，洛枳正要结束加班，手机忽然丁零零地响起来。她以为是机票代理公司的回电，看都没看就接起来。

“喂，你好！”

“洛枳。”

白色冷光，收件箱旁边的43封未读邮件的标记，高跟鞋深陷进地板的触感，旁边打印机吐纸的声音，会议室玻璃幕墙外来来往往健步如飞的同事侧影……

这些麻痹和保护她的屏障，随着电话边的呼唤，瞬间土崩瓦解。

洛枳还没有走到出口，就望见了盛淮南。

白净的少年站在出口处刷卡机的旁边，身影隐没在来往人群中，有些消瘦的脸庞上冒出青青的胡茬，看见她，就弯起嘴角，笑得像暮春的风。

她快步走过去，却不得不沿着护栏绕一个弯路，他就在人群后面，跟着她的路线走，中间隔着护栏和攒动的人头，他们像在河的两岸亦步亦趋，从缝隙中瞥见彼此的身影一晃而过。

洛枳终于站在了他面前。

一个小时前，在电话里，盛淮南问她：“你知道，什么地方可以看看北京吗？”

洛枳竟觉得那声音来自另一个世界。

她抬眼看了看墙上的挂钟，温柔地说：“是，我知道一个地方，可以看到北京。”

时隔那么久，他们没有谈起近况，也没有问候彼此。

竟在聊北京。

下午五点半，景山。

他们像一对普通的前来观光的游客情侣，只不过没有手牵手。不怎么讲话，却并不生疏，仿佛这中间的种种都被暂且搁置，毫不影响他们直接拾起此时此刻。

洛枳并不是第一次过来，所以她走得比较快，带领他穿梭在人烟稀少的园子里。这个公园实在不大，没什么特别好看的景致，开门即见山，山也矮得出奇，沿着石阶走上去，只要十五分钟就能登顶。

中国所有的山顶，都不过就是个亭子。

“听说这山脚下有棵树是崇祯自缢的地方，可是我不知道是在哪里。”

“你说，皇帝自杀的时候在想什么呢？”

“我怎么知道，”洛枳笑，“兵败如山倒，又是个一生都高高在上的人，心里想什么我们怎么会知道。但不管是什么，无非是绝望吧。”

无非是绝望。

她自知失言，又觉得他不会那么脆弱，因此只是闭上嘴巴，并没再说什么来宽慰。

高跟鞋踢踢踏踏，在粗糙不平的花岗岩石阶上卡了一下，她惊呼一声，向后一仰几乎朝着下面倒下去，幸亏盛淮南稳稳地扶住了她的腰。

洛枳心有余悸，盛淮南则若有所思地打量着她的衣着：“你在实习？”

“嗯，今天刚好加班。”

“这鞋怎么爬山啊？”

“山又不高，都是石阶，我小心点就好了。”洛枳说完，将左脚退出来一点点，发现脚后跟的地方果然已经磨出了血泡。

盛淮南皱皱眉，不声不响，走到上一级台阶，缓缓背朝着她蹲下来。

“我背你。”

她怔在原地，直到他回过身，朝她笑：“快点呀，别磨蹭！”

洛枳脱下鞋子，拎在手里走过去，轻轻地伏在他背上。少年的身上不再单纯是洗衣粉的清香，还有年轻的汗水的味道，和她一样伏在他宽阔的背上。洛枳全身的重量都压在他的后背，下巴搭在他的左肩窝，心口熨帖得发烫。

狭窄的石道盘桓而上，直到石阶越发宽阔，亭子遥遥可见。她手里的高跟鞋随着他的步伐一摇一晃。她开始穿高跟鞋，开始改变，开始变得平和，开始接纳不同的人进入她的生活，交朋友，开玩笑，不再将每一次的得失放在尊严的天平上左右衡量。

这都是好事情。

可都不如这条路走不到尽头。

到达山顶时，恰是夕阳喷薄。

亭子四面都有扶栏和木质长凳，他随便找了一个方向，先将她放到椅子上坐下来，然后才坐到她身边。整个亭子里只有他们两个与一位把腿架在护栏上一边压一边吊嗓子的大叔。大叔穿着的确良的半袖衬衫，扎在皮带里，旁若无人的自得样子也感染了盛淮南，他的脸庞在夕阳余晖下突然有了生气。

“我以为只有早上才适合开嗓呢。”他笑。

“我们朝的是哪个方向？”洛枳没有理会他，正独自犯糊涂，大叔忽然止住了歌喉，指着西斜的太阳说：“姑娘，你让我说你什么好啊。”

洛枳连忙垂下头去，盛淮南却终于开怀大笑起来。

她光着脚，在空中摇来晃去，姿态倨傲而天真，靠在他肩上，看着夕阳一点点融化在高楼和云雾中，散成一片暧昧的火烧云。

天空另一边却已经有星星亮了起来。

“我来过这里，很认真地对着地图辨认过的，我来给你讲！”她面向氤氲多姿的霞光，背靠沉沉逼近的灰蓝天幕，突然张扬起来，笑得毫不保留。

“好。”

“你看。”

“南面是故宫，故宫的更南面能看到长安街，由东向西，长得望不见尽头。”

“西面能看到西单，你用力望，说不定能在地铁附近大十字路口的人群中，找出汗流浃背地等待红绿灯的我。我们的学校也在西北，虽然我甚至有时候都怀疑那个铜墙铁壁的大工地究竟算不算是北京的一部分，自然这里恐怕望不到。

“东面能看到国贸，一片繁华，我们院的很多学长学姐天天在那个区域忙忙碌碌，也许我们能看到。

“北面有一条鼓楼大街，东西走向的街在眼前汇聚，像 Y 字形，下面这南北走向的一竖就和我们所在的景山以及南面的故宫、天安门连成了一线。”

它就在这里，全部都在这里。

她絮絮地说着，将自己能够辨认出来的都说给他听。直到晚风习习吹没了斜阳，直到吊嗓子的大叔不知道什么时候消失不见，天空安静下来，长安街的灯一盏盏亮起。

天安门、人民大会堂，还有好多她分辨不出的，雄伟壮阔的，虽然在北京呆了两年却从来不想去看的地点。

那里永远人满为患，攒动着无数对这座城市有着好奇和梦想的人，在各种并不好看的建筑和雕像前排着队，比着V字手势，留下与这所城市有所瓜葛的证明。

然后有些人选择留下，有些人只想要看一看，也就满足了。

她不知道那里是不是北京。

国贸、西单的灯也亮起来，高楼林立，各自为政，像两群冷漠的、背着手的人，遥遥地东西相对，霓虹流动着光彩，不知道是不是这座城市赖以为生的血液。

于是那里算是北京吗？

又或者，北京是眼前这片夜色下漆黑如海洋的故宫？

又或者，北京的未来的确在西北方看不到的角落里，因为那里有无数为了征服它而来的年轻人？

还是在她永远不会熟悉得如数家珍的胡同里，在三轮车大叔穿梭而过的后海沿岸，在紫禁城根下遛鸟、拉二胡、谈时事的马扎上？

他们还能去哪里看北京。

"我师兄告诉我，国贸附近有一座很高的建筑，那里最高层的男厕所的小便池，"她不好意思地顿了顿，继续说，"是面对一块玻璃的，落地窗，可以看到非常美的北京的夜景。"

盛淮南大笑起来："那真的会给人一种尿了全北京的感觉。"

洛枳拍着手大叫："对，就是这句话，他们常常会在郁闷的时候说，走啊，去尿北京去！"

这不大雅观的话，竟让两个人都兴奋起来了。

"我没想到，我会这样离开北京。"

盛淮南着了迷似的看着四面八方的万家灯火，声音低落，却并不很伤感。

洛枳从朱颜的邮件中得知，他们最终设法办好了手续。在盛淮南妈妈的强烈要求下，他还是顺从了自己妈妈的心愿，准备随朱颜前往新加坡，并在当地一边打工一边准备申请大学。

“这样没什么不好的，我相信塞翁失马焉知非福，尤其当主人公是你的时候。”

他感激地笑笑。

“你这一年，都在做什么呢？”洛枳轻声问。

盛淮南并没有回答，反而站起身，走到她面前，郑重地说：“我今天来找你，是希望能代替我的父母，当面对你和你的妈妈说一声，对不起。”

洛枳没有看他，也没有露出一丝惊讶的神情，只是看着远方轻轻问他：“你都知道了？”

“我那时候回家为爷爷和外公奔丧，是眼看着我父亲从家里被带走的。对他们不利的证据太多了，我妈妈甚至一个都没有和我提，可能是不希望我看到他们太多不堪的一面吧。虽然我早就已经看够了。”

洛枳不知道是否曾经有人看到过这样的盛淮南，坦诚而不脆弱，像是终于要将一切摊开来给她看。

“是我自己去问很多当时和父亲关系还不错的叔叔伯伯才知道了大概。当然，说是很多，实际上都给我吃了闭门羹，最后只有一个人见了我。”

盛淮南的肩膀瘦下去很多，他背着她的时候，洛枳就已经能够感觉到肩胛骨硌着她的喉咙。

“我妈妈得了甲亢，瘦得吓人，眼睛也凸出来，精力充沛得很，没日没夜地在家里哭，我当时提着礼品跑去问所有可能帮忙的人，无一例外吃了闭门羹。爸爸的事情结束了，没有任何余地，但是我想要救救我妈妈，她只是个大夫，这么多年这些事情她一直努力地在拦着我爸爸，只是没有成功，毕竟那是她的丈夫，和她已经好几年不说话的丈夫，她……我不希望她什么都没有了还付出这种代价。”

盛淮南挠挠头，叹口气，有些尴尬地笑了。

“可是我没这本事，我连这种事情该找谁，怎么求人都不会，戳在人家小区的保安室，被人奚落得像个傻子一样。世态炎凉。我这才知道，我的那些所谓的优秀和能力，都是建立在一个安稳的基础之上，一旦毁掉，我只是个白痴而已，连怎么求保安通融都不会。”

他讲话的声音依旧很好听，带着一种少年的昂扬和干净，即使说起再难堪的事情，依旧带着一种轻描淡写的味道。

可是洛枳什么都听懂了，也似乎看到了那时候的他。

“最后终于抓住了救命稻草，结果把自己的学位都丢了，我妈都被气得咳血，直接昏过去了。不过还好，我照顾了她四个月，最后，她没事了。”

“她好了之后，我就和她提到了你。我说我需要去趟北京，给你个交代。她听完之后想了一会儿，竟然又昏过去了。”

“后来是朱颜告诉我的。”他也叫她朱颜，而不是姑姑。

“我这才去问了我妈妈。她承认了，当年是我爸爸负责的采购，吃了好大一笔回扣。那批机器问题很严重，其中有几台几乎都是要报废的了，你爸爸的意外，是机器的错。也是我爸爸的错。”

他停顿了很久，深吸一口气，慢慢地说：“是他太贪婪无耻，轻贱人命。”

然而最终，事故被认定为操作失误，擅离职守，责任归于洛枳的父亲。

“我能做的，也只是代替他们对你和你妈妈说，对不起。”

盛淮南字字认真，眼睛里倒映着远方的灯火，像是随时会熄灭。

那是他的父亲，再是非分明，再铁证如山，也像是读了一个别人的故事，然后用故事中那个陌生男人的贪婪和无耻形容心中那个依旧感情深厚的父亲形象——

“好，我代我妈妈接受。”

洛枳也十二分郑重。

“你本人应该承担的，已经都完成了。”

盛淮南轻轻握住她的手，洛枳发现那双手不复以往的温暖干燥，却像是抓住救命稻草的落水者的手。

她只有将他抓得更紧。

“直到现在，我仍然觉得这像是在听别人的事情，虽然我心里知道，生活中的那些便利，过于轻易的机会，甚至包括上下学接送的车，都是规则之外的。然而也真的就习以为常了。我知道他不是完全的刚正不阿，甚至欣赏他很多时候的变通之道。可我从来没想到，这种事情，竟然真的都是他做的。”

洛枳知道说出这些简单的句子，对他来说有多难。她轻轻抚着他的后背，直到他僵硬的肩膀慢慢地松弛下来，侧过脸，朝她感激地笑笑。

“回家的那段时间，以及被取消学位了之后，我没联络你。我知道你在找我，只不过，我最不想面对的人就是你。”

“我知道。”

“我害怕你同情我。”

“在你心里，同情就等于瞧不起吧？”

“瞧不起也不行，同情也不行。我也不知道我希望你怎么对我，尤其是我都不知道怎么对自己的时候。”

洛枳听见直升机的声音，夜空里的蜻蜓飞过幽暗的紫禁城。

“尤其朱颜和我说了这件事情之后，我就更不明白，你既然都知道，为什么和我在一起？有时候我突发奇想，会觉得你是不是在准备给自己的爸爸报仇呢？当然，我这种想法太傻了，可是我真的不懂。”

“那你现在出现，是因为想清楚了？”她没回答他的问题，却反问道。

盛淮南有些迷惑地抬起头去看在头顶上方盘桓的螺旋桨：“我不知道，就是突然特别想要见你。”

就是突然特别想要见你。

“就是这样啊，我也没有什么理由，”洛枳笑，“我只是喜欢你而已。”

盛淮南没有笑，风将他的T恤吹得鼓起来，像是下一秒就会飞走。

“洛枳。”他只是叫她的名字，什么都不说。

洛枳突然站起来，光着脚踩在地上，背靠围栏，面朝着盛淮南，笑得满足而惬意。

“小心着凉。”

“没那么娇贵，我小时候跟别人打架，可是互相掐着脖子一路滚进泥坑里面去的。”

盛淮南听到这句话，从刚刚摇摆的情绪中脱离了出来，笑道：“得了吧，别吹牛了。”

“我打架很厉害的。”

“哦，是嘛。”

“谁都可以不信，只有你不能不信。”

“为什么？”

洛枳的长头发迎着风，一丝一丝渗进夜里面。她笑容明亮，走近他，双手轻轻扶住他的双肩，“因为当年要是没有我，他们就真的把你的脑袋按进水坑了，皇帝陛下。”

盛淮南怔怔地看了她一会儿，忽然站起来，冲过去用力将她抱在怀里。好像一直以来用语言无法消弭的隔阂与防卫，怀疑和摇摆，都可以用原始简单的拥抱，以最自然的方式弥合。

洛枳知道，彼此身体里阴凉的毒最终都会被他皮肤传达的温暖一点点蒸干，再度变得透明澄澈。甚至情欲也可以是干净平和，像一条河流，她说不出来的心事，终究会流向他。

“皇帝陛下，我终于能说出来了。”

第43章　橘生淮南

“我从来都没有把肥肉摆在凳子上面过，也没有和人家女主人说过那样的话。”

“我也没有练成用三根筷子吃饭。那只是因为我喜欢你，听说过，才跑去试试的。”

“那年那场大雨，我本来在宿舍，是你问我有没有被雨困住，我才跑了出去。”

“我对你还撒过什么谎，我现在都已经想不起来了。我想我应该跟你道个歉吧。”

“但是我撒谎，只是因为我喜欢你，我也希望你能喜欢我而已。”

洛枳紧紧抱着他，脸颊贴在他的胸口。她闭着眼睛，多年来所有沉积在心中的故事此刻一个个浮出水面，像一盏盏灯火，丝毫不逊色于北京的夜。

“在高中认识你以前，我一直在想，我一定要比你强，这样我妈妈就不会再生气了。我把你想象成特别狰狞的坏人的儿子，我成绩要比你好，要学会很多能展示的才艺，以后一定要比你出名、优秀，这样妈妈就会觉得老天有眼。可是越这样想，越能想起当时你跑过来找我玩，跟我说，奉天承运，朕要娶你。

“可你的名字还是出现在报纸上，传言中。优秀少先队员、优秀班级体发言代表、竞赛金牌。我到现在还记得，有天我在报纸上看到你参加希望英语大赛的一个很短的采访，吓得把整捆报纸都扔下楼了，差点砸到人。

“谢天谢地，中考我考得特别好，全市前十都没有你的名字，你考砸了比我自己考好了还让我开心。

“直到后来，我遇见你了。

“我什么都知道，可我还是喜欢你了。”

他什么都没说，只是紧紧地抱着她，下巴蹭着她的头顶。

“洛枳，我真希望我能重新成为以前你喜欢的那个盛淮南。”

洛枳怔住。

她一直絮絮地说着，曾经的盛淮南有多么优秀，她又是如何执拗地去接近那个优秀的盛淮南，却无法让现在的他相信她仍然会将这份爱坚持下去。

未来。

“谢谢你曾经这样爱过我。”

“不是曾经。”她出声纠正。

“现在也是。可未来未必是。我没办法保证我还能够是你喜欢的那个人。你现在这样喜欢这个人，以后就未必了。我不希望你后悔。”

她知道盛淮南说的都是对的。如果他家没有倒，他毕业之后也一定是要出国读书的，她将面临的是家庭和距离的阻隔，那时她尚且不怕，然而现在，天堑却明明白白地横在盛淮南的眼里。

她想给他承诺，却没有办法说出口。鸿沟和艰辛明明白白地摆在那里，过去再如何绵厚，也无法抚慰现在的他。

轻飘飘一句无论如何我都永远爱你，就足够了吗？失信的人，未免太多。

洛枳想起朱颜说，你们小年轻有信念，是因为天真。

她多么希望他们都是天真的小年轻。

他们就站在北京的中心，东南西北的高楼拔地而起，带着流光溢彩将一切吞没包围。

身后的鼓楼大街如一条Y字形的血管，车灯连缀，璀璨夺目。这个城市破败繁华，懒惰而不安分。

不知道多少个夜晚，多少个失意的人站在这座帝王归魂的山上，看着北京假装驯顺地匍匐在脚下。

他们终究还是什么都没说。

三天后，盛淮南飞离北京。

洛枳并没有去送他。她坐在办公室里面焦头烂额调整着下午会议需要的PPT，抬起头的时候，十点十五分，她爱的人已经飞走了十五分钟。

她不知道十五分钟能飞到怎样的高度，是不是已经穿越了云层。

“盛淮南，再见了。”

洛枳喃喃着，说给打印机听。

洛枳发现自己并没有太难过。她已经度过了一整年没有盛淮南的时光，他惊鸿一瞥地出现，然后消失，就像某个夜晚做了梦，睡醒后第二天站在地铁上闻着满车厢的韭菜鸡蛋馅饼味道，伤心都假得像戏本。

她的爱情开始时候是个秘密，当秘密揭开，爱情也结束了。

只不过，他离开的这天下午，结束了工作的洛枳踩着高跟鞋疲惫地穿过图书馆背后的园子时，忽然感觉到一种无法形容的钝痛趴在背上，随着她的步伐，摇摇晃晃。

那个园子曾经住满了各种大师，现在却因为故人仙去而渐渐空下来。从熙熙攘攘的校园里踏入低矮围墙隔开的世界，外面浮躁的暑气忽然就消散了，郁郁葱葱的树木遮蔽了毒辣的日头，一座座老房子在静谧的过去伫立，怀念着它们的主人。

曾经她和盛淮南常常拖着手，从这个园子一路穿过去，一边对着门牌号辨认曾经有哪些学者大师住在这里过，讲着旧闻，悠悠闲闲地路过。洛枳看到一只流浪猫，轻巧地跳上围墙，往她身后的方向看。

洛枳于是也回过头。

透过背后不高的围墙，洛枳看到一扇绿色纱门半开着，一个老奶奶站在门口，露出因为高堆书从而显得过分拥挤的走廊。院子里，一位老人坐在青石板上，看到老伴开门走出来，就站起身，拄着拐杖缓缓走到门前，颤巍巍地递过一枝盛开的丁香。

丁香在夕阳的映照下，如雪一样地白。

老奶奶微微笑了一下，接过来。

洛枳看着看着，就泪眼模糊。

那是她法学院双学位的一位教授。“文革”时候，他是知识分子臭老九，连累了自己的夫人。那时离婚的人何其多，那样人性扭曲的时代，渺小的个人为了避祸，做什么样的事情都有可能，离婚更不算什么。

然而夫人一直没有同意。

“她当时对我说，我们只考虑着分开对彼此好，从来没有想过，如果在一起，对两个人有多好。”

当时洛枳听到这句话，拿出日记认认真真地记下来，盛淮南却在一边感慨，可惜太多人都不是能够共患难的人。

洛枳和盛淮南，也不过就是“太多人”。

她穿越十多年的岁月，抛下上一代的纠葛，突破心灵之间的屏障，最后仍然做了“太多人”。

他认定她的爱情来自于仰望和钦佩，所以当他觉得自己不配，她的爱情也失色。她只知道不能用不确定的空口承诺去留住他，只知道求朱颜带走他是对他好，让他重新被全世界喜欢，哪怕再也没法见面。

他们从来就没有设想过，如果真正在一起扛过去，会怎样。

当她终于敢去承诺，他已经在千里之外，再也没机会在古稀之年的自家院子里站起身，颤巍巍递给她一枝花。

她就这样在人家的门口巴巴地望着，像一个吃不到糖的孩子。

“洛枳。”

她回过头，那个让她曾经心心念念的少年就站在树影斑驳之下，衬衫上是零碎的阳光，书包扔在脚下，正看着她笑。

笑得就像从来没有离开过，像是她在做梦。

你为什么在这儿。

洛枳没问出口，她害怕答案只是航班取消明天再走一类的答案。

“我不走了。”

他说。

洛枳扑进他怀里，泣不成声。他轻轻拍着她的后背，像是在笑她失态，她侧过脸，看到院子里面两个老人也正看着他们，笑得慈祥而鼓励，她反倒控制不住，哭得更大声。

“你问我这一年在做什么的时候，我没敢回答你。其实我妈妈病好之后，我就一边准备 SAT 一边到中关村这边来做事了。一个认识的师兄以前一直希望和朋友一起开个专门做学生机的公司，但是朋友跑去读 MBA 了，我大半年都在帮他的忙，联系各个学校的计算机协会做中介，最近还打算帮他做个网站试试数码类产品的网上销售……”

他停顿了一下：“可是，这种事情风险太大，在我妈妈看来，也不是正途。当然，她想什么不是主要的。主要的是，我发现在我心里，以前从来以为自己不介意的名校、奖学金和种种与之关联的一切，现在都变得闪闪发光起来。

“其实你的日记，在我手里。我从那个丁什么的女同学手里要了过来。最难过的时候，我就看着它，一篇一篇地读，从字里行间看到了以前的我自己，还有你。申请的事情有眉目了之后，我就很开心，觉得那本日记里面写的那个人，又回来了。”

他从包里拿出洛枳无比熟悉的那个破旧的笔记本。

“我想几年以后，重整旗鼓，重新做一个优秀的人，走在‘正途’上，给我妈妈些信心，更重要的是，我可以有信心再站在你身边，你会发现一切都没有变，你的男朋友还是一个走到哪里都拉风的人。”

他开着自恋的玩笑，眼睛里却全是真诚。

“但是上飞机前，我发现，我永远不可能是那个用小聪明和优越感生活的人了，更重要的是，我希望能和你在一起。虽然不想拖累你，但是，你，未必讨厌我拖累你吧？”

洛枳拼命摇头。

“我记得去见你的前一天晚上，我自己扛了一个 24 英寸显示屏加一个主机箱往中关村走，累得快要虚脱，就站在天桥上休息。当时看着那个十字路口黑压压一片等待过马路的人群，四周和我毫无关系的大楼，突然间很想你。那时候我就想，不管自己现在是什么德行，一定要问问你，愿不愿意……”

他停下，不好意思地笑：“见到你，却又改了主意，觉得自己没资格接受你这么多年的期待。”

“我期待什么了？”洛枳忽然生气地大喊起来。

从这份感情在暗无天日的内心深处滋生的那一刻起，她期待的就只是能和他在一起。他是盛淮南，倾注了她多年感情的盛淮南。退学也是盛淮南，变成穷小子了仍是盛淮南。

你再弱小也是你，别人再强大也是别人。

她揪着他的领子，眼泪像不要钱一样往下滚。

盛淮南很久才声音艰涩地说：“我可提醒你，我什么都没有。”

洛枳笑了。

“还好，我喜欢的一切还都在。”

尽管她仍然不知道那“一切”到底是什么。

他轻轻拥着她，对她说着自己未来的计划，说朱颜支持他的决定，也同意借钱给他让他入股，说他对学生电脑网络销售和校园代理的想法，说他妈妈听说他不去新加坡了之后又昏倒，说他搬电脑练得肱二头肌特别壮……

天南海北，不着边际。

洛枳满足地听着，看着夕阳消失于围墙的尽头，天幕沉寂下来，猫咪从围墙上跳上又跳下。

仿佛能听到地老天荒。

然而地老天荒不是容易的事情，勇敢和天真永远是双生兄弟，她不知道他放弃的机会最终会证明他们的勇敢还是天真，但她愿意相信，两个人在一起，最终总会扭转命运的手腕。

在提出一切现实的悲哀之后，在面对一切客观的绝望之后，仍然决意要一起走下去。

无论两双腿能走多远，爱情的眼睛，从一开始就在眺望着永远。

盛淮南注意到洛枳的沉默，有些担忧地问她：“在想什么？”

“我在想我们。”洛枳微笑着说，搂紧怀中那个将她的秘密公布天下，周游天下才回到手中的日记本，像搂紧了所有复返的少年岁月。

“我在想，如果有可能，我一定要跑回去，告诉高中时候那个孤单的女孩子，别难过了，快点长大吧，长大之后，你就能遇见我了。”

我在这里，你喜欢的那个男生，也在这里。

我成了很好的人，然后拉着他一起，成为更好的人。

快过来找到我们吧。

（全文完）

后记　时间的女儿

西方有句谚语，原文我记不清了，翻译过来大概就是，“真相是时间的女儿”。

这个故事写下结局一共花了接近四年的时间。这四年时间锤炼的恐怕不仅仅是我这个业余写作者的文笔和架构故事的能力，更是直接地作用在了我的生活中，改变了我的心态、处世态度和对感情的看法与期待，而这一切，才是这个故事的灵魂所在。

不少人都问过我：“你是洛枳吗？你也遇到过一个盛淮南吗？这是发生在你身上的故事吗？”

答案全都是否定的。倒不如说，我是从自己的真实生活中提炼出那些与其他人相似的、却又转瞬即逝不易为人铭记的情绪和感慨，以这一切为核心和基础，去架构一个完全虚构的故事，去注入到人物当中，让他们所有人看起来就像曾经在你身边走过。

这是我努力的目标，不知道在这个故事中做到了多少。

我想许多人都曾经暗恋过一些人，有些时间格外漫长，像洛枳一样，导致那份纯粹的感情到最后都产生了自我怀疑；有些人则心直口快，短暂地观察和蛰伏之后便放弃，或展开告白追求；有些人爱的男孩像盛淮南，优秀高傲，平易近人却隔着千山万水；有些人爱的男孩，别人怎么都看不出他哪里好，如果说出口恐怕会得到一句“不是吧，你什么眼光”，心里也很清楚他没有那么好，可不知怎么就是放不下……

包括我自己，我不是洛枳，但我一定是“有些人”。

窥视过，打听过，掩饰过，若无其事过，黯然神伤过，毫无理由地窃喜过，自我厌恶地试图放弃过。

再如何耿耿于怀，也会在时间和际遇的冲刷下褪色。经年之后，感情不褪色，那个人也褪色为背景了。

但是时间没有白过，感情也从来不会水过无痕，你一定是短暂地或者长久地改变了，也许朝着好的方向，也许留下了不怎么美好的印记。

可我相信总归是好的居多。感情让人不再像一截喘气的浮木，无论你是否得到想要的结果，总能顺便得到点别的。

《你好，旧时光》之后，有朋友问我：“你会不会有这种感觉，一旦那些你揣在心中念念不忘的故事落在了纸上，就好像将它们从记忆里转移了一样，之后就会忽然觉得有些想不起来了？”

我仔细想了想，似乎是这样的，虽然我不是将心里的故事和记忆按照原样子拿了出来，而是改得面目全非，甚至有时自己都不记得某些语句和情节究竟可以映射到哪里。然而，真的一落到文字上，它们就离我远去了。

我很高兴，随着这个终于落下帷幕的《暗恋》，我的暗恋也终于离我远去了。

这样说并不准确，其实我自己的暗恋早已放下多年。虽然有些疑惑，但也早被时间解开。

大学三年级一整年在日本东京做交换生，学校的一些专业课只能挪到大四再修，加上秋冬季校园招聘，一派手忙脚乱，焦头烂额。记得一次面试结束，心情极度抑郁的我在回学校的路上突遇大雪，被风吹得摇摇晃晃，终于冲进校门，赶紧跑到小路边上的奶茶店要了一杯烧仙草，然后就哆哆嗦嗦地在门口等。

这时听到自行车倒地的声音，回头就看到了我曾经暗恋很多年的男生，和他的女友一起摔在地上。那是个陡坡，自行车上坡起步很难，何况是带着一个人。曾经他也用单车带过我，没能带起来，我不好意思地说：“我太重了。”他不好意思地说：“不不不，是我太笨了。”

现在想来仍不觉莞尔。

这时我就听见他冲女友吼：“说不让你这时候跳上来，你偏要这样，摔死我了！”

哦，现在你们肯相信了没？我真的没有遇见过盛淮南。

我一瞬间就想到，如果是我，可能这时候就冷着脸，对他道个歉，然后拎起包转身就走吧？——你居然敢冲我吼？

然而他的女友一歪头，笑得很甜地说：“我想让你带我上坡嘛。”

他依旧没好气儿，却不再坚持，板着脸说：“哦，上来吧。”

那时候我真的是在他们看不到的角落从头笑到尾，服务员小哥递给我烧仙草的时候我都还在傻笑。一对很有爱的情侣，一个聪明的、懂得如何去维持关系的女生，和一个还算珍惜的男生。

有些亲密不属于你，有些人是错误的。即使你拥有了，也终究会将一切搞砸。

我看到了时间的女儿朝我微笑。

那么说回洛枳和盛淮南，以及书里面所有的人。

我放下自己的暗恋是在大学二年级时，然后才开始动笔写这本书，而这本书在近四年后的 2011 年才终于结束。由此可见，我从来没想过通过洛枳和盛淮南来达成自己的什么梦想，也没想过用他们的好结局来达成你们的梦想。

你们的梦想应该是一个对的人，一段健康稳固、亲密美好的关系，以及共同变得更好的努力方向，而远远不该是暗恋开花结果，虽然这很美好。

洛枳和盛淮南早就成为了我的两个朋友，我在他们身上看到了一部分的自己，但更多的，我只是简单地写这样的两个人的故事，写他们的改变、顿悟和成长，写他们应有的结局。我喜欢书里的每个人，他们并不完全美好善良，但都是在努力地执著地追求点什么，并在适当的时机学会放弃点什么。

四年过去了，我直到现在才落笔，是因为我觉得我现在有能力和足够的眼界来阶段性地划下结局了，否则是对这群人的不负责任。我不喜欢超出自己生活阅历的高谈阔论，也不喜欢超出现实范围的理想意淫，但更不喜欢因为懂得一点现实的黑暗和无奈就粗暴地断绝其他人不妥协的希望。

我想，我终究对得起我这两个不可爱的朋友。

未来仍有很多变数，但既然是他们两个，我相信没有问题。

我对自己都没这么信任过。

我仍旧会写少年人的故事。因为我曾经是，所以我永远懂得。随着我本人年龄和阅历的增长，我想我有能力将那段岁月和青春写得更好，无论是深度还是广度，我都有信心对得起。

素昧平生，如果你读我写的少年，看到了你自己，原谅了你自己，也原谅了别人，我想这真的是最奇妙的缘分了。

计划中的“振华三部曲”随着《你好，旧时光》和《暗恋》的落幕，也即将迎来最后一部。敬请期待，2012 年新作，送给同桌的你。网络原名《流水混账》，出版名待定，希望得到大家的支持。

祝大家万事胜意。

八月长安

2011 年 12 月 12 日

作者微博：http://weibo.com/bayuechangan

豆瓣小站：http://site.douban.com/108139/